Birgitta Arens
Katzengold

SERIE PIPER

Zu diesem Buch

Wie die Märchenprinzessin Sheherazade und die Florentiner Adelsgesellschaft des »Decamerone« Geschichten erzählen auf Leben und Tod, so tun dies auch ihre späten Nachfahren: Großmutter und Enkelin aus einem kleinen Dorf im Westfälischen. Während jene jedoch ihre Märchen und Novellen im Wettlauf mit dem Tod vortragen, ist dieser hier von Beginn an entschieden: Großmutter stirbt – doch mit ihr nicht die Erinnerung an ehedem, nicht die Lust der Enkelin, ihre Kindheit fabulierend an sich vorbeiziehen zu lassen. Erzählt wird von einer zukurzgekommenen Elterngeneration auf der angestrengten Jagd nach Glück. Von Papa, dem Aufsteiger ohne erlernten Beruf, von Mama, die nicht vergißt, wo sie herkommt, und stets das kleinere Übel vorzieht. Erzählt wird von der richtigen Liebe und falschen Freunden – und immer wieder vom Glück. »Katzengold« ist eine autobiographische Fantasie, eine kunterbunte Familienchronik, ein poetischer Roman.

Brigitta Arens, geboren 1948 im Sauerland. Zwei Jahre Tätigkeit als Schwesternhilfe, danach Studium. Beiträge für verschiedene Zeitungen, Mitarbeit beim Westdeutschen Fernsehen in Köln. 1982 erhielt sie den Preis der Klagenfurter Jury beim Wettbewerb um den Ingeborg-Bachmann-Preis, 1995 das Literaturstipendium der Stadt München für ihr neues Romanprojekt.

Birgitta Arens

Katzengold

Roman

Piper München Zürich

Ungekürzte Taschenbuchausgabe
1. Auflage November 1984
4. Auflage Dezember 1997

Umschlag: Büro Hamburg
Simone Leitenberger, Susanne Schmitt, Annette Hartwig
Umschlagabbildung: Christopher L. Morris
Foto Umschlagrückseite: Isolde Ohlbaum
Satz: Kösel, Kempten
Druck und Bindung: Clausen & Bosse, Leck
Printed in Germany ISBN 3-492-20276-4

Lina stirbt. Sie stirbt, weil sie sterben muß und weil ich es hinter mir haben will. Lina anscheinend auch, denn sie stirbt jetzt sehr schnell. Sie ist schon vorher zweimal gestorben, aber jedesmal ist sie im letzten Moment zurückgekommen, um mir schnell eine Geschichte zu erzählen, die mir noch fehlte. Jetzt hat sie genug von allen Geschichten und öffnet den Mund nur noch, um das Rasseln aus ihrer Brust herauszulassen. Und als ihr dann plötzlich doch noch das Allerwichtigste einfällt, so daß sie überrascht die Augen aufreißt und sich steil im Bett aufrichtet, ist es zu spät. Ihr Herz hört einfach auf zu schlagen und sie fällt zurück, bevor sie es mir verraten kann. Macht nichts, tröste ich sie. Ich denke es mir einfach aus. Und dann ist Lina wirklich tot. Wir haben sie unter die Erde gebracht und das Buch kann anfangen.

I

Wenn wir nicht sterben wollen, beginne ich, dann müssen wir erzählen vom Allerwichtigsten und wie man es findet. Ich weiß, das Allerwichtigste hat sich in einem langen, schönen Satz versteckt. Er beginnt mit einer alten Geschichte, macht irgendwann vielleicht die Liebe zu seinem Gegenstand und ihre Dauer, läßt im Vorübergehen diese oder jene Begebenheit anklingen, die sogar noch älter ist, und fährt dann damit fort, wie wir gerannt sind, um ihn doch noch einzuholen in dem langen, kalten Flur, schneller als der Schatten an der Wand und mit ein bißchen Glück durch die Türe und an Linas Bett, aber dann doch zu spät gekommen sind; behauptet in der Folge noch, daß wir leben wollen immer und immer und glücklich und ohne jede Angst, füllt weiter Seite um Seite, wir müssen ihm nach durch das ganze Buch und von einem Ort zum andern, und irgendwann führt er uns an unseren Schreibtisch, wir setzen uns, und obgleich wir das Ende noch immer nicht kennen, beginnen wir schon einmal mit dem Anfang. Wenn wir nicht sterben wollen, schreiben wir, dann müssen wir erzählen: jetzt, auf der Stelle, mit Lina im Kopf und Bernhard und all den Geschichten, und wir erzählen zwanzig oder dreißig Jahre lang.

Es war einmal und ist noch nicht vorbei, fahren wir dann fort, daß das Glück verhindert wurde. Zornig sind wir und zorniger bei jeder Wiederholung. Und dann erzählen wir, wie der Lehrer die außergewöhnliche Begabung der kleinen Lina erkannte und ihre Eltern zu sich kommen

ließ. Sie müssen Ihr Kind auf die höhere Schule schicken, flehte der Lehrer. Nein, sagten die uneinsichtigen Eltern. Ich werde ein Stipendium beantragen, rief beschwörend der Lehrer. Nein, sagten die hartherzigen Eltern. Warum nicht, fragte verzweifelt der Lehrer. Sie versündigen sich an Ihrem Kind. Wir würden uns an unseren anderen Kindern versündigen, sagten die gerechten Eltern. Sie hatten elf. Eins auf die Schule schicken. Noch dazu ein Mädchen. Sie könnte Lehrerin werden, lockte der Lehrer. Nein, entschieden die vernünftigen Eltern. Wir haben Landwirtschaft. Da gibt's genug für sie zu tun.
Und dann ist alles an eine Fremde gefallen, sagt Lina und erinnert uns anschließend daran, daß wir bei der ganzen Geschichte auch Gott nicht vergessen dürfen. Den Lieben Gott mit dem Lächeln, die Goldauflage glänzt, und immer die Arme ausgebreitet. Immer. Wie er die Blumen blühen läßt und die Sonne scheinen für Papa für Mama und was du dem Geringsten meiner Brüder. Das hast du mir getan. Die göttliche Stirn kennt keine Zornesfalten. Und nie hat er gerufen: Nehmet dem, der nur ein Talent hat und gebet es dem, der zehn Talente hat. Nie.

*

Gott ist groß, sagt Lina. Sie sitzt auf dem Sofa, hat ein Fußbänkchen unter ihre nackten Füße gezogen und reibt sich die Beine mit Venostasin ein. Der läßt sich nicht so leicht in die Karten kucken. Die alte Spindeldreher ist jeden Morgen um halb sechs in die Kirche gerannt, und bei den Bußandachten hat sie sich so laut gegen die Brust geschlagen, daß man's noch zwei Reihen weiter gehört hat. Mea culpa, mea culpa, mea maxima culpa. Ihre beiden Söhne sind gefallen, und ihr Karl hat sich so früh zu Tode

gesoffen, daß sie nicht mal Rente gekriegt hat. Vierzig Jahre Putzen auf der Stuhlfabrik und jetzt liegt sie im Krankenhaus und kann nicht mal mehr Amen sagen. Kehlkopfkrebs. Wenn sie Glück hat, kriegt sie nun bald ihren Lohn. Aber wenn die sich die ganzen Sachen nur ausgedacht haben. Lina legt den Kopf schief: na, man soll's auch nicht übertreiben mit dem Denken. Zweitausend Jahre für nichts und wieder nichts, das könnte man auch nicht gut haben, oder? Sie winkt mich näher heran. Kuck mal, sagt sie. So glatte Beine hatte ich nicht mal als junges Mädchen. Das kommt vom regelmäßigen Einreiben.
Als sie dann ihre schwarzen Wollstrümpfe anzieht und in ihre alten Holzschuhe schlüpft, weiß ich: das war nicht ihr letztes Wort. Aber zuerst geht sie in den Garten und ich hinter ihr her. Vor dem Blumenbeet bleibt sie stehen. Pfingsten sind die Pfingstrosen da, bestimmt sie. Ganz klar, sage ich und befühle vorsichtig die festgeschlossenen Blüten. Wir setzen uns auf das Bänkchen und jetzt liegt der ganze Garten vor uns. Im Gemüsebeet stehen die kleinen Pflanzen in schnurgeraden Reihen, im Kräutergärtchen grünt und blüht es schon kräftig, und die Blätter an den Stachel- und Johannisbeerbüschen leuchten hell und durchsichtig, und siehe: es ist wohlgetan, spricht Lina, und wir müssen beide einen ganz kräftigen Atemzug tun. Aber das Allerschönste bleibt das Blumenbeet und da sitzen wir mittendrin. Schöne weiße Margaritte, sagt Lina. Ich glaube, ich glaube nicht. Dieser Lukas soll ja nicht mal zur gleichen Zeit gelebt haben. Das weiße Blütenblatt hat an den Rändern dunkle Schatten. Und jetzt stammt der Mensch vom Affen ab. Auf einmal. Das nächste Blütenblatt fällt ganz von selbst. Blühende Schwindsucht, flüstert Lina. Du weißt ja. Ich weiß: Bernhards erste Frau sah aus wie das Leben selbst, hatte rote Wangen und blitzende

Augen und sang und lachte den ganzen Tag, und zwischendurch hustete sie Blut. Und der kleine Matthias ist nach drei Wochen hinter seiner Mama hergegangen. Jetzt ist er ein Engelchen. Ich glaube, ich glaube nicht. Arme Margaritte, sagt Lina.

*

Und dann der Gott von Linas Brüdern. Das war der Gott mit dem Büchlein, der genaue Gott, der Buchhalter Gott, der Gedanken und Taten auflistete zur späteren Verrechnung: links das Schlechte, rechts das Rechte; links die Vergnügungssucht, die Eitelkeit, fleischliche Liebe, Fleisch am Freitag, Widerworte, die Leute von der Kirmes und die SPD, rechts die Arbeit, Gehorsam gegen Eltern und Brüder, das tägliche Gebet, die Ehe, Fisch am Freitag, die Bauern und das Zentrum. Links die Evangelischen, rechts die Katholischen. So viel galt es aufzuschreiben und einzuordnen, daß Gott alle Hände voll zu tun hatte. Lina arbeitet von morgens fünf bis abends neun auf dem Feld. Strich rechts. Um neunuhrdreißig geht Lina in die Butterkammer, um die Butter zu stampfen. Strich rechts. Aber: um zehn Uhr fängt Lina Streit an mit ihren Brüdern. Sie will selbst von der Butter essen. Zwei Striche links, wie gewonnen so zerronnen. Bei Tiltges wird Margarine gegessen, die Butter wird verkauft. Denn auch die Brüder rechnen, auch die Brüder haben ein schwarzes Büchlein, und dieses schwarze Büchlein sagt: Wenn der Hof gehalten werden soll, muß die ganze Butter verkauft werden! Das Büchlein sagt weiter: Wenn der Hof gehalten werden soll, muß die ganze Wurst verkauft werden! Die Brüder sagen: Wenn man Salz darauf streut, schmecken die Margarinebrote wie Butterbrote. Lina sagt: Viel Arbeit und wenig Essen, das gibt Rachitis, und davon bekommt man ganz dünne und schiefe Beine. Aber das weiß kein Mensch, nur Mama und ich und vielleicht noch Bernhard, weil Linas Kleider immer bis zu den Knöcheln gehen. Frau Spindeldreher hat gesagt, daß sie die kurze Mode gar nicht leiden kann und daß sich die jungen Frauen mal Frau Schulte ankucken sollen und wie vornehm die aussieht in ihren langen Kleidern. Aber für mich kauft Lina kurze Kleider und sagt: stell dich mal ganz gerade hin. Ich stelle mich ganz gerade hin. Meine Knöchel stoßen aneinander, meine Waden stoßen aneinander und meine Knie stoßen aneinander. Lina wirft den Kopf in den Nacken: du hast genauso schöne Beine wie deine Mama. Und dann flüstert sie mir ins Ohr: weißt du, daß ich immer so vornehm aussehe, kommt gar nicht von den langen Kleidern. Das kommt, weil ich mich immer so gerade halte.

*

Linas Brüder, behaupte ich, hießen Fritz, Eberhard, Ludwig und Wilhelm. Ich füge hinzu: Fritz war der Älteste und hatte am meisten zu sagen.

Lina in die Fabrik, Angela auch. Veronika bleibt zuhause. Marga lernt kochen bei Pastors und Lisbeth heiratet Johannes: der kann arbeiten. Alles für den Hof und den Hof erbt Fritz. Der lehnt sich an die Marmorsäule und verschränkt die Arme. Er lacht nicht. Über der dunklen Weste eine silberne Uhrkette, aber die Marmorsäule ist aus Pappe. Und noch einmal: lehnt sich an die Marmorsäule und lacht nicht. Jedes Jahr ins Fotoatelier Westfalia, aber keine Aussteuer für die Schwestern. Sogar bei der eigenen Hochzeit gespart. Und fünf Jahre später war er tot und die fremde Frau saß auf dem Hof.

Sich das vorstellen. Jeden Morgen in die Fabrik und am

Nachmittag das Feld. Die Arbeit mit den Pferden. Gehen Sie nach Hause und ruhen Sie sich aus, hat der Meister gesagt, als ich umgefallen bin. Aber Fritz hat mich zurückgeschickt. Die Kaffeebohnen abgezählt, das Brot weggeschlossen. Warum lacht ihr, habt ihr nichts zu tun. Und kein neues Kopfkissen für Christine. Keine Kränkung vergessen. Nach sechzig Jahren nicht. Wenn das nicht wichtig ist, was dann?
Natürlich ist der Tod das Allerwichtigste im Leben, aber gleich danach kommt die Liebe. Wenn sie fehlt, ist sie noch wichtiger als wenn sie da ist. Aber was Liebe nun ist, will keiner sagen. Auch Lina nicht. Wir fangen also ganz von vorne an.
Ob sie ihre Mutter geliebt hat. Dich habe ich lieb, sagt Lina. Sie kuckt gerührt. Und deine Mutter? Christine, sagt Lina. Die habe ich auch geliebt. Ich spreche von Bernhard und Lina setzt ihr Lügengesicht auf. Warum hätte ich ihn wohl sonst geheiratet. Sie setzt ihr Lügengesicht wieder ab. Und er hat mich richtig geliebt. Und deine Mutter, frage ich, hat sie dich geliebt? Sie hat ihr Leben lang hart gearbeitet, sagt Lina. Veronika hat geliebt. So, frage ich, und was haben deine Brüder dazu gesagt?
Für mich ist sie tot, hatte Fritz gerufen. Er meinte Veronika. Eigentlich hatte sie zuhause bleiben sollen und kochen, aber stattdessen war sie mit dem billigen Jakob weggelaufen. Er hat grüne Augen, sagt die schöne Christine. Sie liegt auf dem Sofa und muß bald sterben. Was kann sie da von Liebe wissen. Und Angela ist schon mit dem frommen Josef verlobt und nach fünfzehn Jahren hat sie auch noch Bernhilde gekriegt. Aber wen sie nun geliebt hat.

*

Wollt ihr mal unsere Schafe sehen, fragt Tante Angela. Alle Leute wollen Tante Angelas Schafe sehen, sie können gar nicht genug davon kriegen, weil die Schafe was ganz Besonderes sind. Genauso wie der selige Onkel Josef. Der kommt durchs Schlüsselloch, wenn Tante Angela ihren Mittagsschlaf hält. Und dann stand er da, sagt Tante Angela. Sie hatte sich schon gedacht, daß wieder sowas passieren würde. Das Schlüsselloch hatte den ganzen Tag so merkwürdig hell gestrahlt. Faß besser nicht dran, sagt Lina. Man weiß nie. Vielleicht gehen wir noch mal zu den Schafen, schlage ich vor. Lina will nicht mit: ich spüle unterdessen. Ach was, sagt Tante Angela. Das kann Bernhilde machen, wenn sie gleich kommt. Aber Bernhilde kommt nicht. Bernhilde hatte die kleine Lücke zwischen den Vorderzähnen, die zeigt, daß man weit in der Welt rumkommt, und jetzt wohnt sie in Chicago. Und Linas Freundin Lene hatte die Vorderzähne genauso. Die ist auch nach Amerika ausgewandert. Und ich kann auch mit der Zungenspitze zwischen meine Vorderzähne und muß nun überlegen, ob ich eine Zahnklammer will oder lieber nach Amerika. Da sind sie, sagt Tante Angela. So haben sie schon im Stall von Bethlehem gestanden. Die Schafe kucken fromm. Wirklich? frage ich. Genauso, sagt Tante Angela. Sterben sie denn nicht? frage ich. Das Lamm wird zur Schlachtbank geführt, sagt Tante Angela. Aber es kehrt immer wieder. Mir läuft ein heiliger Schauer über den Rücken. Durchs Schlüsselloch, flüstere ich. Tante Angela nickt. Auch durchs Schlüsselloch. Wie der selige Onkel Josef.

Wir gehen zum Haus zurück. Lina öffnet die Tür und lacht vergnügt. Ich brauche mich nicht umzukucken, ich weiß genau, hinter uns schreitet der selige Onkel Josef und glitzert und funkelt und wirft seine Strahlen nach allen

Seiten und dahinter kommt eine endlose Prozession von heiligen weißen Schafen. Die gehen auf den Hinterpfoten und in den Vorderpfoten tragen sie ihre einfachen schwarzen Holzkreuze. Plötzlich bleibt Tante Angela stehen. Und Chicago, ruft sie aus, Chicago, ist ein Sündenbabel!

*

Das steht nun da wie die Schrift an der Wand und meint die größte Sünde. Wegzugehen und die Liebe mitzunehmen. Könnte aber auch die größte Klugheit meinen. Wegzugehen und die Liebe mitzunehmen. Ein Ort ist so gut wie der andere, daß wir uns gerade Amerika ausgesucht haben, ist reiner Zufall. Aber das will Lina nicht wahrhaben: Amerika ist ein besonderes Land. Warum? und sie richtet sich kerzengerade auf und spricht: Amerika ist anders. Und da denken wir beide an Lene.

Ihr Bild auf dem Nachtschränkchen und daß sie weggegangen ist. In schwarzem Samtrock und weißer Spitzenbluse und ausgesehen hat sie wie Lina. Sitzt auf einem Holzstuhl und hinter ihr die vier ernsten Männer. Mit der rechten Hand streicht sie sich durch Linas schwarze Haare und lächelt dabei mit Linas Mund. Braune Augen, Linas Augen, schauen gerade in die Kamera, aber der Blick darin gehört allein Lene: er ist schon in Amerika. Lina bleibt zurück.

Und keiner will sagen, was Liebe nun ist. Aber mitfeiern wollen sie alle.

*

Und alle sind pünktlich: die blaugraue Nacht, der gelbe Vollmond, die funkelnden Sterne, der Duft nach Jasmin und die schwarze Katze im Garten. Am Fenster gegenüber sitzt Tante Illa, stopft Socken und weiß von nichts. Hexen stopfen keine Socken, Hexen brauchen auch keine Socken, Hexen tanzen mit nackten Beinen durchs dunkle Zimmer. Die schwarze Katze schreit. Wir hexen Tante Illas Augen weg. Arme Tante Illa ohne Augen! Der Mond preßt sein rundes Gesicht gegen die Fensterscheibe: damit ich dich besser sehen kann. Hexen steigen mit nackten Beinen auf den Tisch und tanzen da weiter. Der Teufel spielt die Violine. Zieh das Nachthemd aus, Tante Illa kann's nicht sehen. Auf samtigen Pfoten schleicht die Katze ins Zimmer. Mit dem Finger über den Hals, über die Schultern, über die Hüften. Irmis Finger, Hexenfinger. Jetzt du, sagt Irmi. Irmis Hals, Irmis Schultern, Irmis Hüften. Mein Finger, Irmis Finger. Und Mama? Gellendes Hexengelächter: Hexen haben keine Mama. Husch weg. Hexen spielen Hexenspiele, Hexen ziehen Zauberkreise. Schneller, schreit die schwarze Katze: Hexen wachsen Katzenhaare, Hexen wachsen Hexenfühler. Jetzt, schreit die schwarze Katze: Hexen können fliegen.

2

Das Zimmer ist ganz dunkel, über die Decke gleiten breite goldene Streifen, immer von links nach rechts. Linas heller Sopran klingt durch den Raum, wird klarer und klarer, und als sie vom Postillon singt, der einsam auf dem Hügel steht und auf dem Posthorn das letzte Lebewohl für seinen toten Kameraden bläst, fange ich an zu weinen, und da nimmt Lina mich in den Arm und singt gleich noch das Lied vom besten Kameraden hinterher. Weiter, sage ich, als sie fertig ist, und sie gibt mir ein Taschentuch aus ihrer

Schürzentasche und singt dann: Morgenrohot, Morgenrohot leuchtest mir den frühen Tohod. Ach, die arme schöne Christine, schluchze ich, und an dieser Stelle fängt auch Lina an zu weinen und zeigt mir wieder den kleinen echt silbernen Anhänger mit dem grünen Stein in der Mitte, den sie Christine zu ihrem siebzehnten Geburtstag geschenkt hat. Sie lag auf ihrem Schmerzenslager, spricht Lina, mit ihrer silbernen Haut, ihren langen goldenen Haaren und ihren großen violetten Augen und war so unvorstellbar schön, als wäre sie nicht von dieser Welt. Sie hielt den Anhänger ganz dicht vor ihre Augen und sagte: oh, Lina, ich werde doch nicht auch noch eine Brille tragen müssen, und fünf Minuten später war sie tot. Die arme schöne Christine, rufe ich und mache die Augen ganz fest zu.
Da sehe ich die braunen Kacheln, den Ofen mit den vielen Töpfen und den langen Tisch in der Mitte. An der Wand hinter dem Tisch das graue Sofa. Und auf dem Sofa liegt die schöne Christine und sieht genauso aus, wie Lina sie beschrieben hat. Gold und Silber. Und die Augen. Du lebst, frage ich und Christine lächelt: ich bin doch viel zu jung zum Sterben.
Lina, flüstere ich, Christine lebt, aber Lina ist beschäftigt. Sie kniet vor dem offenen Ofen und legt Briketts aufs Feuer. Die Flammen beleuchten ihr Gesicht und das ist zwanzig Jahre alt. Ich möchte lange leben, sagt die schöne Christine. Und immer jung sein. Das Feuer zaubert einen riesigen Schatten an die Wand. Ich sehe was, was du nicht siehst, und das heißt Tod. Nichts ist unmöglich, sagt die schöne Christine. Ich kann alles, was ich will. Du phantasierst, sagt Lina. Ja, sagt Christine und kann alles, was sie will.
Und als ich die Augen wieder aufmache, hat Lina alle Lieder zu Ende gesungen und auch schon ihr Nachthemd

angezogen und ihren Knoten gelöst. Ihre Haare reichen fast bis zu den Kniekehlen. Ich will auch schwarze Haare haben, sage ich neidisch. Das kann noch kommen, tröstet mich Lina, du bist ja noch so klein. Waren denn deine Haare früher auch nicht schwarz, frage ich. Doch schon, sagt Lina, aber ich meine, es war ein helleres Schwarz als heute, und zufrieden hole ich Kamm und Haarbürste und fange an. Die Haare knistern vor Vergnügen und manchmal ziept es und Lina schreit au, und da werde ich auch vergnügt und hole die alte Kaffeedose mit den Perlen und flechte Lina eine Perlenschnur ins Haar. Dann stecke ich die blaue Glitzerbrosche auf ein rotes Samtband und binde es um Linas Kopf, so daß die Glitzerbrosche mitten auf der Stirn liegt.

Jetzt reicht's, sagt Lina, erhebt sich und schreitet ins Schlafzimmer. Ich hüpfe hinterher und dann stehen wir vor dem Kleiderschrank. Vorne auf der Tür ist ein Spiegel und wir blicken hinein und sehen die Königin von Ägypten. Sie steht da in einem langen, weißen Gewand und in ihren schwarzen Haaren trägt sie funkelndes Geschmeide. Es ist kalt im Schlafzimmer, die Königin von Ägypten fröstelt ein wenig und gleich ist ein kleines Mädchen zur Stelle und reicht ihr einen Mantel. Der ist aus schimmerndem schwarzen Stoff mit kostbaren bunten Stickereien. Außerdem ist er warm, weil er innen angerauht ist, und so einen Mantel kann sich nur eine Königin leisten.

Sie legt ihn locker über ihre Schultern und beugt sich hinab, um eine der großen Schubladen zu öffnen, und sofort erfüllt ein unbeschreiblicher Wohlgeruch das Zimmer. Die Schublade ist bis oben hin voll mit Seifenstücken und da weiß ich: Herr Glück ist wieder dagewesen. Aber der Satz klingt falsch und Lina sagt: das finde ich auch, und als ich frage: warum, sagt sie: weil es nicht stimmt. Aber es stimmt doch alles nicht, rufe ich aus, und da sagt Lina: aber wahr muß es sein.

Und sie zeigt mir das Kind, das in seinem Kinderwagen vor der geschlossenen Bahnschranke steht. Ob es wohl wahr ist, denkt das Kind, und auf der anderen Seite schüttelt das große braune Pferd heftig den Kopf. Ist wohl wahr, ruft das Kind; ist wohl wahr, sage ich, und Lina sagt: na gut, dann fangen wir nochmal an, und öffnet die Schublade zum zweitenmal und darin stapeln sich unzählige bunte Seifenstücke. Herr Glück war da und hat sie gebracht, sagt Lina.

Wie das duftet! und dann zählt Lina die Düfte einzeln auf: Veilchen und Nelken, Kaffee und Zimt, Mandelblüte, Kamille, Lavendel und Sandelholz. Sandelholz? und Lina sagt: ja, die war eigentlich für den Kaiser von China bestimmt, und wenn man die Augen fest zumacht und daran riecht, kann man ihn sehen. Ich schließe die Augen, und sie hält mir das Stück Seife dicht unter die Nase.

Da sehe ich, wie Herr Glück mit seinem kleinen Köfferchen in der Hand durch fremde Länder wandert, wie er auf hohe Berge klettert und sich seinen Weg durch riesige Wälder bahnt. Er ist auf der Suche nach einem einzigen Stück dieser wunderbaren Seife, und da sieht er plötzlich hohe Türme vor sich und er weiß: das ist China; aber zwischen ihm und China liegt ein tiefes Meer und da bindet sich Herr Glück sein kleines Köfferchen einfach auf den Kopf und schwimmt hindurch und als er endlich das Ufer erreicht, steht der Kaiser von China schon da und neben ihm steht sein Diener, der trägt ein goldenes Tablett und darauf liegen zehn Stücke der kostbaren Sandelholzseife und der Kaiser von China sagt zu Herrn Glück: Mein Freund! und dann schenkt er ihm die Seife und Herr Glück

legt sie in seinen kleinen Koffer und schwimmt schnell zurück und vorgestern ist er dagewesen und hat Lina die Seife gebracht.
Er weiß schon, wo er's loswird, sagt Bernhard, und wenn du diesen kleinen Kopf weiter mit solchen Geschichten vollstopfst, wird er eines Tages platzen. Kling, macht es hinter meinem rechten Ohr, und Lina sagt schnell: der platzt schon nicht. Der ist so eingerichtet, daß er sich einfach ein bißchen weitet, wenn er voll ist, und dann passen wieder neue Geschichten rein. Da weiß ich, daß er sich gerade eben ein bißchen geweitet hat, und das sage ich Lina auch. Sie will aber trotzdem keine neue Geschichte erzählen und meint: nein, jetzt muß du dir ein Stück aussuchen, und ich nehme die Mandelblütenseife.
Wir gehen zurück in die Küche und da ist unterdessen das Wasser heiß geworden, das in großen Bottichen auf dem Ofen steht. Bernhard holt die Zinkbadewanne aus dem Keller und stellt sie vor den Ofen und füllt sie mit warmem Wasser, und als sie voll ist, zieht Lina mich aus, setzt mich hinein und wäscht mich mit Mandelblüten, und Bernhard hält unterdessen die Handtücher an den Ofen, damit sie beim Abtrocknen nicht zu kalt sind, und als Lina mich dann ins Bett bringt, sagt sie: schlafe wohl, träume süß und denk an mich. Und heute fügt sie noch hinzu: morgen ist Sonntag. Und als ich dann aufwache, ist es schon soweit.

*

Sonntag heißt: immer vom gleichen Geräusch geweckt werden. Vorm Schlafzimmerfenster bürstet Bernhard seine schwarzen Schuhe blitzblank. Lina ist in der Frühmesse und ich bin ganz allein in dem großen leeren Bett und rutsche schnell in die warme Kuhle, in der Lina vorher gelegen hat; und während Bernhard die Schuhe bürstet und die Glocken läuten und Lina in der Kirche ›Ein Haus voll Glorie schauet‹ singt und zwischendurch zu Frau Spindeldreher hinkuckt, denke ich noch ein bißchen an Herrn Glück und an China und wie gut Mandelblüten riechen und wie gut Lavendel und wie gut frischgekochter Kaffee – oder hat Lina davor schon Frühstück gerufen? – und ich springe aus dem Bett, schneller als an anderen Tagen, weil Sonntag auch heißt: sich nicht waschen müssen.

Sie ist ja noch ganz sauber, sagt Lina und wickelt schnell eine Wolldecke um meine nackten Beine. Auf dem Tisch stehen drei Tassen, eine große bauchige, mit Goldrand, für Bernhard, eine schlanke, mit grünen Ranken, für Lina, und daneben eine, die ist rosa mit blauen Veilchen und goldenen Sternen dazwischen, und innen auf dem Boden steht in goldener Schrift: Ich hab dich lieb; und das ist die Tasse, die Lina beim letzten Schützenfest gewonnen hat, und sie gehört mir.

Heute liegen da auch noch drei Gabeln, aber die sind gleich, und mitten auf dem Tisch steht die große schwarze Pfanne. Blinde Fische, sagt Lina und hebt den Deckel hoch.

Wer zu klein ist für die Kindermesse, ist auch zu klein für Bohnenkaffee, sagt Bernhard und kuckt mich an. Ich weiß, jetzt soll ich sagen: ach Kindermesse. Da lernt man doch nur das Falsche. Und Lina soll sagen: fang nicht schon bei dem Kind mit deiner Politik an. Und dann kann Bernhard sagen: ich fange ja gar nicht an, die fangen an.

Aber ich muß an die armen Fische denken, die keine Augen gehabt haben und darum die Angel nicht sehen konnten und nicht den Haken, und schon waren sie gefangen und tot, und jetzt liegen sie gebraten in der

Pfanne, und ich esse nichts davon. Moment! ruft Lina, legt den Deckel wieder zurück auf die Pfanne, kreuzt die Hände darüber und murmelt einen Zauberspruch, und da sind die Fische keine Fische – sondern arme Ritter, sagt Lina. Zauber noch mal! und sie kreuzt wieder die Hände über der Pfanne, aber anstatt den Spruch zu sprechen, sagt sie: die Namen haben sich die Leute doch nur ausgedacht, damit es spannender wird, und als sie den Deckel wieder von der Pfanne nimmt, sind die armen Ritter und die blinden Fische zu altem Weißbrot geworden, in Milch und Ei eingeweicht und dann gebraten, und Lina hat noch ein paar Speckscheiben darunter geschoben. Aber schmecken tut es gut! Da nehmen Bernhard und ich unsere Gabeln und fangen an, und Lina kann jetzt endlich zum Ofen gehen und den Blechtopf mit dem Kaffee holen. Wer zu klein ist für die Kindermesse, sagt Bernhard und kuckt mich an.

*

Am Nachmittag legt Lina den Küchenschrank neu aus. Das ist keine knechtliche Arbeit, erklärt sie mir, das macht Spaß. Ich kenne keinen anderen Küchenschrank, der mit so schönem Silberpapier ausgelegt ist, und gleich wird Onkel Tobias meine Sonntagsgeschichte erzählen. Radio ist eine schöne Technik, sagt Lina.

Lina, frage ich, und rücke mein Fußbänkchen schon mal näher an den Apparat, kommt der selige Josef wirklich durchs Schlüsselloch? Nun, sagt Lina, du hast gehört, was Tante Angela gesagt hat. Aber es ist doch so klein, flüstere ich. Vielleicht hat sie es nur geträumt? Lina bekommt ihr ernstes Gesicht. Oder, sage ich schnell, er ist in Wirklichkeit ganz normal durch die Türe hereingekommen und Tante Angela war schon ein bißchen eingeschlafen und hat nicht gleich hingekuckt, und als sie dann gekuckt hat, stand der selige Josef im Zimmer und die Türe hatte er schon wieder zugemacht, und da hat sie gedacht, er wäre durchs Schlüsselloch gekommen. Lina wiegt bedächtig den Kopf hin und her. Ob's so war, meint sie, und Onkel Tobias wird jetzt wütend, weil ihm kein Mensch zuhört und ruft: da standen sie also, die beiden armen Kinder, einsam und verlassen in der fremden Stadt!

Wir zucken ordentlich zusammen und leiser fährt er fort: doch plötzlich tat sich der Himmel auf und was fiel herab? die buntesten und leckersten Bonbons der Welt. Tatsächlich prasseln sie mit solcher Heftigkeit herunter, daß ich die Hände über den Kopf legen muß und Tante Angela einen Moment lang vergesse, und als es aufhört, bedecken die buntesten und leckersten Bonbons der Welt den ganzen Fußboden.

Ja, sagt Onkel Tobias, und dann dauerte es natürlich nicht mehr lange, und sie fanden auch ihre Eltern wieder, und weil ich mich jetzt daranmachen muß, die Bonbons einzusammeln, bleibt die Sache mit Tante Angela fürs erste ungeklärt.

Aber, spricht Lina, die mit verschränkten Armen am Küchenschrank lehnt, das ist ja das Wunderbare an diesen Geschichten: man kann sie nicht erklären.

3

Wir ahnen schon: so schön kann es nicht weitergehen. Jetzt müssen wir zu den Dingen kommen, die sich doch erklären lassen. Warum Frau Hennisge fromm geworden ist. Warum Lina Bernhard geheiratet hat. Warum Bernhard Lina geliebt hat. Warum Veronika Jakob geliebt hat. Warum sich der alte Hesse vergiftet hat. Und warum die Menschen sterben.

Falsch, sagt Lina, es muß heißen: woran die Menschen sterben. Woran, schreibe ich, sterben die Menschen, Schwindsucht, sagt Lina, und dann zählt sie alle auf: die schöne Christine, der fromme Josef, Bernhards erste Frau. Der kleine Matthias und Fritz. Von dem man es am wenigsten erwartet hätte.

Und jetzt bin ich wieder dran. Die Armen, sie waren noch so jung, und Lina seufzt und zitiert ganz leise: vive morte, ma seule saison. Daß sie das so einfach kann, liegt an den fünf geschenkten Jahren, über die wir noch nicht sprechen wollen.

Zuerst die alten Fragen. Warum ist Frau Hennisge fromm geworden? Weil sie wußte, daß sie sterben mußte, singt Lina. Und warum lieben die Menschen? Weil sie wissen, daß sie sterben müssen, singt Lina.

Aber darum gleich vergiften.

Linas Vater soll ein Zigeuner gewesen sein: sagt man. Mit seinem Scherenschleiferkarren ist er über die Dörfer gezogen und vor den Höfen hat er gerufen: stumpfe Messer, stumpfe Scheren. Und dann Linas Mutter. Allein auf dem Hof, die Eltern tot und kein Mann. Die Nachbarbauern evangelisch. Was Gott zusammenfügt.

Linas Eltern: kein Grund, sich über den billigen Jakob aufzuregen. Wer sich's aussuchen kann, hat Glück. Und wenn ich erklären soll, warum Lina Bernhard geheiratet hat, muß ich mit dem Tod von Brockmaiers Karl anfangen. Und dann sterben Wunnen Siegfried, Binsteins Adolf, Ludwig, der kleine Friedel und Birkenbauers Hansi. Eberhart verliert sein rechtes Bein und Wilhelm bekommt ein neues Gesicht. Und als endlich alles vorbei ist und der

Frieden anfängt, ist Lina schon siebenundzwanzig und dann ist sie achtundzwanzig und arbeitet immer noch in der Lampenfabrik und abends auf dem Hof, und wenn sie Zeit hat, geht sie zum Grab der schönen Christine und weint ein bißchen. Aber lebt.

Und geht eines Morgens nicht in die Lampenfabrik, sondern zum Bahnhof und nimmt den Zug nach Hagen, und dort direkt zum ›Westfälischen Boten‹ und gibt eine Heiratsanzeige auf. Ich versuche, ihr dabei über die Schulter zu sehen, aber ihr schwarzer Strohhut versperrt mir die Sicht, und so kann ich nur ein paar Wörter erkennen: warum denn einen Witwer, frage ich, und soviel Ahnungslosigkeit bringt Lina zum Lachen: wegen der Aussteuer natürlich. Wenn einer schon mal verheiratet war, ist alles da. Sie hört auf zu lachen: sollte man wenigstens annehmen.

Ich weiß, jetzt denkt sie daran, daß sich auf die Anzeige ausgerechnet Bernhard melden wird, der nicht mal ein paar Handtücher im Schrank hat, weil ihm die Schwiegereltern nach dem Tod der Frau die ganze Wohnung wieder ausgeräumt haben, denkt daran, daß sie sogar Gardinen aus Bettlaken nähen muß, denkt an den Ärger mit ihren Brüdern, wenn sie Bernhard besoffen machen und rausfinden, daß er fast Kommunist ist, und dann fällt ihr noch ein, wie lange sie brauchen wird, um Bernhard zu überreden, die Arbeit auf dem Bau aufzugeben und bei der Chemie anzufangen, wo weniger gesoffen wird, und jetzt wird auch noch die dünne Frau in der Anzeigenannahme ungeduldig und sagt: also wollen Sie nun oder wollen Sie nicht, und Lina gibt sich einen Ruck und reicht ihr die Anzeige, und da fängt Bernhard an zu weinen, so glücklich ist er.

*

Den Fotografen brauchen wir nicht mehr. Wir schicken ihn weg und stellen es uns vor. Wie Lene dasitzt in schwarzem Rock und weißer Spitzenbluse und der Koffer steht schon neben ihr.

Und weiter. Wie die Taube dasitzt, sehr groß und weiß und ruhig, den Kopf schräg zur Seite geneigt. Wann sie gekommen ist und woher: Lene hat es nicht bemerkt. Aber nun ist sie da.

Was willst du? fragt Lene, und in ihrem Kopf formen sich Worte, sie weiß nicht wie. Liberté. Und muß es gleich vor sich hinmurmeln: liberté, und auch: we want to be free. Von der Taube kommt ein leises Gurren: liberté de rêver, und: liberté de rêver, murmeln die vier ernsten Männer im Hintergrund und wiegen sich im Rhythmus der Worte sanft hin und her.

Wahrhaftig, spricht Lina, es war, als wäre der Heilige Geist extra für Lene noch einmal auf die Welt gekommen. Da stand sie, redete in fremden Zungen und war doch in ihrem ganzen Leben nicht weiter als bis nach Hagen gereist.

Ja, sagt Lene, aber das wird anders, und nimmt ihren kleinen Strohkoffer und verläßt das Bild.

Kein Zweifel: Amerika gibt es. Auch wenn die Brüder heftig auf sie einreden. Auch wenn sie versuchen, ihr den Koffer wieder aus der Hand zu nehmen. Auch wenn Fritz: ich liebe dich spricht und ihr in den Weg tritt.

Ich liebe dich, spricht Fritz also, und wenn du hierbleibst, heirate ich dich.

Selbst Lina muß zugeben: in diesem Augenblick macht Fritz eine gute Figur. Eine sehr gute, entscheiden Lenes Brüder. Und zu Lene: denk an den Hof. Aber Lene hat gelacht. So: sagt Lina und lacht.

Sie hat die ganze Weltkarte im Kopf und da ist Fritzens Hof nicht eingezeichnet. Es gibt ihn gar nicht, behauptet

Lene, und mit Stecknadeln steckt sie sich ein eigenes Stück Land ab, das ist ganz grün und liegt mitten in Amerika. Am besten du kommst mit, sagt sie zu Lina. Da gibt es genug Land für uns beide.

Aber Lina trägt schon den schmalen goldenen Ring, den Bernhard der toten Frau vom Finger gezogen hat, und zu Lene sagt sie: ich gehe nach Ulentrop. Ulentrop ist nicht Amerika, sagt Lene und meint: da gibt es Armut, Krankheit und Tod. Alles ist schon verteilt und Bernhard ist nicht gut dabei weggekommen. Sie schaut Lina an und auf dem Grund ihrer Augen erkennt sie ihr eigenes Gesicht: ich nehme dich doch mit.

Und weil sie die Augen fest zumacht, kann sie nicht sehen, wie Lina Bernhards Hand nimmt. Gemeinsam steigen sie die Stufen zur Kirche hinauf, gemeinsam schreiten sie durch den Mittelgang zum Altar, und gerade, als sie ihn erreichen, steigt Lene in Hamburg auf das weiße Schiff, das sie nach Amerika bringen soll.

Vernünftig, vernünftig, läutet die große Glocke, aber die Schiffssirene im Hamburger Hafen weiß es besser. Lina wird so kalt ums Herz. Wenn die Glocke schweigt, hört sie, wie die Wellen leise an die Kirchentür schlagen. Lene übt Freisein. Sie steht an der Reling und ihre Haare flattern im Wind. Vor dem Schiff fliegt die Taube und ist größer als alle anderen Vögel. Wellen sind blau unter dem Grau.

Leichter Weihrauchduft steigt auf, die Sonne bricht durch die Wolken und der Himmel erstrahlt in leuchtendem Blau. Freiheit ohne Grenzen: der schöne Drache auf dem Kirchenfenster reißt das Maul auf und zeigt spitze weiße Zähne. Komm, sagt Lene zu Lina, voll Mut und Angst. Hast auch Angst gehabt, heiliger Georg, und jetzt stehst du blutbespritzt in Ewigkeit. In guten und in schlechten Tagen. Bernhard streckt die Hand nach Lina aus. Sie ist so weit entfernt. Ich will, sagt Bernhard. In guten und in schlechten Tagen. Die schlechten sind schon da: unterm Brautkleid trägt die Braut ein Bruchband und Bernhard weiß nichts davon. Am Anfang war die Lüge. Junge Frau mit Bruchband und Rachitis will alles Glück der Welt, steht in der richtigen Anzeige.

Und das soll nun der Tag sein, auf den man achtundzwanzig Jahre lang gewartet hat. Lina hat nicht genau gewußt, worauf sie wartet, aber sie hat gewußt: dies ist nicht das richtige Leben. Das richtige Leben kommt noch. Und vor dem Altar hat sie gedacht, es ist soweit. Hosiannah, Halleluja, singt der Chor, Gloria! und der Zauberer im roten Mantel hat die Arme ausgebreitet und die alte Formel gesprochen und die Zeit hat stillgestanden und das Leben den Atem angehalten: Lina Tiltges verwandelt sich in Lina Schulte. Jetzt sind sie Mann und Frau, bis daß der Tod sie scheidet. Sie scheidet. Der Tod. Der Drache liegt ganz still und hat die Augen geschlossen. Aus seinem Mund fließt rotes Blut. Der Tod. Gehet hin in Frieden, sagt der Zauberer und ist wieder Pastor Heitbreder. Der Zauber ist vorbei.

So schnell? fragt Lina Tiltges. Das soll alles gewesen sein. Aber niemand hört sie. Der Zauber ist nach hinten losgegangen. Lina Tiltges gibt es nicht mehr, Lina Tiltges ist Lina Schulte geworden und die wird das richtige Leben haben. Ich hab es mir aber anders vorgestellt, sagt Lina Tiltges. Aber das richtige Leben hat schon angefangen und darin kommt sie gar nicht vor. Der Tod. Die Glocken schalten sich ein: vernünftig, vernünftig; die Braut atmet wieder.

Lächeln, ruft der Fotograf, aber Lina will nicht. Dafür lacht Lene, die Taube sitzt auf ihrer Schulter und gurrt ihr ins Ohr. Jetzt bist du meine Mama, sagt der kleine

Antonius. Da lächelt Lina. Es tut mir leid, schreibt der Fotograf hinten auf das Hochzeitsbild, wie die Taube auf das Foto gekommen ist, weiß ich nicht. Ich hatte sie gar nicht gesehen.

*

Ich geh noch ein bißchen vor die Tür, sagt Bernhard abends und bleibt lange weg. Er hat sich geirrt. Lina ist nicht aufgeregt, ist ganz ruhig. Sie zieht sich aus, faltet ihre Kleider ordentlich zusammen und legt sie auf den Stuhl, das Bruchband ganz nach unten. So ruhig. Ihre Hände auf der Bettdecke bewegen nicht nicht, das Blut in ihren Adern fließt nicht mehr und sogar ihr Herz hat aufgehört zu schlagen. So ruhig. Wie schön du bist, sagt Bernhard später und wiederholt die alte Formel: ein Fleisch. Aber der Zauber wirkt nicht. Linas Lippen sind kalt und starr, wollen zwei Lippen bleiben, wollen kein Mund werden. Ein fauler Zauber: schon bei Bernhards erster Frau hat er nicht gewirkt. Bernhard kennt das alles, will auch nicht klagen, will vernünftig sein; ist aber dann doch nicht vernünftig, läuft aus dem Schlafzimmer und hofft auf ein Wunder, weiß aber, daß er keines verlangen kann; geht wieder zurück. Armer Bernhard, denkt Lina, und dann: wenn es nun ein anderer wäre – und hat damit die neue Formel gefunden, die wir gleich ausprobieren. Wenn es nun ein anderer wäre, schreibe ich auf das Papier. Schwarze Haare, schwarze Augen. Und ein sanftes dunkles Gesicht.

Ein richtiger Franzose. François soll er heißen und hat im Krieg auf dem Hof arbeiten müssen.

Hat nie mit Lina gesprochen und nie ihre Hand gehalten. Aber die Nachmittage. Hinter den Pferden auf dem Pflug und der Rücken hat wehgetan. Und die Hände wund. Und

die Sonne und der Staub in den Augen. Und dann hat er sie angeschaut.
Kein Wort. Nur das Lächeln: wie ein Geliebter lächelt. Und die Augen in Linas Augen.
Und Lina lächelt zurück und ihre Lippen sind warm. Wie weich sein Mund ist. Und da sagt Lina: Geliebter, und streckt die Hand nach ihm aus. Wie weich seine Haut ist.
Lina, sagt er.
Ja, sagt Lina.
Lina, sagt Bernhard. Schau mich an.
Da ist sie wieder, ruft Lina. Und sie hatte die weiße Taube schon verlorengeglaubt.

*

Die Hoffnung bewahren. Sie erneuern von Tag zu Tag: daß es auch anders sein kann. Nichts ist schwerer. In Ulentrop sieht das Heute aus wie das Gestern und das Morgen könnte genauso sein. Gestern. Heute. Morgen: Ulentrop. Anfang und Ende. Wenn Lina morgens die Gardinen zur Seite zieht, stehen die Berge schon auf ihren Plätzen und versperren die Sicht. Draußen ist Drinnen! rufen sie ihr zu. Da kann Lina nicht mehr atmen und läuft hinaus aus dem Haus und immer weiter und den Weg zum Friedhof hinauf, und da setzt sie sich auf eine Bank. Ruhe sanft, säuselt der Wind und Lina muß lachen.
Ulentrop unten im Tal ist nur noch ein Bild: die Kühe kleine Spielzeugfiguren auf grünen Samtflächen, die Ruhr ein silberner Lamettafaden und hier und dort ein Puppenhaus. Die Grabsteine hier auf dem Friedhof sind viel größer und haben die gleichen Namen wie die Nachbarn unten im Dorf: Kraas, Spindeldreher, Hachmann, Kümmeke und Trompetter.

Wie fühlen Sie sich, Herr Trompetter? fragt Lina. Ruhig, säuselt der Wind, oh so ruhig. Herr Trompetter ist neunundsiebzig und dazu drei Jahre tot und hat es nicht nötig, einer jungen Frau zu antworten, die erst neunundzwanzig ist und außer Atem und außerdem noch zugezogen. Drei Jahre tot und immer noch nicht klüger, sagt Lina und sieht nicht den blauen Himmel. Und die warme Sonne auf ihrem Gesicht spürt sie nicht. Ich bin nicht glücklich!

Da weht ihr der Wind ein Blatt Papier direkt vor die Füße und sie hebt es auf und liest:

Sie stehen da und haben viele Fragen! Fragen Sie mich, ich frage die Sterne. Für Sie. Ganz persönlich.

Ihr Sehr Ergebener

Randolf Roxroy

Ein scharfgeschnittenes Gesicht, eine kühn gebogene Nase, ein eleganter Schnurrbart und Augen, die alles wissen: und mit diesen Augen schaut Randolf Roxroy Lina direkt ins Gesicht. Roxroy Studios, 42 Emmastraat, Den Haag, Holland, steht unter dem Bild. Sowas, sagt Lina und kann wieder atmen. Draußen ist nicht mehr Drinnen, Draußen ist über die Berge gekommen und heißt Den Haag. Den Haag ist in Holland, ruft Lina laut über die Grabsteine hin, über all die Kraas und Trompetters und Spindeldrehers, die jetzt für immer hinter den Bergen liegen, und ehe sie geht, pflückt sie noch ein paar Granatäpfel von der Friedhofshecke. So früh schon unterwegs, fragt Frau Hachmann, die sie auf dem Nachhauseweg trifft. Lina zeigt die Granatäpfel vor: das gibt ein gutes Kompott. Und im Weitergehen lacht sie leise vor sich hin.

Als sie dann nach Hause kommt, ist Bernhard nicht mehr da. Er hat allein gefrühstückt und ist zur Arbeit gegangen.

Das Feuer im Ofen brennt, die Kohlen für den Tag stehen in der Schütte daneben. Lina soll keine Kohlen aus dem Keller holen. Lina trägt ein Bruchband und Bernhard weiß jetzt davon. Lieber Bernhard, denkt Lina und schämt sich ein bißchen. Jetzt steht er schon zwei Stunden am Schmelzofen, hat keinen Gedanken für Draußen und Drinnen, weiß nichts von Randolf Roxroy und von Den Haag, weiß nur von der Hitze, und die ist überall, ist draußen und drinnen und macht alles gleich.
Geehrter Randolf Roxroy, schreibt Lina, bleibt alles, wie es ist oder gibt es Hoffnung. Den Brief steckt sie in einen blauen Umschlag und legt ihn auf den Küchentisch. Der kleine Antonius kann ihn mitnehmen, wenn er zur Schule geht. Aber Randolf Roxroy droht mit dem Zeigefinger, und Lina nimmt das Blatt noch einmal zur Hand und liest: Sie werden gebeten, Ihre Briefe voll zu frankieren, damit dieselben nicht unnötig auf der Post zurückgehalten werden, außerdem bitte ich Sie, eine Marke (Ihres eigenen Landes), wenn kommunizierend mit mir, beizulegen. So muß sie doch selbst zur Post, aber vorher weckt sie den kleinen Antonius, setzt Wasser auf und holt die große, blaue Dose aus dem Küchenschrank. Hanseaten-Kaffee steht in silbernen Buchstaben vorne drauf. Jawohl Bruder Fritz! Es gibt Bohnenkaffee zum Frühstück und wir lassen ihn extra aus Hamburg schicken. Was mein Mann dazu sagt? Mach alles, wie du es für richtig hältst, sagt Bernhard; und der nächste Satz ist von Frau Spindeldreher: man merkt doch, daß Frau Schulte vom Bauernhof kommt. Sie erlaubt sich so manches. Damit meint sie die Butter.
Bei Pastors putzen, bei Fräulein Sauerwald. Und Bauer Hachmann bei der Ernte helfen. Ob sie nicht lieber ein Stück Speck dafür wollte, hatte Bauer Hachmann gefragt. Nein, sagt Lina, habe ich gesagt. Geld. Die große, blaue

Kaffeedose war fast leer. Mittags gibt es Kartoffelsuppe ohne Speck. Aber im nächsten Jahr wird Lina schon drei Hühner halten und irgendwann auch ein Schwein: jede Woche legt sie etwas Geld zurück. Ich will weiterkommen, schreibt sie an Randolf Roxroy. Und da wüßte ich gern, ob wenigstens Frieden bleibt. Dann könnnte man noch besser planen.

Das ist am Donnerstag und am Freitagabend muß sie schon wieder einen neuen Plan machen. Bernhard kommt nach der Arbeit nicht nach Hause, und als sie ihn dann bringen, ist das Geld für die Woche weg. Durst habe ich immer noch, lallt er.

Lina denkt an die Hitze und an die Kohlen und an die Granatäpfel, die sie erst vergessen und dann weggeworfen hat, und denkt auch an das Porto für die Briefe nach Holland und sagt nichts. Aber am nächsten Freitag, als Bernhard aus der Chemie kommt, steht sie vorm Tor. Sie hat die Milchkanne mitgebracht und zusammen holen sie einen halben Liter Bier und gehen nach Hause. Du hast Einfälle, sagt Bernhard.

Und die nächsten dreißig Jahre machen sie das immer so.

*

Was ist ein Kabäuschen? Ein Kabäuschen ist Schnittlauch im Mund, Regen auf Teerpappe und die Flucht. Amerika, sagt Irmi. Ich glaube, das wär was. Bestimmt wär das was, sage ich und schiebe die Zungenspitze zwischen die Vorderzähne. Und jetzt ist Irmi dran und muß raus in den Regen und neuen Schnittlauch holen, und ich sitze trocken im Kabäuschen und weiß, daß sie meine allerbeste Freundin ist, obwohl sie bei ihr zu Hause nur ein einziges Buch haben und Trompetters Hannelore ist im Bertels-

mann Lesering und erzählt mir alle Geschichten, wenn sie damit fertig ist.
Wenn, dann bald, sage ich, als Irmi zurückkommt, und denke an Tom Sawyer und Huckleberry Finn, die auch nicht viel älter waren als wir. Wer? fragt Irmi, und damit habe ich gerechnet, weil das Buch bei ihnen im Schrank Hubertushof heißt und von Ludwig Ganghofer ist. Also erzähle ich ihr, daß das zwei Jungen aus einem anderen Buch sind. Die reißen nachts von zuhause aus und erleben eine Menge Abenteuer.
Nachts ist nicht gut, sagt Irmi. Viel zu wenig Autos und sie nehmen einen auch nicht mit im Dunkeln. Ich denke, daß sie uns eher im Hellen nicht mitnehmen, weil alle Leute, die Irmi nicht gut kennen, meinen, daß sie schrecklich häßlich ist, und Irmi, die mich beobachtet hat, fragt schnell: wollten die beiden auch nach Amerika?
Nein, sage ich, sie waren schon da, und jetzt muß Irmi doch den Kopf schütteln über soviel Unvernunft und auch, damit ich merke, daß es so wichtig nicht sein kann, dieses Buch zu kennen. Nachts, murmelt sie, und sie waren schon da, und weil Irmi meine allerbeste Freundin ist und viel wichtiger als Tom und Huckleberry, sage ich nur: naja, wir können ja auch am Tage.

4

Der Weg zum Himmel ist mit roten Steinen gepflastert. Das Kloster steht oben auf dem Berg. Du sollst wenigstens einmal im Jahr zur Beichte gehen, und zwar in der österlichen Zeit. Karfreitag: Jesus nimmt das Kreuz auf seine Schultern. Du bist schuld. Wie heißt das sechste

Gebot? Du sollst nicht Unkeuschheit treiben. Weder allein noch mit anderen, sagt Pater Benedikt. Wenn Bernhard im Beichtstuhl kniet, ist Lina die andere. Kinder sind die Erfüllung der christlichen Ehe, sagt Pater Benedikt. Er ist sehr jung. Und der gottgewollte Zweck. Sie lehnen sich auf gegen Gottes Gebot. Warum?
Die Wand hinterm Bett ganz voll Blut. Als ob man ein Tier geschlachtet hätte, sagt Lina, und Bernhard stand die ganze Zeit daneben. Vier Kinder sind genug und die Frau soll nicht sterben. Wollen Sie das nicht Gott überlassen, fragt Pater Benedikt. Nein, sagt Bernhard.
Da muß er raus aus dem Beichtstuhl und noch einmal von vorne anfangen: Gewissen erforschen, Reue wecken, einen guten Vorsatz fassen. Der Weg zur Hölle ist mit guten Vorsätzen gepflastert. Wir sind alle kleine Sünderlein, und Jesus fällt das erstemal unter dem Kreuz. Ich bereue, sagt Bernhard.
Drei Vaterunser, sieben Ave Maria. Die Muttergottes wird helfen. Ego Te Absolvo. Amen, sagt Bernhard, so sei es. Pater Benedikt hat rote Haare und Sommersprossen. In den Bankreihen sitzen die Menschen dicht gedrängt. Sie sollen nicht Unkeuschheit treiben. Jesus hat alles auf seine Schultern genommen. Du bist schuld. Jesus fällt das zweitemal.
Gehen Sie ruhig vor, sagt Lina, aber Frau Hachmann will nicht. Da gaben sie ihm Wein zu trinken, der mit Galle vermischt war, aber als er ihn gekostet hatte, wollte er nicht trinken. Es muß ja nicht sein, sagt Pater Benedikt. Der du bist im Himmel.
Am schönsten wäre es, wenn die Liebe beiden Spaß machte, denkt Lina. Pater Benedikt hat auch daran gedacht: Lina büßt zwei Vaterunser weniger. Allein oder mit anderen? Auch allein. Wie oft? Nicht oft genug. Jesus

fällt das drittemal unter dem Kreuz. Sechsmal, sagt sie. Hat gemogelt und ein paar vergessen, wir sind alle kleine Sünderlein. Ich bereue von ganzem Herzen, sagt sie. Der Junge mit den roten Haaren ist laut geworden, aber Gott ist barmherzig, obwohl der Mensch es nicht verdient. Ego Te Absolvo. Frau Hachmann draußen hat alles gehört.

*

Die Glocken läuten auf Deubel komm raus. Großer Gott wir loben dich. Die Schützenkapelle macht auch mit: Jesus steht mit Pauken und Trompeten von den Toten auf. Draußen vor der Kirche sind die Evangelischen und wünschen, sie wären katholisch. Freuet Euch! ruft Pastor Heitbreder. Ihr seid erlöst.

Sein Blick geht durch die Bankreihen, aber Bernhard steht wieder ganz hinten, dicht beim Ausgang, und Lina war schon in der Frühmesse. Jetzt versteckt sie Ostereier für die Kinder. Gott ist die Liebe, sagt Pater Heitbreder. Pater Benedikt ist nicht da, er ist nur für die Sünden zuständig. Die Liebe und das Leben, sagt Pastor Heitbreder. Vielleicht hat Bernhard zu leise gesprochen und der Pater hatte gar nicht verstanden, um was es ging.

Immer noch kalt, sagt Lina. In der Ecke findet ihr nichts. Und suchet nicht den Lebendigen bei den Toten! ruft Pastor Heitbreder und dann singen sie: der Tod hat keinen Stachel mehr. Ich hab's, schreit der kleine Antonius und läßt das rote Ei wieder fallen. Die Schale zerspringt in tausend Stücke. Heul nicht, sagt Lina. Such lieber weiter.

Und da klopft es an die Türe und Frau Hachmann kommt in die Küche und wünscht Frohe Ostern und die Meßdiener läuten ihre silbernen Glöckchen und schwenken die Weihrauchgefäße hin und her. Weiße, duftende Nebel

steigen auf, die Kerzen flackern, und die fünfhundert goldenen Türmchen des Altars richten sich immer höher auf, so als wollten sie durch das Dach hindurchstoßen und direkt dem Himmel entgegenwachsen, die Heiligenfiguren wiegen sich sanft hin und her, und der Goldregen löst sich von den Vasen und schwebt im Raum.
Ein Sonntag ohne Suppe ist gar kein richtiger Sonntag, sagt Frau Hachmann. Die Kinder essen Ostereier. Und während er sie segnete, schied er von ihnen und fuhr auf in den Himmel. Zwei Zimmer sind auch wirklich zu eng. Im Namen des Vaters und des Sohnes und des Heiligen Geistes, die Luft ist lau, das Tal ist grün, nun muß sich alles, alles wenden: sollen wir einen Mittagschlaf machen, fragt Bernhard. Ich paß schon auf. Am schönsten wäre es, wenn die Liebe beiden Spaß machte. Ich liebe dich, sagt Bernhard, ich liebe dich, ich liebe dich. Und da lassen wir Bernhard und Lina allein und spielen selbst.

*

Einer muß sich auf die Erde legen und der andere legt sich oben drauf. Man schaut sich lange in die Augen. Einer muß sagen: In der Zukunft liegt der Tod uns zu Füßen. Dann lacht man lange und laut. Der unten liegt, schließt die Augen und läßt sich einen Kuß auf den Mund geben. Der obere behält die Augen offen. Er sagt: welche Freude, und küßt den anderen noch zweimal auf den Mund. Wenn er damit fertig ist, muß der untere anfangen, sich zu wehren. Er muß sagen: nein, bitte nicht, und versuchen, den anderen abzuwerfen. Der obere muß dem unteren den Arm auf den Rücken drehen und ihn nochmal küssen. Wenn der untere anfängt zu weinen, muß der obere sagen: bitte weine nicht, ich tue nichts, was du nicht willst. Dann

schauen sich beide wieder lange in die Augen. Einer muß sagen: in der Zukunft liegt der Tod uns zu Füßen, und man lacht lange und laut. Dann will der untere auch, und wenn sie fertig sind, stehen sie auf und spielen mit den Holzfiguren weiter.
Die schwarzen sind die Eltern und die roten die Kinder. Die schwarzen bauen ein Haus und die roten spielen im Sandkasten. Wenn das Haus fertig ist, ziehen Eltern und Kinder ein und freuen sich. Abends sind alle müde und sagen: gute Nacht.
Ein langweiliges Spiel, sagt Irmi und wirft die Klötzchen um. Du bist langweilig, sage ich, und Irmi schmeißt auch noch das Haus um und sagt: ich gehe nach Hause. Aber da fällt mir ein, daß wir ja Finchen und ihr böser Mann spielen können.
Die rote Figur ist Sofie, die weiße ist Finchen, und die schwarze ist Finchens Mann. In Wirklichkeit hatte er blonde Haare und blaue Augen gehabt und die meisten hatte er damit auch täuschen können. Nur Sofie hatte es gleich gewußt. Er ist zu schön, hatte sie gesagt, als die schwarze Gestalt in der Tür stand und sie mit seinen blauen Augen anschaute. Er lächelte sein rasches Lächeln und Finchen seufzte, aber Sofie hatte rote Haare und kein Herz. Ich bin dagegen, sagte sie, nur nützte es nichts, weil der alte Antonius seinen Segen gab. Wir brauchen noch eine Figur, sagt Irmi. Aber vom alten Antonius haben wir sogar ein Foto, und das nehmen wir dann auch.
Kuck mal, sage ich, so sieht er aus. Doch darauf kommen wir später noch zurück. Erst einmal führen wir die weiße Figur der schwarzen zu. Armes Finchen! Pastor Heitbreder wird sie trauen. Noch eine schwarze Figur? fragt Irmi, aber dann nehmen wir doch lieber die gelbe Kerze aus dem Schlafzimmer. Willst du dieses Finchen zu deiner ange-

trauten Gattin nehmen, fragt die gelbe Kerze, und ihr beistehen in guten und in schlechten Tagen? Ja, sagt die schwarze Figur, ich will. Groß und blond hatte er vor dem Altar gestanden und in seiner Eisenbahneruniform wie ein Offizier ausgesehen, und bei den Worten: ich will, hatte er ein bißchen gelächelt. Dann wird Finchen noch gefragt, Pastor Heitbreder ruft: was Gott zusammenfügt, soll der Mensch nicht trennen, und die Hochzeitsfeier beginnt.

Dafür brauchen wir alle Holzfiguren, die da sind. Für Bernhard müssen wir sogar ein Streichholz nehmen. Lang und dünn steht er da und die beiden Klötzchen neben ihm sind der kleine Bernhard und der kleine Antonius. Bernhards erste Frau ist schon tot und Lina gibt es noch nicht, und das ist gut so, weil sonst die Figuren nicht ausgereicht hätten. Wir holen die kleinen Medizinbecher aus dem Küchenschrank und der alte Antonius schenkt Klaren aus. Die Hochzeitsgäste sagen: viel Glück, und trinken ihre Becher aus und die schwarze Figur trinkt am meisten. Dann wird getanzt, und einmal geht die schwarze Figur auch zu der roten, aber Sofie sagt: nein, danke, ich tanze nicht. Dann gehen die schwarze und die weiße Figur zusammen weg. Armes Finchen! Als er sie bei der Hand nahm, sind seine blauen Augen ganz grün geworden. Sofie hat es genau gesehen.

Danach ist die Hochzeit vorbei und wir tauschen die weiße Figur gegen eine dicke blaue aus: der kleine Fritz ist unterwegs. Jetzt brauchen wir auch die kleine Holzeisenbahn. Finchens Mann ist Schaffner, und die schwarze Figur muß immer zwischen Hagen und Kassel hin- und herfahren, aber jede dritte Nacht hat sie frei und steigt in Ulentrop aus. Eins, zwei, drei, vier, fünf, sechs, sieben, zählt Irmi und wir tauschen die dicke blaue Figur gegen eine noch dickere aus. Die kleine Holzeisenbahn fährt immer noch hin und her, aber keine schwarze Figur steigt aus, und ich koppele zwei Wagen ab und lasse sie in die andere Richtung fahren. So hat er's gemacht, sage ich, er hat sich einfach auf die Strecke Hagen–Dortmund versetzen lassen. Und warum, will Irmi wissen. Wegen dieser Person! ruft der alte Antonius aus, und wir stellen schnell eine kleine grüne Figur dazu. Und er ist nie wiedergekommen, fragt Irmi. Doch, sage ich, einmal ist er gekommen. Finchen ist jetzt eine graue Figur. Da geht die Türe auf, und die schwarze Figur tritt ein. Sie hat sich sehr gefreut, sage ich, und wir tauschen die graue Figur wieder gegen die weiße aus. Du hast dich gar nicht verändert, sagt die schwarze Figur und dann geht sie zu dem gelben Klötzchen. Das ist der kleine Fritz, der ist jetzt schon vier Jahre alt. Den ganzen Nachmittag hat er mit ihm gespielt und abends hat er ihn ins Bett gebracht und dann hat Finchen zwei Klare eingeschenkt. Warum denn das, fragt Irmi, ich denke, davon kriegte er diese grünen Augen. Und weil ich daran noch nicht gedacht habe, sage ich nur: jedenfalls war es so! und wir rücken die beiden Figuren ganz dicht nebeneinander und stellen Medizingläschen vor sie hin. Er trinkt also seinen Klaren, aber gerade als seine Augen anfangen, grün zu werden, geht die Türe auf und der alte Antonius kommt herein und ruft: ein Bankert ist genug! und schubst die schwarze Gestalt zur Türe heraus.

Das war's, sage ich und Irmi: aber sie hatte doch noch den kleinen Fritz. Das ist ein anderes Spiel, sage ich, und Irmi will sofort weiterspielen, aber ich habe keine Lust mehr, und da schmeißt Irmi wieder alle Klötzchen um und sagt: ich gehe nach Hause. Und diesmal geht sie wirklich.

5

Vier rote Buchstaben: Tabu. Am Eingang stehenbleiben. Licht an, Licht aus, Licht an. Mein Herz ist ein einsamer Jäger: dieser dort? Schön und kaffeebraun. Tabu. Lina ist tot und kann sich's erlauben. Ihren Mantel bitte. Nein danke, das ist mein Leichentuch. Cola Rum und die Trommeln dröhnen lauter.
Andere Tote sind gleich tot, liegen im Grab und lassen die Lebenden, wie es sich gehört. Und wenn Klauken Fidi nicht die falschen Jahreszahlen in den Grabstein eingemeißelt hätte, wäre es Lina genauso gegangen.
Und sie hätte nicht A la recherche du temps perdu noch fast ganz geschafft: im Original. Und Anna Karenina sogar dreimal. Und an jenem Tag im schönen Mond September kann sie auswendig hersagen und ist von Morgenrohot und Ich hatt' einen Kameraden doch noch zu Casablanca gekommen und spricht es richtig aus: Humphrey Bogart. Und wie er dann zum Schluß mit diesem Franzosen gemeinsame Sache macht: daß das das Allerschönste ist. Und Nashville natürlich.
Filme sind schön. Und Lieder.
Daß sie meine Reise machen will: daran ist Klauken Fidi schuld.
Der trinkt bei der Arbeit und viel zu viel. Ist ein Künstler, sagt Klauken Fidi, kein Standesbeamter. Und 1891 bis 1976 steht dann auf dem Grabstein, aber bis 1971 müßte es heißen.
Daß er eher ein paar Jahre weniger gibt, sagt Klauken Fidi noch, und nur selten ein paar Jahre mehr. Er weiß warum. Wenn Mama will, meißelt er auch noch den Spruch dazu. Umsonst.
Wenn nicht, kann sie den Stein für die Hälfte haben, wegen

der falschen Jahre. Obwohl, sagt Klauken Fidi: fünf geschenkte Jahre. Dafür würde mancher das Doppelte geben.
Einfach weiter dann. Mein Herz ist ein einsamer Jäger, aber halt! Nicht die Schritte zählen. Es gibt keine Schritte, rufen die Trommeln, es gibt keinen Tod, keine Rachitis, keine Angst, keine Sünde. Licht an: haha, said the clown. Licht aus und weinen.
Ich bin auch nicht von hier, sagt Lina und wirft ihr Glas über die Schulter: wir feiern fünf geschenkte Jahre. Mustafa lacht mit blitzenden Zähnen, das Gogogirl tanzt auf der Trommel und der Geschäftsführer bringt schnell ein neues Glas. Auf das Leben! und dann greift sie nach der Liane, die von der Decke herabhängt und schwingt sich in den Dschungel. Mustafa hinterher.

6

Bernhard drängt sich nicht vor und wird oft vergessen. Frau Hachmann sagt, daß er ein schöner Mann war. Groß und schlank. Die Augen blau. Und lächelt.
Bernhards Augen waren grau.
Und an den Lehnstuhl erinnere ich mich.
Neben dem Ofen und Bernhard setzt sich hinein und zieht den Filzhut tief ins Gesicht.
Und Lina erzählt.
So hat er immer dagesessen, wenn er sich geärgert hat. Und stundenlang vor sich hingebrütet.
Bernhard brütet vor sich hin.
Aber wenn er dann endlich den Mund aufgemacht hat, erzählt Lina weiter.

Wer das Kreuz in der Hand hält, der segnet sich, sagt Bernhard. Und: wenn's irgendwann mal Brei regnet, dann haben wir grad keinen Löffel dabei.
Wenn man die Gedanken einfach abstellen könnte. Oder Worte finden. Was die Zeitungen vor dem Krieg geschrieben haben und was danach. Aber Schulte Bernhard, Musketier, Zivilstand Taglöhner, hat mitmüssen. Nach Rußland. Führung sehr gut, keine Strafen, Stiefellänge 29½ Zentimeter.
Und verwundet.
1 Rock, 1 Hose, 1 Paar Stiefel, 1 Mantel. Und das eiserne Kreuz zweiter Klasse. Das ist der Frieden. Und die man nicht wiederfindet. Aber nach Worten hat Bernhard nicht suchen müssen, weil alle das gleiche gewußt haben, hat er gedacht.
Kein Kaiser. Ein bißchen Gerechtigkeit. Aber dann Liebknecht und die Frau im Landwehrkanal. Daß Ebert Reichskanzler ist, und die Stuhlfabrik gehört immer noch Herrn Kraas. Das Sägewerk auch und der Wald Bauer Hachmann.
Der weiße Nebel. Der aus den Kesseln steigt und müde macht. Morgens um sechs zur Chemie, jede Woche 60 Pfennig für den Fabrikarbeiterverband und nach Feierabend Schwarzarbeit. Das Haus von Doktor Wiese ist bald fertig. Wenn die Nacht länger wäre. Oder der Sonntag.
Für jeden Gedanken ein Goldstück. Keinen Krieg und eine richtige SPD. Ein bißchen Gerechtigkeit.
Immer die gleichen Gedanken. Im Lehnstuhl neben dem Ofen, in der Kirche ganz hinten. Wenn er so still sitzt. Und manchmal den Kopf geschüttelt. Aber zur Arbeit ist er trotzdem gegangen, jeden Tag, nur am Sonntag nicht.

*

Die Glocken läuten und Bernhard hört daraus: in den Wald, in den Wald. Die Luft ist noch ganz frisch und beim Einatmen prickelt sie auf der Zunge. Über den Bergen liegt ein leichter Dunst und der Wind bringt den Tannenduft bis zu der Stelle, wo Bernhard steht. Das wird ein Tag, sagt er.
Dann betrachtet er das Kind neben sich: du kommst doch mit? Das Kind hebt die Nase und schnuppert, riecht die Tannen, genauer noch: die Tannenzapfen, die man gleich einsammeln wird. Vorher wird man auf dem Handwagen sitzen und sich ziehen lassen, und oben im Wald packt Bernhard dann die Butterbrote und die Thermosflasche aus. Aber nicht zu schnell nachgeben, man kennt die Spielregeln: wenn du mir einen Schmetterling fängst.
Dünne Beine in blauen Söckchen, ein spitzes Gesicht, die Sonne zaubert helle Punkte in die dunklen Augen. An den Gräsern funkeln silberne Tropfen und Bernhard wird leichtsinnig: ich fang dir einen.
Versprochen ist versprochen, aber Bernhard ist doch gar kein Fänger, hat noch nie etwas gefangen. Da ist ihm wohl der Tau zu Kopfe gestiegen. Wir fangen zwei, nein drei Schmetterlinge, sagt er. Steht sonst den ganzen Tag in der Chemie am Schmelzofen, wird doch wohl am Sonntag drei Schmetterlinge fangen können.
Als sie dann oben unter den Tannen sind, breitet Bernhard eine Decke auf dem Moos aus und spricht: das Leben könnte schöner sein, und sie sitzen eine Weile schweigend und sehen das Flirren in der Luft, da, wo die Sonne ihre Strahlen schräg durch das Nadeldach hindurchschickt.
Früher, fängt Bernhard wieder an, haben die Menschen alles, was sie brauchten, aus dem Wald geholt: Beeren, Pilze, Holz und Kräuter. Da waren sie den ganzen Tag an der frischen Luft. Er wickelt zwei Hasenbrote aus und faltet das Butterbrotpapier wieder ordentlich zusammen.

Wenn man am Schmelzofen steht, ist es einem immer zu heiß. Er kaut sorgfältig: man hat auch keinen rechten Hunger. Manchmal denke ich, eines Tages geht es mir wie Beckmanns Friedel.

Beckmanns Friedel hatte 25 Jahre lang am Schmelzofen gestanden. Von Tag zu Tag trocknete er mehr aus und schließlich war er so zusammengeschrumpft, daß man schon genau hinkucken mußte, um ihn zu sehen, und als sie ihn eines Tages zum Essen rufen wollten, standen nur noch die Kleider vor dem Ofen, ganz steif geworden von der Hitze, aber Beckmanns Friedel war nicht mehr drin.

Ja, spricht das Kind, das Leben könnte schöner sein, und Bernhard lehnt sich zurück und ruht sich eine Weile aus, bevor er weiterspricht, und als er dann spricht, macht er's kurz: wenn man sich einig wäre, könnte man's ändern.

Das Kind nickt nachdrücklich mit dem Kopf. Dann sagt es: da ist der Schmetterling.

Wie es weitergeht – wie Bernhard versucht, den Schmetterling zu fangen, wie er sich beim Laufen über eine sumpfige Wiese zuerst nasse Füße holt, dann über einen Maulwurfshaufen stolpert und hinfällt, und wie er sich am Ende in einem Stacheldrahtzaun verfängt, über den der Zitronenfalter leicht hinwegschwebt – wollen wir lieber verschweigen. Erst als er langsam zurückkommt und dem Kind seine leeren Hände entgegenstreckt, sind wir wieder dabei. Und wir sehen: die Hände sind gar nicht leer. Da liegen die ganzen sechzig Jahre drin, die er schon gelebt hat. So wenig Platz brauchen die, und sogar vom Zitronenfalter ist noch was geblieben: ein kleiner goldener Schimmer.

Laß man, sagt das Kind, während es von einem Sonnenflecken zum anderen hüpft, mehr fängst du sowieso nicht; und es schaut Bernhard an, wie er da steht, schmutzig und außer Atem, und weiß: er wird sterben. So ein kleines Leben, denkt Bernhard und kann den Blick gar nicht von seinen offenen Händen losreißen. An der einen Hand fehlen drei Finger, die sind ihm bei der Arbeit abhandengekommen, und die restlichen Finger legt er jetzt über die Innenflächen seiner Hände und preßt sie fest dagegen und immer fester, und da sind am Schluß doch noch zwei Fäuste daraus geworden. Naja, sagt er, jetzt holen wir erst mal das Holz.

*

Und wieder zur Arbeit am nächsten und jeden Tag, 49,5 Versicherungsjahre lang. Ohne Fleiß kein Preis: am Ende zahlt sich alles aus. Man muß es sich nur abholen. Einhundertsechsundzwanzigmark. Zehnpfennig. Abgerundet. Das ist schon der zweite Frieden.
Landesversicherungsanstalt Westfalen hat auf dem Rentenbescheid gestanden und unten ein Stempel. Den falschen Namen haben sie gar nicht bemerkt und Bernhard Schulte kriegt die Rente von Bernhard Winkelmann und nimmt sie auch. Was für den einen recht ist, ist für den anderen billig. Und, sagt Lina, mehr wär's sowieso nicht geworden. Er hatte ja nichts Richtiges gelernt.
Und darum frieren im Winter alle Leitungen zu und auch das Klo und wir müssen Salz mitnehmen, wenn wir nachts aufstehen, und dann noch durch den langen, kalten Flur und immer auf der Hälfte geht das Licht aus. Und darum die zwei kleinen Zimmer und die Feuchtigkeit in den Wänden, und tausend Zentner Kohle können sie nicht daraus vertreiben. Wenn man soviel Kohle kaufen könnte.

*

Schatzsuche. Lina und ich spielen das alte Spiel auf dem Boden über dem Stall. Die großen Bretterkisten sind nur undeutlich zu erkennen und Lina zündet zwei Kerzen an: setz dich erstmal. Gleich sehen wir alles ganz genau.
Unter uns im Stall gackern die Hühner und dann ruft Bernhard ein paarmal, aber als er die Leiter an der offenen Dachluke sieht, weiß er Bescheid: er wird allein in den Wald gehen müssen. Klunkern, Gerümpel, murrt er vor sich hin, und ich muß laut lachen und kucke zu Lina hin, aber Lina lächelt nur ein bißchen und legt im Halbdunkel den Finger auf die Lippen.
Da weiß ich: wir haben ein Geheimnis, und ich höre auf zu lachen und lausche. Bernhard unten brummt noch weiter vor sich hin. Dann wird er still und wartet, aber das Geheimnis hat er sich schon verscherzt, und so hören wir schließlich den Handwagen davonrumpeln. Und als wir ihn nicht mehr hören, ist es ganz hell geworden in dem kleinen Raum und Lina öffnet die erste Kiste.
Da gibt es silberne Fische, in denen man Plätzchen backen kann, und rote Rosen aus Seide, die duften sogar. Und dann kommt Aschenputtel aus der Kiste und direkt hinter ihr die böse Stiefmutter mit einem Teller Erbsen in der Hand. Da sitzt Dornröschen in einer Dornenhecke, die gerade zu blühen anfängt, und gleich wird sie die Augen öffnen und den schönen Prinzen sehen. Der trägt wieder seine kornblumenblaue Jacke und alle Porzellanfiguren sind so kostbar, daß man nur an besonderen Tagen damit spielen darf. So wie heute.
Aber besondere Tage sind kürzer als andere Tage, und als der Nachmittag schon fast vorbei ist, gibt es immer noch unendlich viel zu tun. Die silbernen Fische müssen poliert werden, damit sie ihren Glanz nicht verlieren, die Rosen Stück für Stück in weiches Papier eingeschlagen werden,

damit sie ihren Duft behalten; und dann noch den weichen Pinsel nehmen und Dornröschen vorsichtig abbürsten und den Prinzen und auch die anderen alle, damit sich der Staub nicht in ihren Kleidern festsetzt.
So ein Kleid möchte ich auch mal, und da holt Lina ganz unten aus der Kiste ein Paket aus braunem Packpapier, und als sie es auswickelt, liegt da ein glänzender, silbergrauer Stoff. Das ist Schenille, und Bernhard weiß nichts davon, und wenn ich groß bin, näht Lina mir daraus ein Kleid wie aus Mondstrahlen gewebt. Aber jetzt müssen wir erst alles wieder einpacken, und als wir fertig sind, fällt auch schon kein Licht mehr durch die offene Luke. Aber da warten noch die anderen Kisten und das heißt: wir werden morgen noch einmal hier herauf müssen.
Hab ich mir schon gedacht, sagt Bernhard. Wir haben den Handwagen gar nicht zurückkommen hören, aber Bernhard sitzt schon in der Küche neben dem Ofen, und den Hut hat er noch auf dem Kopf behalten und da ahnen wir schon, was kommt.
Wie kann man nur den ganzen Tag in diesem Loch vertrödeln, sagt Bernhard. Das Kind muß an die Luft.
Und dann sagt er noch, daß er nichts dagegen hat und daß der Stall baufällig ist und abgerissen gehört und daß eines Tages der Boden unter uns wegbrechen wird und wir mitsamt den Kisten in den Stall fallen und uns das Genick brechen, und wenn nicht das, dann werden wir mit den Kerzen das morsche Holz anzünden und das wird brennen wie Zunder und wir mit – und da greift Lina einfach zu und nimmt Bernhard den Hut vom Kopf: darunter muß dir ja zu heiß werden.
Ich muß ganz laut lachen und kucke zu Lina hin, und Lina lächelt wieder ein bißchen, und Bernhard sitzt nun neben dem Ofen ohne Hut und ohne Geheimnis und hat ganz

traurige Falten um den Mund, und vielleicht gehe ich doch hin und setze mich auf seinen Schoß; aber da fällt mir gerade noch rechtzeitig der silbergraue Stoff ein: Schenille. Darunter muß dir der Kopf ja zu heiß werden, sage ich.

*

Wer nichts fordert, kriegt auch nichts. Keine Porzellanfiguren und keine Geschichten und die Geheimnisse behalten wir für uns. Sag es nicht weiter. Warum. Damit es ein Geheimnis wird.

Warum Spiegels Grete so blaß aussieht. Der Alte säuft und nachts hört man das Schreien, und Grete läuft aus dem Haus. Irgendwohin. Und wartet, bis es hell wird. Die alte Spiegel muß bei ihm bleiben. Aber keine Kinder mehr: wenn doch, bringt sie es mit der Stricknadel in Ordnung. Grete muß helfen. Warum Spiegels Grete so blaß aussieht: wir wissen es. Aber kein Wort zu Bernhard.

Was Fechners Karl mit Hessen Marianne macht, ist ein Geheimnis. Warum sie das Schlüsselloch zuhängen, ist ein Geheimnis, und die letzten Worte vom alten Hesse. Wo sich Schulten Leo seine Frau geholt hat. Und kein Wort zu Bernhard.

Geheimnisse sind Geheimnisse. Daß Lina den Ring fast zurückgeben wollte. Ein Bruchband und schiefe Beine: wie das ist. Und wie es anders wäre. Und Sehnsucht, wenn es dunkel wird und alles so still. Und François. Was das Danziger Goldwasser wirklich gekostet hat. Daß Herr Glück gestern wieder da war. Und unter den Seifenstücken immer noch der Brief. Seit dreißig Jahren.

Roxroy Studios, zweiundvierzig Emmastraat, Den Haag, Holland, k eins dikt. heißt wohl diktiert, den sechzehnten September neunzehnhundertvierundzwanzig. Frau

Schulte. Und dann: ob Lina alles genauer wissen möchte. Ob Lina glücklich sein möchte. Und weiter: Sie fragen mich wie.
Das Sternbild des Wassermanns verleiht Ihnen gewisse empfindende Gaben. Sie haben ein starkes magnetisches Auge, ein mildes Temperament und eine große Empfindsamkeit. Madame de Sevigne, Adeline Patti und Susan B. Anthony sind glänzende Beispiele berühmter, unter dem Zeichen des Wassermanns geborener Frauen. Sicherlich werden Sie viele Charaktereigenschaften dieser Frauen mit den Ihrigen übereinstimmend finden.
Allerdings erfordert die eigenartige Stellung der Planeten zur Zeit Ihrer Geburt sorgfältiges und genaues Studium, um mancherlei daraus schließen zu können.
Kurz in die Vergangenheit blickend, sehe ich: Sie hatten Ihren Teil Sorgen. Doch scheinen bessere Zeiten für Sie im Anzuge zu sein. Ihre Glückstage können in einem ausführlichen Horoskop genannt werden.
Kurz in die Zukunft blickend, sehe ich Anzeichen von Unterhandlungen mit angeblich befreundeten Persönlichkeiten und empfehle Ihnen daher größte Vorsicht. Mehr kann darüber in einem ausführlichen Horoskop gesagt werden.
Obwohl nur wenige Feinde angedeutet sind, dürften Sie Gelegenheit haben, sich gegen eine sehr bitterböse, feindlich gesinnte Persönlichkeit zu verteidigen. Ich würde Ihnen empfehlen, in den Kreisen gut situierter Personen zu verkehren und dieses so viel wie möglich. Diejenigen Personen, welche sich in Wahrheit als treue Freunde erweisen dürften. Und wieder: das ausführliche Horoskop.
Und daß es ganz sicher in Linas bestem Interesse läge, sich über die Einflüsse der Sterne, welche unser Glück und

Unglück bestimmen, zu informieren. Viel Elend könne vermieden werden. Wie, könne nur an Hand eines ausführlichen Horoskops in Erfahrung gebracht werden: für daß ich Ihnen den ganz besonderen Preis von Mark 12,– berechnen will.

Und daß ihm sehr daran gelegen wäre, ein ausführliches Horoskop noch vor dem fündundzwanzigsten des nächsten Monats zu behändigen, da gewisse Gründe vorlägen, welche es höchst ratsam machten, die Absendung des Horoskops vor dem genannten Datum in die Hand zu nehmen.

Und seine zuversichtliche Hoffnung, daß Lina diese Angelegenheit nicht so leichthin behandelt. Und an ihrem eigenen Wohlergehen hinreichend interessiert sein werde, um ihren Auftrag sofort abzusenden, wenn möglich mit umgehender Post. Inzwischen verbliebe er, ihr sehr ergebener Randolf Roxroy.

Daß sie das Geld nicht geschickt hat, sagt Lina, auch nicht nach dem zweiten Brief. Und die bitterböse, feindlich gesinnte Person ist Bernhards Schwester Sofie gewesen. Wahrscheinlich. Hat aber dann bald diesen Lehrer geheiratet und ist nach Hagen gezogen.

Zwei Mark hätte Lina gegeben: für die Glückstage. Für das Glück sogar mehr. Aber dann wäre es ja keins. Und vielleicht hat Randolf Roxroy sich alles ausgedacht und hat nur das Geld gebraucht. Vielleicht aber auch nicht. Und wenn Lina noch mal geschrieben hätte. Aber vielleicht ist es auch besser, man weiß nicht alles. Und was ich davon halte. Aber kein Wort zu Bernhard.

*

Komm rahaus, komm vors Hahaus, singt der blöde Walter, und zwischendurch kreischt er mit der hohen Stimme, die kein anderer hat, und auch der blöde Walter hat sie nicht immer. Er sitzt draußen auf dem eisernen Treppengeländer und schlägt mit den Beinen dagegen, so feste, daß das Geländer noch eine ganze Weile weitersummt, und dann versucht er sich aufzurichten und in Linas Küchenfenster zu kucken. Komm rahaus, komm vors Hahaus.

Geh lieber, sagt Lina, sonst stürzt er sich noch zu Tode, und ich laufe zur Tür, aber dann muß ich noch mal um und die Strickjacke mitnehmen und: komm rahaus, komm – und mittendrin bricht der blöde Walter ab, weil ich schon oben auf der Treppe stehe. Und läßt sich vom Geländer herunterfallen und tritt noch mal ganz feste gegen die Gitterstäbe. Blödmann, sage ich, und das Geländer summt immer noch und Walter macht Prrrrrrrrrt mit aufeinanderschlagenden Zähnen und dreht sich dabei ganz schnell um sich selbst, und als er endlich still steht, wackelt er noch ein bißchen hin und her, und gerade ankucken kann er mich auch nicht: was sollen wir spielen. Dir fällt nie was ein, sage ich. Doch, sagt der blöde Walter und sieht sehr schlau aus.

Wir machen an unserem Schloß weiter. Dafür müssen wir uns erst zwei spitze Steine suchen, und während wir suchen, singt Walter: Godipei, Godipei, mit seiner höchsten Stimme, und zwischendurch kuckt er rauf zu den Fenstern im ersten Stock, wegen seiner Mama. Die kann es nicht leiden, wenn er so singt und immer das gleiche Wort und wenn er dabei auch noch so mit den Lippen zittert, und sie sagt auch, daß wir uns schmutzig machen und aus dem alten Kasten wird nie ein Schloß.

Aber wenn Walters Mama alles wüßte, hätte sie nicht drei

blöde Kinder gekriegt, eins vielleicht, aber nicht drei, und Frau Hachmann hat gesagt, es ist gar nicht Walters Mama, es ist Walters Papa. Bei dem liegt es in der Familie. Aber heute steht Walters Mama nicht da, und als wir die zwei spitzen Steine gefunden haben, stellen wir uns vor die Hauswand und fangen an.

Zuerst einmal muß das ganze Moos aus den feuchten Mauerritzen gekratzt werden, das dauert schrecklich lange, aber sonst hat alles andere keinen Zweck, und wir wollen draußen erst alles richtig in Ordnung haben und dann machen wir's drinnen auch noch schön. Die Decke ganz weiß gestrichen und an die Wände Seidentapeten und der Fußboden voller Teppiche. Und neue Öfen natürlich. Dann ist es auch im Winter warm.

Und der Hühnerstall? fragt Walter. Der kann bleiben, sage ich und denke an die Kisten auf dem Boden darüber. Ein richtiges Schloß braucht einen Hühnerstall. Und Walter ist auch froh, daß wir ihn nicht abreißen müssen, wegen seiner Mama, und es ist auch sowieso genug zu tun, und die ganze Zeit, während wir weiterarbeiten, singt Walter Godipei, und hat schon wieder diese hohe Stimme. Dagegen kann man gar nichts tun, und immer noch besser als das Kreischen, weil dann Walters Mama sofort das Fenster aufreißt und Walter raufkommen ruft.

*

Der Frühling kommt. Wir haben ihm die Tür geöffnet. Der Frühling kommt.

Und soll uns nicht in der Unordnung überraschen. Tassen aus dem Schrank, Teller aus dem Schrank, weg mit dem Staub und dem Winter. Der Frühling kommt.

Du bist so laut, sagt die weiße Wachspuppe auf dem Sofa,

aber Lina hört nicht. Klappert mit den Tassen, klappert mit den Tellern. Und summt vor sich hin und riecht schon, wie es riechen wird. So frisch und neu nach Frühling. Wer klopft da an die Türe?
Wie geht's uns heute? fragt Schwester Bonifatia. Uns geht's gut, Schwester, nur Bernhard will nicht mehr. Der wird immer weißer, ist schon fast durchsichtig. Ist auch so leicht jetzt: könnte jeden Schmetterling fangen. Fliegst einfach hinterher, kommandiert das Kind. Die Wachspuppe lächelte.
Schwester Bonifatia zieht die Spritze auf, gegen die Schmerzen: wer dreißig Jahre bei der Chemie gearbeitet hat, kann nicht erwarten, daß er siebzig wird. Da ist der Tod unsichtbar und man atmet jeden Tag ein Stückchen ein. Das sitzt in der Kehle, im Magen, im Darm, das sitzt in der Blase, das wird immer größer, das wird auch immer lauter. Das stöhnt durch Bernhards Mund nach draußen. Da muß man noch lauter klappern mit den Tellern. Was man nicht hört, muß man nicht sehen. Wir schaffen Ordnung. Wir räumen den Schrank auf. Der Frühling kommt. Und der Tod gleich hinterher.
Was man noch tun kann: wir hätten früher daran denken sollen. Einen Teelöffel Honig ganz langsam im Munde zergehen lassen und runterschlucken. Honig hilft immer. Gegen Bronchitis, gegen den Krebs und gegen den Tod. Wir hätten früher daran denken sollen. Der goldene Strom fließt durch den Körper und heilt alle wunden Stellen. Bernhard schüttelt den Kopf: will keinen Honig schlukken, muß also sterben.
Der Wind weht die Gardine ins Zimmer und ist warm; riecht nach Erde, riecht nach Wald. Der Frühling kommt. Schwester Bonifatia läßt die weißen Perlen durch die Finger gleiten: der für uns das schwere Kreuz getragen hat.

Ich bin gleich soweit, sagt Lina und staubt schnell noch ein paar Gläser ab, aber Bernhard will nicht warten. Lina, sagt er und holt noch einmal tief Luft. Das Kind kniet sich neben Schwester Bonifatia und plappert alles nach: der für uns am Kreuz gestorben ist.
Und daß Lina dann nein sagt, aber Bernhard ist tot. Der Wind weht die Gardine in das Zimmer und ist warm. Der Frühling kommt.

7

Ein paar verwischte Tränen auf dem Gesicht und es werden noch mehr dazu kommen. Trotzig sind wir auch: Bernhard ist tot, aber uns wird es nicht so gehen. Nicht, so lange wir noch etwas zu sagen haben. Wir leben und können weitererzählen. Also trocknen wir denn die Tränen, vergessen, daß der Tod nicht nur eine Geschichte ist, vergessen, daß der Tod passiert, vergessen die Angst oder doch fast, vergessen die Angst und ersetzen die verlorengegangene Person durch eine neue. Jeder macht sein Leben selbst, sagt Papa. Das haben wir gebraucht und das gefällt uns und hätten wir den Tod nicht vorher schon vergessen, hätten wir ihn jetzt bestimmt vergessen. Jeder macht sein Leben selbst, das liegt auf der Zunge wie Honig, geht ein ins Herz und heilt alle wunden Stellen. Wer hätte Besseres sagen können?
Das Kind aber sitzt ganz still, ohne sich zu bewegen und öffnet den Kopf weit, weit, um die Leere hineinzulassen. Die Leere ist besser als die Fragen. Was ist Bernhard gewesen, wenn Bernhard einfach sterben konnte? Und wenn Bernhard tot ist, was ist Bernhard dann? Sag mir

doch: wie ist man, wenn man tot ist? Und Lina? Nein, nie, niemals, aber heimlich die Angst vielleicht doch. Also besser ganz still sitzen, so, und sich verlieren in der Leere, so, und sich nicht bewegen, um nicht aus ihr herauszufallen plötzlich und hinein in das Leben, denn wenn das Leben Tod sein kann, was ist das Leben dann und was soll es uns.

Komm mit, flüstert Bernhard, wir gehen Holz holen im Wald, aber das Kind bewegt sich nicht. Nicht noch einmal. Wenn die, die wir lieben, uns verlassen, ist es besser, nicht zu lieben.

Das alles denkt das Kind nicht, wegen der Leere im Kopf, die besser ist. Aber ich erinnere mich genau.

Das fing schon vor der Geburt an, das Alleinsein, egal was Mama sagt. Mama war draußen und drinnen war nur das Wort ganz allein: Ich. Und hat Fleisch werden sollen und hat gar nicht gewollt, und hat leben sollen und hat gar nicht gewollt, und hat schon geahnt, daß leben sterben heißt, und hat versucht, Leben und Sterben zu überlisten. Es hat sich zusammengerollt und die Augen geschlossen und durch Kiemen geatmet. Aber das erste Wort hat es nicht mehr vergessen können und das Leben hat sich nicht täuschen lassen: nur Menschen sagen Ich. Und so ist es Mensch geworden und hat die Augen geöffnet und die Sonne sieht aus wie der Mond. Da habe ich zum ersten Mal gelacht.

Man kann die Geschichte aber auch ganz anders erzählen, sagt Lina. Und sie fängt an mit jenem Tag im Februar, als Gott nach Ulentrop gekommen ist.

An dem Morgen ist ein Glitzern und Flirren in der Luft gewesen wie von tausend brennenden Wunderkerzen, und als Lina aus dem Haus getreten ist, hat sie die Hand über die Augen legen müssen, um nicht geblendet zu werden, aber durch die Finger hat sie gesehen, daß Erde und Himmel zusammenstießen, gar nicht weit von ihr entfernt. Und Lina hat Gott geschaut. Er hat ausgesehen wie Randolf Roxroy und hat dagestanden, ganz versunken in ein Spiel. In den Händen hat er viele bunte Kugeln gehalten, auf denen waren Worte aufgemalt wie Ewige Liebe oder Unsterblichkeit oder Ruhm oder auch einfach Freude oder Glück, und die Kugeln hat Gott in die Luft geworfen. Einige sind so weit hinaufgeflogen, daß sie nicht zurückgekommen sind, andere sind zurückgekommen und Gott hat sie mit seinen Händen aufgefangen, und einige sind zurückgekommen, aber Gott hat sie einfach fallen lassen. Was machst du da, hat Lina laut gerufen und Gott ist ordentlich zusammengezuckt: es ist doch nur ein Spiel. Lina hat Gott streng angesehen: ein Spiel mit unseren Wünschen! und Gott ist verlegen geworden und hat schnell nach einer Entschuldigung gesucht: ich habe soviel Zeit. Ich nicht, sagt Lina, und da sieht Gott noch schuldbewußter aus und wirft Lina eine Kugel zu: ich schenk dir einen Wunsch. Und mit der Kugel in der Hand geht sie zurück ins Haus und schreibt doch noch einmal an Randolf Roxroy. Geehrter Randolf Roxroy! Jetzt können Sie sich Ihr Geld verdienen. Ich will auch meinen Anteil an der Ewigkeit, wenigstens einen kleinen. Frau Schulte, antwortet Randolf Roxroy. Glauben Sie endlich an mich? Überweisen Sie umgehend 12 Mark und alles soll sein wie Sie wünschen.

Und als Lina das Geld dann tatsächlich abschickt, lacht sie leise vor sich hin. Es ist nur noch Papier. Einen Tag vorher ist die Währung gewesen und alles zählt anders. Er hat gekriegt, was er verlangt hat, sagt sie, und ich auch. Neun Monate später bist du auf die Welt gekommen. Der Handel gilt.

Durch eine List auf die Welt gekommen. Der Gedanke gefällt dem Kind viel besser als der andere: daß Mama und Papa verantwortlich sind. Die Zeichen mehren sich: das Leben, das auf das Kind wartet, wird ein besonderes Leben sein. Und wenn mein Papa auch in der Stuhlfabrik arbeitet, genauso wie Irmis Papa, so muß das nicht so bleiben. Ulentrop ist nicht die Welt, die Welt ist größer, und mein Papa ist anders. Abends läuft er durch die Wälder und malt mit weißer Kreide Wegezeichen an die Bäume. Niemand soll sich mehr verirren, alle sollen sich zurechtfinden wie Papa. Und an den Wochenenden fährt er mit dem Fahrrad über Land und irgendwo hält er an und redet zu den Menschen und hinterher tragen sich viele ein in die Listen, die er dabei hat, und sind Mitglieder der Gewerkschaft Holz wie Papa. Jeder macht sein Leben selbst. Niemals wäre das Irmis Papa eingefallen und auch nicht die schönen Kostüme für die Ulentroper Theatergruppe und nicht die kleinen Räder unter den Kulissen, damit man sie einfach hin- und herschieben kann, und auch nicht, daß es rechte Winkel gibt und schiefe und daß im Grunde alles aus Dreiecken besteht, sogar die Kreise, und daß das was mit Musik zu tun hat, und was, findet mein Papa auch noch raus. Und daß die Sterne, die wir sehen, vielleicht schon lange vom Himmel heruntergefallen sind und daß die Rosen im Garten nicht rot sind und die Blätter im Herbst nicht braun werden, und daß alles nur an uns liegt, wäre Irmis Papa auch nicht eingefallen. Und erst recht nicht das Riesenrad mit den rosa gestrichenen Gondeln. Das baut Papa in der Stuhlfabrik nach Feierabend und in die Gondeln setzt er Leute in hellen Kleidern und mit Strohhüten auf den Köpfen. In der Mitte ist eine Kurbel und am Eingang steht ein kleines Holzhäuschen, das ist die Kasse, und wenn man Geld in die Kasse geworfen hat, darf

man an der Kurbel drehen, und dann dreht sich das ganze Riesenrad mit, die rosa Gondeln schaukeln hin und her und die Menschen in den Gondeln kreischen vor Angst und Vergnügen mit Papas Stimme.
Weihnachten steht das Riesenrad unter dem Tannenbaum und da weint das Kind. Sie freut sich so, behauptet Mama, und da lacht das Kind und reißt den Leuten die Strohhüte von den Köpfen, und jeder kann sehen, die sind nur aus Holz, und das Kind wirft sich auf den Boden und trampelt mit den Füßen: ich will etwas anderes.
Das Kind ist gar kein Kind, sagt Papa. Es ist dein Kind, sagt Mama. Sie hat ihm zugehört jeden Abend, wenn es dunkel geworden war draußen und die Häuser und Bäume nur noch dunklere Schatten in der Dunkelheit und die Zäune keine Zäune mehr und die Straßen keine Straßen und alles eins und weich und gleich und alles Nacht und der Tag heute so fern wie der Tag morgen, und dann hat Papa geredet. Über die Arbeit, die so schlecht nicht ist und doch die schlechteste für ihn, weil er mehr weiß und mehr will, aber doch nicht genug weiß, aber weiß: wer weniges verlangt, wird weniges bekommen. Und über das, was er sicher weiß, hat er geredet, aber auch über das, was er ahnt. Daß da ein Anteil ist für jeden, und den muß man sich holen am rechten Ort zur rechten Zeit, aber wo, aber wann. Papa ist nicht Gott. Oder. Wenn er Gott wäre, hätte er vieles anders gemacht. Er kann seine Hände gebrauchen, und Holz ist nicht schlechter als Erde beispielsweise.
So hat Papa geredet und das Kind hat danebengelegen in seinen Kissen und ist ganz still gewesen und hat die Augen ganz fest geschlossen. Schlafendes Kind, heißen diese Bilder, aber Mama ist damals schon sicher gewesen: wenn das Kind auch noch nicht reden kann, so kann es doch hören, und es wird alle diese Worte in seinem Herzen

bewahren, und sie werden wachsen mit dem Kind, und eines Tages werden sie Früchte tragen. Und jetzt ist es schon soweit.
Etwas anderes wollen, vielleicht einen Roller. Rot soll er sein, rot wie kein anderer Roller auf der Welt. Papa muß das verstehen! Auch Gewerkschaftssekretäre haben Roller, und wenn Papa erst gewählt ist, muß er nicht mehr mit dem Fahrrad über Land. Wenn Papa erst gewählt ist, hält er noch längere Reden und hinterher streiken die Leute. Und gerecht ist es auch. Wenn Papa erst gewählt ist, kommt der Möbelwagen nach Ulentrop und holt unsere Sachen und wir ziehen in die Welt. Wenn Papa erst gewählt ist, ist die Welt noch größer.
Und als es dann wirklich passiert, nicken wir nur mit dem Kopf und bleiben ganz ruhig. Wir haben es ja schon gewußt und der Rest ist schnell erledigt. Die Möbelpacker tragen die Kisten aus dem Haus und laden sie in den Lastwagen ein, Mama läuft noch einmal durch alle Räume und kuckt, aber das Wichtigste vergißt man doch, und Papa lacht, weil das Wichtigste gar nicht hier ist und immer schon woanders und weil man nicht verlieren kann, was man nicht besessen hat.
Und dann muß Irmi noch anfangen zu weinen, und Lina weint auch, und in all dem hüpft das Kind herum, streckt die Zunge heraus und kreischt: Heulsusen, und auch: ich fahr weg, ich fahr weg und ihr bleibt hier! und da schicke ich das Kind ins Haus und spiele die Rolle selbst. Seid nicht traurig, sage ich und weine auch ein bißchen. Irgendwann komme ich zurück. Da hört Irmi schnell auf zu weinen und auch Lina sieht wieder ganz zufrieden aus, und die Möbelpacker haben jetzt alles eingepackt und verschließen die hinteren Türen, und dann fahren wir endlich los, ich vorne im Führerhaus, zwischen Mama und Papa, und im

Rückspiegel sehe ich noch einmal Lina, und kleiner daneben Irmi, und beide winken ganz fröhlich hinter uns her.
Und wir sind weggefahren und ich habe nichts gewußt. Ich habe geglaubt: die Verlassenen bleiben da und wir werden sie wiederfinden. Aber als ich zurückgekommen bin, taten sie, als wären sie nie gewesen. Und Papa ist weggefahren und hat auch nichts gewußt. Geglaubt hat er: jeder macht sein Leben selbst, und hat immerzu Geld in die Kasse am Eingang geworfen, aber an der Kurbel hat er nicht drehen dürfen. Mama hat alles gewußt. Darum hat sie auch zu Hause bleiben wollen.
Was man hat, weiß man, und Mama hat die Erinnerung an Otto und daran, daß man lieben kann und hoffen; und daß sie einmal eine Zukunft gehabt hat, daran erinnert sie sich. Wie die Zukunft gerochen hat, daran erinnert sie sich, und an Ottos Gesicht manchmal, aber lieber nicht, wegen der Granate später. Und an die Bäckerei erinnert sie sich und wie da der gleiche Geruch gewesen ist und Otto hat ein großes Blech mit Broten in den Ofen geschoben und gesagt: und du verkaufst sie dann. An den Ladentisch erinnert sie sich, mit der weißen Marmorplatte oben drauf und alles so sauber, und Mama hinter dem Ladentisch in der weißen, gestärkten Schürze, und wie die geknistert hat, daran erinnert sie sich, und wie die Kunden gesagt haben: guten Morgen, Frau Wiesehöfer. Sie sehen aber wieder glücklich aus.
Aber bevor die Zukunft gekommen ist, ist der Krieg gekommen, und Otto ist gefallen, und Mama hat nie hinter dem Ladentisch gestanden, und die Zukunft ist eine Erinnerung geworden, und die Liebe war tot und lebt jetzt in Ewigkeit.
Vollkommener ist keinem das Glück entgegengetreten als

Mama, nach frischem Brot duftend und in einer gestärkten weißen Schürze und nur eine halbe Stunde von Ulentrop entfernt; und dann ist es weitergegangen und hat Mama zurückgelassen mit der Gewißheit: das war mein Glück. Und sie beschließt, sich einzurichten in dem anderen Leben ohne Schmerz. Und für das andere Leben ist Mama Mama geworden und hat mich lange Zeit getäuscht: daß sie immer Mama gewesen ist. Und hat auch Papa getäuscht: daß sie noch lebendig ist. Am meisten aber hat sie sich selber getäuscht: daß man ohne Wünsche leben kann.

Vielleicht aber stimmt alles nicht und die Hoffnung ist nicht gestorben und die Hoffnung war nie da, und es gibt kein Bild hinter dem Bild. Mama steht auf der Brücke und schaut ins Wasser viele Stunden lang. Und: Mama steht auf der Brücke und schaut ins Wasser viele Stunden lang. Und während sie steht und schaut und das Wasser unter der Brücke hindurchfließt und abwechselnd hellgrün und dunkelgrau wird, und die Sonne und die Wolken und die Sonne, versuchen wir die dritte Möglichkeit. Die Hoffnung ist nicht gestorben, die Hoffnung lebt und die Liebe ist nicht tot, die Liebe wartet nur.

8

Sesam öffne dich. Das Foto zeigt Spitzengardinen, Polstersessel und einen großgemusterten Teppich. Jetzt machen wir's uns schön, steht in Mamas Kinderschrift darunter. Sesam öffne dich. Für das Kind den roten Roller, das Organdykleid, das Elfenbeinkettchen und Sonntags in den Zoo. Ist das Kind auch glücklich? schreibt Lina, und Papa schreibt zurück: das Kind hat jetzt mehr Möglichkeiten. Das ist die neue Zauberformel. Das Glück trägt keine weiße Schürze mehr und duftet nicht mehr nach frischgebackenem Brot und die Bilder von Otto hat Papa endlich verbrannt. Das Glück trägt Baskenmütze und Trenchcoat und hält Papa das Handbuch des deutschen Bundestages entgegen: noch ein paar Jährchen, und Papa legt schon mal sein Foto in das Buch. Sesam öffne dich. Mama kriegt einen dicken Bauch. Das Kind darin hat auch mehr Möglichkeiten.

Das andere Kind aber denkt an das Glück, an Ulentrop und Amerika, an die Perlen und den Prinzen und die silbernen Fische und Herrn Glück. Wieviele Sesame gibt es, zwei oder drei oder noch mehr? Wenn es nur einen gäbe, müßte da doch Platz sein für alles. Für Linas Garten und die roten Pfingstrosen und für Papas neuen Schreibtisch mit der Schreibunterlage aus grünem Kunstleder. Für die blauen Steinguttöpfe müßte da Platz sein, in die Lina Gurken und Bohnen einlegt, und für die grünen Glasflaschen mit Johannisbeeren und braunem Kandis, die Lina mit Klarem auffüllt; und da müßte auch Platz sein für Papas Reden in der Fabrik, auf dem Gewerkschaftstag und abends noch zu Hause und auch noch für unseren neuen Wohnzimmerschrank aus Mahagoni und für alles Wissen der Welt von A bis Z in vier dicken Bänden aus dem Bertelsmann Verlag. Wenn es einen Sesam gäbe, soviel Platz müßte da schon sein.

Das Kind denkt: wo soviel Platz wohl ist. In Amerika, vielleicht. Bestimmt sogar. Wenn man da hinfährt.

Aber erst einmal kommt das Kind in die Schule, und Lernen dürfen ist ein großes Glück; und darum hat Lina den Zug genommen, der morgens um fünf in Ulentrop abfährt und jetzt steht sie in Münster auf dem Bahnsteig und hält eine große rote Schultüte im Arm, die ist für mich, und ich sehe, sie hat auch ihr Sonntagszeug angezogen: das glänzende schwarze Kostüm mit dem Samtkragen und den schwarzen Strohhut mit der roten Rose an der Seite: heut ist ein Fest. Aber ins Klassenzimmer darf sie nicht hinein, weil wir jetzt damit anfangen, erwachsen zu werden und Erwachsensein heißt: alle Wunder selber machen; und darauf habe ich mich gefreut. Erwachsensein heißt auch: unverwechselbar sein, und das Wichtigste: eine Erinnerung besitzen, die kein anderer hat auf der ganzen Welt.

Ich bin die Welt, schreibe ich an die Tafel. So schnell nicht, sagt Fräulein Gerhage und hat zwei ganz verschiedene Augen. Du weißt schon viel, steht in dem dunkelblauen, aber in dem hellblauen steht: daß ich noch viel mehr lernen muß. Und weil Fräulein Gerhage Lehrerin ist und ein schönes Auge hat, sage ich nichts dagegen, aber ich denke: wenn die dümmeren Kinder erst lesen und schreiben lernen müssen, werden wir zu den wichtigen Dingen vorerst nicht kommen. Wichtig werden alle Dinge nur durch uns, spricht Fräulein Gerhage, und da weiß ich: sie hat schon eine Erinnerung, auch wenn ihr hellblaues Auge nichts davon wissen will. Später, verspricht das dunkelblaue. Aber später hat sie es vielleicht vergessen oder denkt, daß sie es einem anderen Kind versprochen hat. Wie macht man das, unter vierzig Kindern unverwechselbar werden. Und da verrate ich Fräulein Gerhage eins von Linas und meinen Geheimnissen: später werde ich auch Lehrerin. Und dann sage ich noch: so eine wie Sie. Da lächelt Fräulein Gerhage, und sie lächelt mit beiden Augen.

Wie war's denn? fragt Lina draußen. Gut. Aber ankucken will ich sie nicht, und darum sage ich schnell: wenn ich erwachsen bin, werde ich eine Erinnerung besitzen. Ja, sagt Lina, und darin werden viele Traurigkeiten sein. Hellblau, dunkelblau und das Herz liegt mir so schwer in der Brust. Das Erwachsensein hat schon angefangen.

*

Mama merkt nichts davon. Sie hat ein neues Kind mit roten Haaren und einem Kropf zwischen den Beinen, einen kleinen Mann. Der weiß nichts von der Welt und nichts von sich selber und erwachsen will er auch nicht werden. Wofür dann alles? Neun Monate den schweren Bauch vor sich hertragen, neue Vorhänge für das Kinderzimmer und nicht mehr an Otto denken, aber abends fast ersticken, weil das Kind aufs Herz drückt, und die Übelkeit am Morgen, weil der Tag so lang ist und das Kind so schwer und die Nacht so weit entfernt und vorher noch der Abend und drei Tage und drei Nächte im Kreißsaal und ein Kind nach dem anderen gebären: das Kind ohne Arme, das Kind mit dem Wasserkopf, das Kind mit der offenen Wirbelsäule, das Kind mit der Hasenscharte, das blöde Kind. Und die zehn Kerzen sollen umsonst sein, die Mama versprochen hat und daß sie netter sein wollte zu Papa und zu allen anderen auch. So lange hat das Kind gebraucht und so schnell will es sich wieder davonmachen und will nicht einmal auf seinen Namen warten, und Schwester Ludmilla gießt schnell kaltes Wasser über das heiße Köpfchen: damit ihm der Himmel nicht verschlossen bleibt. Halleluja, singen die Engel, Halleluja, kleiner Mann, und dem kleinen Mann wachsen große, weiße Flügel auf dem schmalen Rücken, und bevor er noch laufen kann, hat er schon fliegen gelernt.
Da fließen viele Tränen aus Mamas Augen, fließen über ihr

Gesicht und tropfen auf die Erde und fließen immer schneller und sind schließlich ein gewaltiger Strom geworden, und auf dem fließt der kleine Mann ins Leben zurück, und Mama oben auf der Brücke beugt sich vor, greift nach ihm und hält ihn fest. Wie Sie wollen, sagt Schwester Ludmilla. Sie hätten ein Engelchen im Himmel haben können. Was aber jetzt wird, weiß niemand, und sie nimmt eine Spritze mit Penicillin und spritzt dem kleinen Mann die weißen Flügel weg. Was schon verloren schien, kann man zurückholen.
Und Mama verläßt die Brücke und schaut nicht mehr ins Wasser viele Stunden lang. Und ihre Haare leuchten blonder und ihre Augen blauer. Mama ist nicht mehr Mama. Mama hat viele Jahre beiseitegeschoben und heißt Christine wie einst. Und Christine geht zurück in die Wohnung und steht in der Tür und schaut auf den Mann, und ihr Herz schlägt, als wäre sie lebendig. Ich bin nach Hause gekommen.
Aber Papa hört es nicht. Papa ist schon wieder weiter. Er hat ein Bild in seinem Kopf: da ist eine endlose Leine gespannt, daran hängt alles Leben in kleinen Stücken, und Papa läuft an der Leine entlang und nimmt ein Stück nach dem anderen ab, und wenn er schneller läuft, kann er mehr bekommen. Und am Ende steht nicht der Tod. Und am Ende steht nicht der Tod.
Ich bin Christine, sagt Mama, aber der Mann glaubt ihr nicht. Mama wird wieder Mama werden müssen. Ich will aber nicht, sagt sie, nimmt die Schürze ab, malt sich die Lippen rot und sucht einen Verantwortlichen: das ist ungerecht, Lieber Gott! Gott schweigt. Ich will nicht allein sein, sagt Mama und malt sich die Lippen noch röter, und als alles nichts hilft, nimmt sie die Farbe und übermalt damit das Bild in Papas Kopf. Christine, sagt Papa und

erschrickt. Gerwald, sagt Christine und nimmt Papa bei der Hand.

Zwischenspiel. Das Traummaschinchen läuft. Christine und Gerwald heißt der Traum. Nie wieder Alltag, sagt Christine. Nie wieder, sagt Gerwald. Schwören, steht in der Traumanweisung. Nie wieder! und Gerwald hebt die Hand zum Schwur. So viel haben wir versäumt, sagt Christine. Durch unsere Schuld, durch unsere Schuld, durch unsere übergroße Schuld. Wie blond du bist, sagt Gerwald. Und was ich für blaue Augen habe, sagt Christine und wundert sich. Lieben, steht in der Traumanweisung, und zu den Namen kommen zwei Körper und die fallen zu Boden und lieben sich. So ähnlich muß das Glück sein, denkt Mama. Aber es ist das Glück schon gewesen.

Papa hat ein Bild in seinem Kopf. Da ist eine endlose Leine gespannt, daran hängt alles Leben in kleinen Stücken, und Papa läuft an der Leine entlang und nimmt ein Stück nach dem anderen ab. Und wenn er schneller läuft, kann er mehr bekommen.

*

Später ist Münster für Mama ein Vergessen und ein Erinnern und der Sentmaringer Weg an einem Sonntag im Februar und die Hände an der Stange des Kinderwagens kalt, und dabei hat die Sonne geschienen und durch die Fensterscheiben hat es wie Frühling ausgesehen. Für Papa ist es der große rote Klinkerbau und die Fenster darin alle gleich, aber hinter einem Fenster sein Büro und seine Sekretärin, und der Abend, an dem Herr Wegener gesagt hat: Sie kommen auch noch weiter. Für das Kind ist es Papa und Mama, und Lina so weit weg, und das erstemal allein zum Friseur, und da läßt sich das Kind einen Pony schneiden und zu Mama sagt es: ich kann nichts dafür. Aber Mama geht selber zum Friseur und kriegt alles raus. Ein Kind in einem Lodenmantel und mit einer Strickmütze auf einem Roller, und der Roller ist rot, aber das sieht man nicht, und unter der Mütze ein ernstes Gesicht mit einem Pony, und Mama nicht mit auf dem Bild, weil ich gelogen habe. Das ist Münster. Und auch die Schule und Fräulein Gerhage und der Traum, daß Erwachsene groß sind und wir es werden können, leicht oder schwer.

Aufstehen jeden Morgen und ins Badezimmer und eine Zahnbürste nur für mich und sich alleine waschen und gleich aus dem Haus müssen wie Papa, und im Winter ist es noch dunkel draußen, und in der Küche Licht und Mama und die Butterbrote und der Kakao und die Musik, aber ganz leise, und wenn Anneliese Rothenberger kommt, macht Mama das Radio aus. Dann durch das Treppenhaus, auch ganz leise, Heeken schlafen noch und Bittermanns auch, nur mein Papa ist schon seit einer Stunde auf seinem Roller unterwegs und bringt alles in Ordnung; und unten vor der Haustüre steht Steinfelds Doris und wartet und friert und hat nur ein Bein und soll auf mich aufpassen, weil sie schon acht ist. Los, sagt sie, und zieht das zweite Bein unter dem Mantel hervor, und dann sagt sie: Stehenbleiben und: Weitergehen und: Vorsicht, und das den ganzen Weg, und bei jedem Wort bläst sie große, weiße Dampfwolken in die Luft, und wenn sie irgendwann krank wird, freue ich mich und gehe ganz allein zur Schule wie die starke Trude.

Die sitzt in der Bank hinter mir und kennt das Leben. Den Haustürschlüssel trägt man an einer Schnur um den Hals, der Kellerschlüssel hängt am Haken über der Kohlenschütte und Kleingeld liegt unter der Uhr auf dem Küchenschrank. Wenn man weggeht, schließt man die

Haustüre zweimal hinter sich zu und wenn man zurückkommt auch. Angst muß man überhaupt nicht haben, wenn man alleine ist. Auch nicht vorm Gewitter oder wenn es schellt, nur aufmachen darf man nicht. Wie man das Gas anstellt, weiß Trude, und daß Schinkenknochen eine Suppe geben und wie man selber Kakao kocht mit Milch und Zucker, und hinterher das Gas wieder abstellen, und sogar, wie man Nitroglyzerin in kleine Flaschen füllt, weiß Trude, und daß man schrecklich aufpassen muß dabei: ein ganz kleines Tröpfchen auf die Erde und die Fabrik fliegt in die Luft. Aber das passiert fast nie und dagegen, daß die Hände zittern, gibt es Tabletten.

Und wenn Trudes Mutter einen Vater für Trude hätte, müßte sie auch nicht in der Nitro-Fabrik arbeiten. Elisabeth hat im Klassenbuch nachgekuckt und jetzt wissen wir alle Bescheid. Und wenn Trude Elisabeth noch einmal das Samtband aus den Haaren reißt, sagt Elisabeth einfach: was macht denn dein Vater?

Aber vielleicht sagt sie auch gar nichts und tritt Trude nur ganz feste gegen das Schienbein, wenn sie ankommt, und läuft dann ganz schnell weg. Und am nächsten Morgen wartet Elisabeth vor dem Schultor und ist extra zehn Minuten früher aufgestanden und ist auch noch gerannt das letzte Stück und ist ganz außer Atem, aber ist die erste am Schultor und alle, die später kommen, müssen an ihr vorbei: zu wem hältst du, zu Trude oder zu mir? Zu dir, sage ich. Sowieso!

Wenn doch Trude mir entgegengelaufen wäre. Aber Trude sitzt schon in der Bank und denkt, ich weiß nicht was, und sieht mich nicht und denkt und hat ihre blaue Trainingshose an und ihren roten Pullover und ihre Haare nicht gekämmt und ihre Schuhe nicht zugemacht und überhaupt, aber sieht mich nicht, weiß gar nicht, daß ich da bin, merkt nicht, daß ich da stehe, hört nicht, daß ich lache und nochmal und lauter, muß aber hören, Trude mit keinem Vater, Trude mit offenen Schuhen, Schlüsselkind blödes und die Haare und die Schuhe und rot und blau: Köttenfrau! Da hört Trude endlich, muß endlich hören, muß auch kucken, oh so böse! sieht mich endlich, große Trude, starke Trude, böse Trude, und daß man Kleinere nicht schlagen soll, sagt Fräulein Gerhage erst hinterher. Zu wem haltet ihr, fragen Elisabeth und ich jeden Morgen am Schultor. Zu Trude oder zu uns?

Wenn doch Trude mir entgegengelaufen wäre! Wir wären zusammen über den Schulhof gegangen und ich hätte auch meine Schuhe aufgemacht, und wir wären mit offenen Schuhen über den ganzen Schulhof gegangen, hin und her, und vorbei an Steinfelds Doris und die hätte nicht mehr: Los und: Stehenbleiben und: Weitergehen sagen können, wenn Trude sie so angekuckt hätte, und größer ist Trude auch, und wir hätten gelacht über Steinfelds Doris, Trude und ich, und wir wären weitergegangen mit offenen Schuhen und vorbei an Fräulein Gerhage und die hätte uns zugezwinkert, und vorbei an Elisabeth und die hätte dagestanden ganz allein, mit ihrem blauen Samtband im Haar, und ihr Rosinenbrot hätte sie auch alleine essen können.

Und wir hätten über Trudes Vater geredet, wie er eines Tages vor der Tür steht, ein großer starker Mann und Trudes Augen, und wie er sagt: guten Tag, liebe Trude, ich bin dein Vater und habe dich all die Jahre gesucht. Und dann kommt alles ans Licht, und reich ist er auch noch, und er wirft einfach die Tabletten weg, die Trudes Mutter jeden Morgen nimmt, und sagt: die braucht sie jetzt nicht mehr! Aber Trude sagt: wir gehen nur mit dir nach

Amerika, wenn meine Freundin auch mitkommen darf. Sonst nicht.
So hätte es werden können mit Trude und mir, aber jetzt gehe ich mit Elisabeth über den Schulhof, und wir essen ihr Rosinenbrot, jeder die Hälfte, und Elisabeth sagt: allein hätte ich es nicht geschafft, und wir gehen vorbei an Trude, die steht da ganz allein, aber das macht ihr nichts, und wir kucken auch gar nicht hin.

9

Abends treten sie ein, haben im Dunkeln aufs Dunkel gewartet, wollen leben zur Nacht. Die bösen Träume die guten. Haben lange warten müssen. Mama zieht Gardinen vors Fenster, sperrt den Tag aus, läßt sie frei. Weiß nicht, was sie tut, gutnacht. Die Eingeweihten wachen.
Liegen mit offenen Augen im Bett und rühren sich nicht, wollen sich nicht verraten. Lauschen: ob man versteht, was da wispert. Schleichen fremde Gestalten durchs Zimmer, wollen meine Seele stehlen, haben keine eigene. Versprechen mir Größe: die Welt ganz neu und alle Wunder selber machen.
Wie groß man werden kann, wir wissen es und schaffen uns nach seinem Bild. Schnell müssen wir wachsen, wir haben wenig Zeit. Die Schulbank zu klein schon der Klassenraum. Und Fräulein Gerhage schaut erschrocken zu uns empor. Die Schrift an der Tafel löschen wir. Was sollen uns Worte. Schnell müssen wir wachsen, wir haben wenig Zeit. Die Schule zu klein schon die Stadt. Und die Menschen schauen erschrocken zu uns empor. Die Wolken auseinanderreißen, in den Himmel hineinfassen mit

beiden Händen. Die Hand auf die Sonne, die Hand auf die Sterne: wie alles erlischt, mein Wille geschehe.
Wie ich will, wohin ich will und weiter noch und weiter.
Liege im Bett mit offenen Augen. Es werde Licht.
Der Mensch kann denken, hat Fräulein Gerhage gesagt vor langer Zeit am Morgen. Nicht träumen, denken. Und die Dinge beim Namen nennen. Vor langer langer Zeit am Morgen.
Ach wie gut. Der Mensch kann denken. Daß niemand weiß. Der Mensch kann denken. Und die Dinge beim Namen nennen. Ich heiße Blut, ich heiße Tod, wie heißt der Gott mit dem Messermund. So oder so, so oder so. Erzähl uns eine Geschichte. Da fing der Vater an. Es war einmal ein Mann. Der drehte sich im Kreise auf allerschönste Weise. Die Schrift an der Wand, da ist sie wieder. Du bist schuld. Du allein. Schleichen Gestalten durchs Zimmer und suchen Namen. So oder so. Und lachen dabei wie närrisch.
Es werde Licht und noch einmal: es werde Licht. Die Nacht schmeckt salzig. Was zwischen den Zähnen knirscht ist Angst. Wer schreit. Ich weiß es nicht. Warum. Ich weiß es nicht. Liege im Bett mit offenen Augen und lausche: ob man versteht, was da schreit. Ist laut genug und will und will nicht aufhören. Fang mich, ruft das Rad. Hab dich schon! Fang mich, ruft das Rad.
Warum machst du das Licht wieder an? Damit ich schlafen kann. Mama sagt, daß man auch mal ein Ende finden muß, weiß nicht, was sie tut, will das Licht ausmachen. Ich finde sogar drei. Mamas Hand auf meiner Stirn, Mamas Hand auf meiner Stirn, Mamas Hand auf meiner Stirn. Und lachen dabei wie närrisch. Du bist ja ganz heiß, sagt Mama, holt sich einen Stuhl, läßt das Licht brennen, sitzt an meinem Bett die ganze Nacht und erzählt. Von dem, was

ist. Von dem, was nicht ist. Schleichen Gestalten durchs Zimmer und hören zu. Und als ich morgens aufwache, erzählt Mama immer noch.

10

Weiterwollen, weiter, wer weiterwill, hat Gründe. Als siebentes von zehn Kindern auf die Welt kommen, mit zwei Brüdern in einem Bett schlafen und wissen, was Alleinsein heißt. Ein Gesicht aus der Nähe betrachtet, wie fremd das wird. Wenige merken es, aber wer es gemerkt hat, muß zurückweichen. Niemals mehr kann Papa Menschen nahe an sich herankommen lassen, ohne das Gesicht abzuwenden. Er weiß, was sonst passiert.

Die lauten Nächte. Überall Menschen, die atmen und schlafen, und Papa ist aufgestanden und mit nackten Füßen die Treppe zum Boden hinauf, und da hat er den Kopf durch das Fenster gesteckt und zum Himmel hinaufgesehen, aber am Himmel kein Mond und keine fliehenden Wolken und was sonst noch zu einem Himmel gehört in der Nacht, nur dunkle Schatten wie von Häusern und Menschen, genauso wie unten, und als Papa den Kopf noch weiter aus dem Fenster gesteckt hat, das schwere laute Atmen, wie von einem, der schlecht träumt. Da hat er wegwollen, so weit, bis er das Atmen nicht mehr hört.

Als ob die ganze Welt in einem Alptraum läge. Als ob ein Alp sich oben auf die Erde setzt und sich festkrallt an ihr und nun muß sie sich schneller drehen und immer schneller und Papa wird ganz schwindlig davon. So fängt das an.

*

Und sein Bruder Franz zehn Zentimeter größer als er. Da muß man Franz einen Stuhl hinschieben, selber stehenbleiben, Glückwunsch sagen. Und nicht aufhören können. Weil Franz nicht 33 aus der Schule gekommen ist. Glückwunsch. Eine Lehrstelle gefunden hat. Glückwunsch. Schon Bankkaufmann ist. Und Papa in die Stuhlfabrik.

Einfach Glück gehabt, sagt Franz. Wie mit dem Fliegen. Der eine kann's, der andere nicht. Als dieser Flugtag gewesen ist in Ulentrop, Onkel Franz erzählt das gern, sind wir Kinder alle hin. Die vielen Flugzeuge und wie sie ganz tief heruntergekommen sind und wieder rauf und die weißen Streifen am Himmel. Und sind kopfüber geflogen, haben Schleifen gedreht, haarscharf aneinander vorbei. Und plötzlich, wir haben vielleicht geschrien, kann ich dir sagen, sagt Franz, sind aus allen Flugzeugen Männer runter und ganz schnell zur Erde gefallen, haben dann aber Schirme aufgespannt und sind viel langsamer durch die Luft, alle sicher unten angekommen. Und sind tüchtig gefeiert worden, sagt Franz. Nur einer hat im Klosterwald im Baum gehangen, aber das hat man noch nicht gewußt, weil alle bei dem Flugfest waren.

Am nächsten Tag großes Geschrei – aber nicht wegen dem Flieger, sagt Onkel Franz und lacht, der hatte sich längst davongemacht – unser Gerwald liegt unter dem Apfelbaum, ein kaputter Regenschirm daneben, beide Beine gebrochen.

Hat eben auch fliegen wollen und dann ein halbes Jahr nicht laufen können.

*

Bruno Stawinski ist weggegangen. Er hat nebenan im Haus gewohnt, ist nicht mit in die Stuhlfabrik, ist weggegangen.

Mein kleiner Junge, sagt die alte Stawinski. Wenn sie will, nimmt er sie mit.

Papa ist gern bei Frau Stawinski. Sie sagt Bruno zu ihm, das macht ihm nichts. Es ist so ruhig im Haus. Alle Räume sind abgeschlossen, sie bleiben in der Küche. Der Sessel steht am Fenster, ein Stuhl für Besuch daneben, das Bett in der Ecke. Hier geh ich nicht mehr raus.

Sie sitzt den ganzen Tag im Sessel hinter dem Fenster, hat dicke Socken an den Füßen, Pantoffeln vorne abgeschnitten, wegen der Arthritis. Am Morgen wartet sie darauf, daß Schwester Bonifatia kommt, das Mittagessen bringt, am Abend wartet sie darauf, daß Schwester Bonifatia kommt und sie ins Bett trägt. Am Wochenende wartet sie auf Bruno.

Wenn Bruno kommt, kommt er im roten Wagen. Er stellt ihn ab auf der Straße, hupt ganz laut, und dann läuft er schnell die Stufen hinauf und klopft ans Küchenfenster. Bist du's Bruno, ruft Frau Stawinski. Bei dem Wind können es auch die Kirschbaumzweige sein, die gegen die Scheibe schlagen.

Die Nächte voller Schatten. Sieben Kinder, die Gesichter wechseln wie blond und braun. Das allerwichtigste: sie sind gesund. Und weiß, wofür man lebt. Zehn Zigarren ein Groschen, in der Küche sitzen, drehen, die halbe Nacht. Schuhe für die Kinder, Schulbücher, die Aussteuer für die Töchter. Daß sie so früh sterben mußten.

Ein einziges Enkelkind. Aber dafür hat es sich gelohnt, sagt Frau Stawinski. Und ob Papa den Wagen gesehen hat. Und wenn sie will, nimmt er sie mit.

Wie der Wagen gebrannt hat, hat sie längst vergessen, und auch das Grab. Gras und Löwenzahn: Bruno Stawinski, rotblühender Klee. Schwester Bonifatia erinnert sie nicht.

*

Morgens holt Papa Bretter aus dem Lager, sägt sie zurecht, hobelt sie glatt, fegt die Späne weg. Denkt an das Weggehen.
Den ganzen Tag im Sessel. Abgeschlossene Räume. Aus der Schule kommen, keine Lehrstelle finden, froh sein sollen. Die Stelle ist eine Gefälligkeit, andere wären froh. Nachmittags holt Papa neue Bretter aus dem Lager, sägt sie zurecht, hobelt sie glatt, fegt die Späne weg. Bruno Stawinski ist weggegangen, jetzt liegt er zwischen Brettern auf dem Friedhof. Die Stelle ist eine Gefälligkeit. Es hätte anders ausgehen können, sagt Papa. Es geht immer so aus, sagen Binsteins Hanno, Wagners Hans und Schaaken Nölle. Zwanzig Jahre in der Stuhlfabrik: so ist das Leben, sagen die Gesichter.
Aber einmal nach Feierabend geht Papa zu Herrn Kraas, dem die Stuhlfabrik gehört. Jeder macht sein Leben selbst, sagt er zu ihm. Da bekommt er zehn Pfennig mehr am Tag und kein anderer darf es wissen. Die Menschen sind nicht gleich und Herr Kraas hat es gemerkt. So fängt das an.

*

Ein Bild mit drei Tafeln. Auf der ersten die Hölle, auf der zweiten die Erde, aber die dritte Tafel ist leer. Davor steht Papa und hört die Stimme: nutze deine Zeit. Und als ihm endlich das fehlende Wort einfällt, macht er sich gleich ans Werk. Paradies, schreibt er unter das fertige Bild.
Und die Menschen kommen von überallher und bleiben stehen und betrachten die Hölle und betrachten die Erde und betrachten Papas Paradies: genau wie das daneben, sagt Hanno, und Nölle sagt, wie das davor.

*

Jene Minute, in der wir nachts aufwachen und denken: ich bin krank und ich muß sterben. Ich bin sterbenskrank. Und wir verlassen das Bett und tasten uns zum Fenster und wir schauen hinaus und wir saugen die Luft immer schneller in uns ein, aber es hilft nichts: wir sind sterbenskrank.
Und wir verlassen das Fenster und taumeln in die Küche und trinken ein Glas kaltes Wasser und noch eins gleich hinterher und unser Magen zieht sich zusammen vor Kälte. Unser Kopf jedoch glüht und wird immer heißer. Wir sind krank, wir müssen sterben, unaufhaltsam, bald. Vielleicht fällt eine Schrankwand auf uns oder ein Blumenkasten aus dem siebten Stock, vielleicht treten wir in einen rostigen Nagel oder wir schreiben eine Sinfonie und bei der Uraufführung stoßen wir den Dirigentenstab tief in den rechten Fuß und lösen damit eine Blutvergiftung aus, vielleicht fallen wir auch einfach die Treppe hinunter, oder unser seidener Schal verfängt sich in den Speichen eines Wagens und erdrosselt uns, vielleicht auch schießt uns jemand eine Kugel in den Kopf und wir erholen uns davon und sechs Jahre später ertrinken wir in der Badewanne. Vielleicht ergreift jemand, den wir lieben, schon morgen einen großen Stein und schlägt uns damit auf den Kopf, vielleicht aber sterben wir auch gleich hier am Fenster, das leergetrunkene Glas noch in der Hand. Da wünscht man sich, das Herz bliebe stehen.
Aber das schlägt weiter und wir gehen ins Bett zurück oder bleiben am Fenster stehen und warten, bis es hell wird, Papa und ich. Und zählen unsere Herzschläge und bei tausend hören wir auf.

*

Wir halten die Zeit fest, so gut es eben geht. In Pappkartons und den Deckel machen wir ganz fest zu. Die Briefe bleiben drin! Auch der mit den Blockbuchstaben, darunter: Ein Freund. Kassenzettel heften wir zusammen, Bankauszüge auch. Und die Rechnungen von Feinkost Kunert. Die schwarze Locke, das kleine Spitzentuch legt Mama dazu. Sie weiß, was es bedeutet. Und klebt die Bilder in das schwarze Lederalbum: hier hab ich alles drin.
Sie kommen auch noch weiter, hat Herr Wegener gesagt, und Münster liegt schon hinter uns. Grad hat sie sich gewöhnt, sagt Mama. Zu spät und zu früh. Das Glück hat sich neu eingekleidet und wohnt in einem weißen Haus. Schulungsheim der Gewerkschaft Holz steht über der Tür. Rot leuchten die Geranien.
Und vor dem Haus der rote Borgward Isabella. Papa stellt den Fuß auf das Trittbrett und lacht. Ein Glück für jeden, am rechten Ort, zur rechten Zeit. Das muß man sich holen.
Dann Herr Krämer mit der hohen, weißen Mütze und der Geruch nach Ragout Fin.
Die Ägypter. Sie steigen aus dem Bus, winken und lachen. Die Welt kommt zu uns: in Mamas Schrift.
Da ist sie selber. Auf der Terrasse zwischen bunten Sonnenschirmen Mama im grünen Dirndl, eine Goldkette um den Hals. Geschenk von Papa.
Der Blick über die Felder, der Blick vom Balkon. Rote Geranien und silberne Spangen in schwarzem Haar: schnell weiter wegen Mama. Papa vor seinem roten Borgward Isabella. Den Fuß auf dem Trittbrett und lacht. Hinter dem Steuer seines roten Borgward Isabella. Den Arm aus dem Fenster und lacht.
Der kleine Mann ganz klein vor Papas großem, roten Borgward Isabella.

Und Mama. Im grünen Dirndl vor Papas rotem Borgward Isabella.
Dann ich. Und Papas roter Borgward Isabella.
Was wichtig war. Nicht träumen, weiter: der zwei Meter hohe Schneemann. Auf seiner Schulter der kleine Mann in braunem Teddymantel und grüner Pudelmütze. Die besten Farben hat Kodacolor. Dahinter Papas hochgereckter Arm.
Und: Hansi Gärtner. Vor einem zwei Meter hohen Schneemann und hält ein Glas in der Hand und prostet uns zu.
Und: Herr Sturm. In Schwarzweiß mit Schaufel und Besen. Unser Hausmeister. Ja. Im Hintergrund ein zwei Meter hoher Schneemann.
Wie wir ausgesehen haben. Pelzkragen hochgeschlagen und die Lippen sind blau. Die besten Farben hat Kodacolor. Fräulein Werner lacht und zeigt auf den Schneemann: zwei Meter hoch.
Wie wir gelebt haben. Rechts Mama, links Papa, in der Mitte ein zwei Meter hoher Schneemann.
Ein zwei Meter hoher Schneemann, hat Mama unter das Bild geschrieben.
Nicht träumen, weiter. Rot leuchten die Geranien. Und vor dem Haus der rote Borgward Isabella und Papa stellt den Fuß auf das Trittbrett und lacht.

II

Den Anfang weiß ich noch. Die steile Straße und der Motor brummt ganz gleichmäßig, vor den Fenstern schon Dämmerlicht und oben vor dem Wald das große weiße

Haus. Mama sagt, daß die Kratzer an den Möbeln noch vom letzten Umzug sind und ob das wohl immer so weitergeht. Der Fahrer neben uns nickt, hat sein Hemd ausgezogen und ist ganz weiß in dem Licht. Kuck mal, sagt das Kind: das weiße Haus und wie es größer wird. Und als wir endlich oben ankommen, ist auch die Straße zu Ende und der Geschäftsführer steht schon da und wartet auf uns und es ist Papa. Willkommen. Ja, sagt Mama, fängt an zu weinen.

Die lange Fahrt und der Wald hinter dem Haus ist so dunkel. Papa trägt einen Anzug, den Mama noch nie gesehen hat. Und neben Papa die Frau mit den schwarzen Haaren: silberne Spangen darin und die Augen so grün in dem Licht. Willkommen, sagt Fräulein Werner.

Und weil Mama sitzenbleibt auf ihrem Platz und nicht hinauswill, klettert das Kind über sie hinweg und springt aus dem Wagen. Dann kommt Mama, aber viel langsamer, und am Morgen ist ihr Kleid noch hellblau gewesen und ganz glatt. Die lange Fahrt.

Mein Reich, sagt Papa, dreht sich um und geht uns voraus. Wir hinterher. Der Marmorfußboden, die vielen Spiegel an den Wänden: und zeigen alle Papas Bild. Lampen funkeln mit tausend Kristallen. Was sind Mamas Tränen dagegen, klein und naß, ganz ohne Glanz. Besser, sie hört auf zu weinen.

Ob das Kind sich freut, fragt Fräulein Werner, lächelt und in den Augen grünes Eis. Das Kind nimmt Mamas Hand. Ob ich keine Antwort geben kann, fragt Papa.

Das Kind muß lachen. Da sitzt der blöde Walter oben auf dem Treppengeländer, schlägt mit den Beinen dagegen, so feste, daß es noch eine ganze Weile summt, und kuckt hinunter in die Halle, sieht den Marmor, die Spiegel, die großen Kristalle. Und der blöde Walter wackelt hin und

her und singt Godipei mit seiner höchsten Stimme, wird dann ganz ruhig.
Hat das Kind denn damals nur geträumt. Wie der Lastwagen noch bremst, das Hupen und die lauten Schreie. Nur Walter hat nicht geschrien und hat es doch immer am besten gekonnt. Ganz klein und ein bißchen schmutzig und die Finger noch rauh vom Moosabkratzen, so haben sie ihn unter dem Anhänger hervorgezogen. Und jetzt sitzt er auf dem Geländer und ist ganz lebendig: das ist ein schönes Schloß geworden.
Da muß man schnell überlegen, ob heute zählt oder gestern und wer das entscheidet. Daß wer gesät hat auch ernten darf, und wie dunkel es ist in der Erde. Daß Walter sowieso dasitzt und nicht weggeht. Und da sagt das Kind: wenn keiner was merkt, kannst du bleiben.
Merkt schon keiner, und Walter springt vom Geländer, kommt die Treppe herunter in die Halle und stellt sich vor den großen Spiegel, aber der zeigt weiter Papas Bild. Was sollen wir spielen?

*

Ein Zimmer für Papa, ein Zimmer für Mama, ein eigenes Zimmer für mich. Den kleinen Mann dürfen wir nicht vergessen. Wir richten uns ein. Im Speisesaal, der Platz schon reserviert. Mama kommt ans Fenster, wir können auch tauschen, Karte bitte, und: nehmt, was ihr wollt. Die Kinder erst mal Apfelsaft. Auf sieben fette Jahre.
Für den eigenen Namen kann man alles bekommen. Berens auf den Kassenzettel: Erdbeereis mit Sahne und eine Sprengel Vollmilch. Den Kinderteller. Aber das Kind will Schnitzel mit Pilzen wie Mama. Und keinen Kinderteller und Spargel auch und nicht von Mamas Teller. Du hast genug. Nein! ruft das Kind. Und schaffst es nicht.

Doch! ruft das Kind. Daß das Mamas Tochter ist, sagt Papa, und wie man das auch merkt.
Sechs Schnecken, einen Beaujolais: nur eben unterschreiben. Der blöde Walter sitzt mit am Tisch. Singt Godipei, Godipei und lacht, faßt mit den Fingern in die Schüsseln, nimmt Pilze und singt Godipei, faßt mit den Fingern in die Schüsseln, nimmt Spargel und singt Godipei, kreischt mit seiner hohen Stimme, nimmt auch noch eine Schnecke und ißt viel zu schnell. Sofort ins Bett, sagt Papa dann, wenn ich mich nicht benehme. Zum blöden Walter sagt er nichts.

*

Am zweiten Tag die Bücher. Sie stehen in Glasschränken, die Türen sind abgeschlossen, Papa hat den Schlüssel und leiht sie aus. Pünktchen und Anton, Emil und die Detektive, die schönsten Märchen der Welt. Richtige Romane und Marx-Engels für Gäste. Geschichte der Arbeiterbewegung und das Betriebsverfassungsgesetz. Zu Hause arbeiten die Gäste in der Fabrik. Wie früher ich, sagt Papa, aber hier sind sie Gäste und bilden sich weiter.
Das Kind muß sie grüßen und darf nicht vergessen: anklopfen, bevor man eine Tür öffnet, grüßen und freundlich sein. Wenn nicht, verraten sie es Papa und Fräulein Werner lächelt. Das Kind muß grüßen. Und Mama jede Woche zum Friseur. Da sitzt sie unter der Haube, kriegt keine Luft, springt auf und ans Fenster. Papa versteht das nicht. Er liebt jetzt Fräulein Werner, das sieht jeder und Mama will sich umbringen. Immer am Abend, wenn er nicht kommt: ich bring mich um, sagt sie und läuft in den Wald, so dunkel hinter dem Haus. Das Kind bleibt zurück und denkt an das Grab, ganz allein in

einer Ecke des Friedhofs. Wie die Krähen darüber hinfliegen und Sünde schreien. Das Kind muß Mama begraben, kein Priester dabei. Nur Papa am Grab, die Stirn in den Händen: ich bin nicht schuld.
Einer muß es sein, vielleicht Fräulein Werner. In Hemd und Hose aus schwarzer Spitze hat sie vor dem Spiegel gestanden und einfach Herein gerufen, als Papa geklopft hat. So ist Leben in das Leben gekommen und Leidenschaft. Darauf kann Mama verzichten, sagt Mama. Hat geglaubt: auch Papa. Daß man sich auf nichts verlassen kann.

*

Wenn man lesen will, muß man den Schlüssel holen und zurückbringen, diese hier sagen, wenn Papa fragt, zwei Bücher vorzeigen, die anderen hat man schon versteckt. Dann setzt man sich unter das Klavier und zieht den schwarzen Überzug bis auf die Erde. Wenn man Schritte hört, macht man die Taschenlampe aus.
Das Kind hat viele Verstecke und nie genug. Das Kopfkissen, den Kleiderschrank, den Schacht vor dem Kellerfenster. Es schnürt einen Bindfaden um die Bücher, läßt sie hinunter, bindet den Bindfaden oben fest. Am nächsten Morgen in der Schule denkt es: wenn sie sie finden. Also die richtigen Bücher mitnehmen und die Schulbücher zu Hause lassen. Ohne darf man nicht zur Schule, sitzt im Wald auf einer Bank und liest Narziß und Goldmund. Dann die Entschuldigung. Papas Schrift kann man nicht nachmachen, aber Mamas leicht.
Unordentliche Gedanken schon beim Aufwachen. Daß ich liegenbleibe in meinem Bett, drei Wochen oder mehr, und irgendwann sagt jemand: wo ist sie denn? Und sie öffnen die Tür zu meinem Zimmer und rufen, aber im Bett

liegt nur die kleine Wachspuppe mit den Perlen auf den Wangen: einst war ich ein Mensch.
Wie man alles verlieren kann auch das Liebste auf der Welt. Was das Liebste gewesen ist. Und kriegt es nie zurück.

*

Mama ist nicht tot. Sie steht vor Fräulein Werners Zimmer, hat Tannennadeln im Haar, ein verweintes Gesicht, wartet nicht auf das Herein. Ist nicht tot.
Und: Papa steigt aus dem Fenster, die Regenrinne lang, zwei Stockwerke tief, keiner schreibt's auf.
Nur die Geschichte von Fräulein Werner. Und ich bin es, die sie erfindet. Das wird die Geschichte von schwarzer Spitzenunterwäsche, von engen Röcken mit Seitenschlitzen, kleinen Füßen in hohen Stöckelschuhen. Und überall Spiegel. Das wird die Geschichte von den schamlosen Blicken. Für Papa sind sie bestimmt, aber ich fange sie auf. Für Papa hat sie Herein gerufen, aber ich bin ins Zimmer getreten und habe alles gesehen. Und trage es Mama zu. Die bringt sich um und wir sind gerächt.
Dabei habe ich doch gar keine schwarze Spitzenunterwäsche, sagt Fräulein Werner, dabei hat sie doch, sagt Papa, woher er das weiß, fragt Mama.
Überall Spiegel. Sie zeigen ein verdorbenes Weib. Und lauter Lügen. Nicht mal Fräulein Werners Nichte ist wirklich eine Nichte. Sie ist ihre Tochter. Aber Papa will nicht hören: er liebt. Und so läuft er in sein Verderben und Mama weint und läuft in den Wald und bringt sich doch nicht um und Herr Krämer ist anständig und hält zu Mama und der Kellner selber ein Filou und hält zu Papa. Annelie, das Zimmermädchen, weiß nicht so recht. Aber auf den Schlüssel zum Bücherschrank gibt keiner acht.

12

Ein Schrei, ein Seufzer, ein trauriges Lied. Das wäre ein Anfang. Sie verhüllt ihr Gesicht und läuft in den Wald und Regen löscht die Spur ihrer Füße. Die Bäume neigen sich, wenn sie vorbeigeht, die Vögel verstummen und die Blumen verschließen ihre Kelche, um die leuchtenden Farben zu verbergen. Und als sie endlich aus dem Wald heraustritt, den Schleier zurückschlägt und spricht: so sind hundert Jahre vergangen wie im Fluge und mein Leid ist noch so jung wie am allerersten Tag. Aber woher kam es?

Ist die Geschichte zu Ende. Und man kann eine neue erfinden und noch eine und immer weiter, bis die anderen rufen: Lügenbaron! Und für den Rest des Tages darf ich auf dem Thron sitzen und jeder muß mich mit Durchlaucht anreden.

Nur Lehrer Spalding nicht. Der fragt nach der Entschuldigung von gestern und auch von letzter Woche und ob ich nicht schöner schreiben kann. Oben und unten gleichlange Bogen und immer in der Reihe. Unordentliche Gedanken sieht man an der Schrift.

Was ich von Labyrinthen weiß. Und was ich lese, will er wissen. Das Kind bleibt still. Nicht alles sagen und mit roten Schuhen vorsichtig gehen: daß man sich nicht zu Tode tanzt.

Einfach dem Faden folgen lange Zeit und nicht die Hoffnung verlieren. Auch nicht, wenn man müde wird. Dann findet man am Ende hinaus wie Theseus oder kommt woanders hin wie Papa. Steht an der Theke, sollte dahinter stehen, aber steht meistens davor. Vier Bier, vier Doppelkorn, Berens, schreibt er auf den Kassenzettel. Immer wieder Berens. Vier Bier, vier Doppelkorn. Conny

Conrad, Hansi Gärtner und Schillers Bubi trinken mit. Seine Freunde, sagt Papa.
Und am nächsten Morgen am Frühstückstisch stößt Mama ihm das Messer in die Brust. Das Kind hat es gesehen. Aber Papa merkt nichts davon, sitzt weiter ganz ruhig, liest Zeitung und raucht. Papa am Frühstückstisch, heißt das Bild, und Mama gießt Kaffee ein. Dahinter die anderen: Mama, die nach der Zeitung greift und sie einfach zerreißt, Mama, die die Tassen vom Tisch fegt mit einer einzigen Bewegung. Mama, die zustößt. Mama, die lacht.
Kind vor einer Tasse Milchkaffee, heißt das nächste. Müßte eigentlich heißen: Mörder schuldbeladen. Und keiner, dem man es sagen kann. Wie man durch die Nacht geschlichen ist, die Axt unter dem Mantel. Das dunkle Treppenhaus. Wie die Alte ausgesehen hat, da auf dem Boden, Beine, Körper, Kopf, die grauen Haare rot, und die Hand. Die Treppe hinunter und das Geld brennt wie Feuer in der Tasche. Mein Kopf glüht. Du hast ganz rote Augen, sagt Mama. Raskolnikoff lacht. Nein, Mama, er hat nicht gelesen die ganze Nacht. Er hatte anderes zu tun. Wer fragt nach Gummibärchen. Wie sie in die Schultasche kommen und was sie gekostet haben. Fragt nicht weiter, Ahnungslose, ich könnte euch antworten. Geschenkt bekommen, murmelt Raskolnikoff und sieht aus wie ein Kind vor einer Tasse Milchkaffee.
Im Vokabelheft der Zettel von Pastor Haupt: wo bleibt das Geld für Christi Reich? Gut gefragt, Pastor Haupt. Aber leider zu spät: die Eiskugeln waren grün. Himbeeren aus weißem Schaum mit rotem Zucker drumherum zergehen auf der Zunge. Es gibt Sünden, die muß man immer wieder tun.
Jeden Tag über die Terrasse im alten Kittel, Haare struppig, Laufmaschen am Bein. Das Zaudern an der Türe: jetzt!

Das Kribbeln in den Fingerspitzen, wenn Mama die Türe öffnet. Und alle Gäste können sehen: Mama hat nicht vergessen, woher sie kommt.
Warum sie das nicht lassen kann, sagt Papa, und daß sie es extra macht. Der Morgen hat bis zum Abend gedauert. Die gleichen Tassen auf dem Tisch, die gleichen Teller. Die Stille. Aber Mama hat ihre Haare gekämmt und eine weiße Bluse angezogen: Frau nach getaner Arbeit. Licht über dem Tisch, die Dunkelheit draußen und segne was du uns bescheret hast. In ihrem Zimmer wartet Fräulein Werner in schwarzer Spitze. Heute nacht schläfst du besser, sagt Mama. Hat das Buch unter dem Kopfkissen gefunden. Raskolnikoff seufzt.
Zehn Personen in einer: so sehen Labyrinthe aus. Und Lehrer Spalding weiß das nicht. Hat ordentliche Gedanken und keine Haare, will Pflanzen und Blumen gepreßt und auf weiße Blätter geklebt, für jeden Monat eins, und nur einen einzigen Namen darunter. Weiß auch nicht, daß Blumen braun werden beim Pressen, wie häßlich das ist und wie traurig. Da wirft das Kind sie weg, schreibt ihre Namen auf die weißen Blätter und darunter den Platz: wo er sie finden kann.
Gänseblümchen Wiese, Klee daneben, Anemone Garten. Mohn Getreidefeld, Kornblume auch. Amaryllis weiß ich nicht. Vogelbeere Strauch, Margaritte daneben. Farn am Waldrand, Veilchen am Waldrand, Waldmeister, wenn man Glück hat. Butterblume überall.
Was das soll, fragt Lehrer Spalding. Ob ich mich lustig mache. Und daß ich bestimmt den kürzeren ziehe. Wer mich auf die Idee gebracht hat? Und wer dieser Walter ist. Dann muß Papa in die Schule und soll auf meinen Umgang achten. Aber besser noch auf seinen, sagt Mama.

*

Ich werde alles anders machen, denkt das Kind und entwirft einen Lebensplan. Darin ist das Richtige richtig und das Falsche falsch. Gute Menschen sind schön, schlechte sind häßlich und die guten wissen spannende Geschichten zu erzählen. So kann man sie noch besser von den schlechten unterscheiden: denen fällt nie etwas ein. Das Schlechte ist langweilig, spricht das Kind und in den Plan schreibt es: das Langweilige ist schlecht. Das ist ein schöner Plan.

Entscheidungen fallen leicht. Wege sind gerade und haben ein Ziel. Die Menschen, die den Weg gehen, wissen, wohin er führt. Darum gehen sie ihn ja. Die Väter sind richtige Väter und die Mütter richtige Mütter. Aber das Kind will etwas anderes werden. Spionin vielleicht. Spione erzählen spannende Geschichten und haben sie selbst erlebt. Mütter erzählen auch spannende Geschichten, aber das Leben kennen sie nur vom Hörensagen. Darum können sie auch keinen Plan machen. Väter kennen das Leben, aber einen Plan machen sie auch nicht. Sie hätten schon als Kind damit anfangen müssen, denkt das Kind.

Das Leben wie es ist. Ins Bett gehen wenn Abend ist gehört dazu und nicht einschlafen können und aufstehen wenn Morgen ist gehört dazu und ballspielen an der Wand. Kinder müssen spielen gehört dazu und grübeln gehört nicht dazu, sagt Mama. Und tun als ob gehört dazu. Tun als ob man ballspielt mit zwei Bällen an der Wand toktok toktok und der Amazonas und das Schiff auf dem Eisberg und was Zimmermädchen mit Ägyptern machen im dunklen Flur und wie Papa in der Badewanne aussieht und die alte Pfandleiherin, Druckstellen am Hals und ein blaues Gesicht und bewegt sich nicht mehr und das Ballspielen toktok toktok und wie Papa Fräulein Werner ankuckt und wie Papa Mama ankuckt und das Tun als ob

gehört dazu und daß Herr Wegener die dritte Frau hat und trotzdem bei Tante Gerda schläft und daß Papa Zeugen holt und die warten nachts vor Tante Gerdas Zimmer. Daß es fast dunkel ist im Flur gehört dazu und daß Tante Gerda schreit und Herr Wegener zu Papa Judas sagt und Papa lacht. Radio gehört dazu und daß Erwachsene Wein trinken und Kinder Apfelsaft und daß der Mann im Radio sagt, daß Herr Wegener zurückgetreten ist von seinem Posten aus Gesundheitsgründen. Das Leben wie es ist. Gesundheitsgründe gehören dazu und daß Papa uns am Sonntagmorgen in die Kirche fährt und später wieder abholt. Daß der Ägypter, der katholisch ist, nicht so gut riecht wie die anderen und alles wissen gehört dazu und nichts merken lassen und tun als ob und, sagt Mama, jetzt wirft das Kind schon seit drei Stunden die Bälle gegen die Wand, immer gegen die Wand und zurück. Daß es sich nicht zu Tode langweilt.
Während Mama sitzt und denkt.

*

Wenn Papa netter wäre. Wenn Otto nicht gefallen wäre. Wenn das Kind ein richtiges Kind wäre. Wenn Mama etwas gelernt hätte. Wenn Mama noch etwas lernen könnte. Wenn Mama nicht so viel Angst hätte. Wenn Mama einfach weggehen könnte. Wenn Otto nicht gefallen wäre.
Wenn Mama einfach bleiben könnte. Wenn Papa netter wäre. Wenn das Kind nicht so ein Kind wäre. Wenn Mama anders wäre. Wenn Mama wie Lina wäre. Wenn Mama wie das Kind wäre. Wenn Mama tot wäre. Wenn Mama nicht so viel Angst hätte. Wenn Mama tot wäre.
Wenn Otto nicht gefallen wäre.

Wenn Mama weggehen könnte. Wenn Papa noch etwas lernen könnte. Wenn Papa tot wäre. Wenn Papa alles büßen müßte. Wenn Papa tot wäre. Wenn Mama nicht so viel Angst hätte. Dann. Wenn Otto nicht gefallen wäre.

*

Und glücklich sind wir gewesen, glücklich. An jenem Abend hat Mama ein Kleid aus Goldbrokat getragen mit schmalen Trägern. Und hat den Bolero ausgezogen und glatte weiße Schultern gezeigt. Eins zwei drei, ruft Hansi Gärtner und macht ein paar Tanzschritte. Dunkle Augen, rote Lippen und der Apfelsaft in meinem Glas ist Wein. Und Mama tanzt nicht mit Hansi Gärtner, Mama tanzt mit mir. Suggestion heißt das Parfum und ihre hochhackigen Schuhe klappern auf dem Parkettboden.

Bravo, ruft Hansi Gärtner und schaut auf Mamas Beine, die sind lang und schlank zwischen Goldbrokat und schwarzem Wildleder. Und Papa kuckt auch hin und glücklich sind wir gewesen und Fräulein Werner ist ganz bleich geworden. Sie steht hinter der Theke und füllt Wein ein, für sich selber Schnaps, und hat immer schneller getrunken.

Eins zwei drei, sagt Mama und zwinkert Fräulein Werner zu. Bravo, ruft Hansi Gärtner und nimmt mir Mama einfach weg. An jenem Abend. Glücklich sind wir gewesen und Mama lacht und kann nicht wieder aufhören. Schamlos, sagt Fräulein Werner, aber Papa ist hingegangen zu Hansi Gärtner und hat ihm Mama einfach weggenommen.

Eins zwei drei, und Fräulein Werner hat Wein eingeschenkt und selber Schnaps getrunken und glücklich sind wir gewesen. Eins zwei drei, Fräulein Werner! Hat ein Päckchen mit Schlaftabletten vor sich auf der Theke liegen

und das wird immer leerer. Nur Mama sieht es, nimmt ihre kleine schwarze Samttasche und stellt sie davor. Prosit! ruft sie und hebt Fräulein Werner ihr Glas entgegen.
Wie schön du bist heut abend, sagt Papa und küßt Mamas weiße Schulter. Hansi Gärtner küßt die andere. Schamlos, sagt Fräulein Werner und fällt um.
Glücklich sind wir gewesen glücklich und während sie Fräulein Werner den Magen auspumpen, tanzt Papa mit Mama. Küß mich, ehe ich sterbe, ruft Fräulein Werner, aber Papa küßt Mama. Eins zwei drei und ich tanze allein weiter.
Glücklich sind wir gewesen.

13

Ägypter kommen von weit her und bleiben einen Winter. Sind Gäste wie alle anderen, sagt Papa.
Aber sie riechen anders.
Sprechen Deutsch und Englisch und lesen viele Bücher. Lernen Ingenieur. Sitzen im Speisesaal, essen mit Messer und Gabel wie wir. Stehen braun im weißen Schnee und riechen anders.
Wie in Zelten vielleicht, mitten in der Wüste. Wo man lange Pfeifen raucht, auf Ruhebetten liegt und Geschichten erzählt, bis die Sonne versinkt.
Wie am großen Fluß vielleicht, gelb wie der Wüstensand, und fließt ganz langsam wegen der Hitze. Große Nachen aus Papyrus. Krokodile am Ufer dösen und warten.
Oder in Basaren. Perlen, Stoffe, wie aus Mondschein gewebt. Eselsmilch, Honig und Rosenwasser. Schätze für die Lieblingsfrau des Sultans. Händler tragen Kleider mit

Kapuzen, Frauen schwarze Schleier, darunter fast gar nichts. Manchmal lassen sie die Schleier fallen, zeigen ihren Diamanten im Nabel und tanzen und tanzen.
Zur vollen Stunde der Muezzin singt die Zeit aus und alles steht still wie ein Bild. Kein Tanz, kein Handel mehr, Gold funkelt in der offenen Schatulle. Die Pfeife beiseite und alle Geschichten: auf den Boden, das Gesicht nach Mekka.
Die Krokodile dösen in der Sonne.
Mustafa sagt, daß Kairo eine große Stadt ist, mit Häusern aus Beton und ganz modern. Karl May kennt er nicht, und als ich Scheherazade sage, zeigt er mir ein Bild von seiner Mutter. Mit Rock und Bluse. Seidenstrümpfe. Und ohne Schleier. Fortschritt, sagt Mustafa, und ob ich Kommunist bin wie er.
Aber ich bin katholisch. Gehe zweimal die Woche zum Kommunionunterricht und lerne alles über Gut und Böse. Wer jetzt nicht aufpaßt, kann es später nicht auseinanderhalten. Liegt in dunklen Zelten auf Ruhebetten und der Mann nicht katholisch. Verläßt Mama und Papa und wird Kommunist, läßt sich vielleicht sogar entführen auf einem Schiff und ist doch erst elf. Trägt die Röcke zu kurz, einen Ausschnitt wie die Zimmermädchen, geht ganz dicht an den Ägyptern vorbei, stößt sie an mit der Hüfte und sagt: Entschuldigung. Steht dann abends mit ihnen in den dunkelsten Ecken. Wer jetzt nicht aufpaßt.
Warst du gut? wird Gott fragen beim Jüngsten Gericht und der Unaufmerksame muß antworten: ich weiß es nicht.

*

Er weiß es nicht, murmelt der englische Chor und die Heiligen seufzen, stehen um Gottes Thron, wiegen sich sanft hin und her und sehen aus wie die aus der Pfarrbücherei.

Goldener Reif um den Kopf, Namensschildchen auf der Brust, in schwarzen Druckbuchstaben für Kinder und alte Augen. Heiliger Johannes der Täufer.

Groß und schön – immer noch Salomé – und die wundervollen Augen. Die Hände, die nicht streicheln – niemals! – nur zeigen. Auf den, der größer ist. Auf den, der die Vollendung. Noch schönere Glieder dunklere Augen.

Die Hände zeigen unerbittlich. Und der Ring um den Hals, blutig, allen Zeiten zum Zeugnis, auch dir Salomé, Verfluchte! Von dir kein Bild nirgends, kein goldener Reif um den Kopf: Schlangenhaare, wir wissen es, müssen sie nicht sehen. Der Tanz immer wilder, goldene Ketten um den Bauch und einen Diamanten im Nabel. Gott sieht dich nicht, Salomé, will dich nicht sehen. Schaut auf Maria Goretti.

Die Unschuld. Zerrissene Kleider, blutende Wunden. Die Unschuld. Hat nicht getanzt, nichts Böses gewollt, hat nur gelitten. Heilig, heilig, heilig Maria Goretti, zusammengekrümmt, blutend: Heilig!

So sehen Heilige aus. Zerrissene Kleider, blutende Wunden, Gold um den Kopf. Du lernst es nie, Salomé, Verfluchte! Heilige Stärke verleugnet sich, göttliche Schönheit verbirgt sich. Sieh die heilige Katharina von Siena.

Abgeschnitten zu ihren Füßen das wundervolle Haar. Die Schere noch in der Hand und Gold um den Kopf. Himmlische Liebe ist größer als irdische Liebe. Himmlische Schönheit ist schön.

*

Ägypter kennen keine Gebote. Kein Vaterunser, Maria Goretti schon gar nicht und können kein Kreuzzeichen. Herr Krämer sagt, daß sie Mohammedaner sind, auch Gebote haben, aber andere, schneidet das Schweinefleisch in kleine Stücke und brät es scharf an: dann sieht es wie Rindfleisch aus.

So viele Gebote können übertreten werden. Gott nicht geliebt, Eltern nicht genug, aber die Ägypter. Mustafa hat mich geküßt, sogar auf den Mund. Noch eine Sünde für die erste Beichte. In Demut und Reue bekenne ich.

Und dann die Sünden von 11 Jahren. Du sollst lieben, nicht begehren, sollst verehren: in Stein geritzt für Kinder und Kindeskinder. Was man unabsichtlich vergißt, nimmt Gott nicht übel, vergibt die Sünde einfach mit. Ob ich das vergessen kann? Und bin so schwarz als wie zuvor.

Unkeuschheit. Und oft.

Bei Todsünden muß man genauer sein. Eine Zahl: zwanzig oder fünfundzwanzig.

Eher fünfundzwanzig.

Auf welche Art? fragt der Beichtspiegel. Und: allein oder mit anderen. Pastor Haupt fragt nicht. Gott ist barmherzig, ich zünde eine Kerze an.

Ein Opferlämpchen kostet dreißig Pfennig, drei Opferlämpchen neunzig. Neunzig Pfennig Schulden beim Lieben Gott. Ich schreibe alles auf. Wenn ich groß bin und Geld verdiene, bezahle ich und gebe fünf Mark extra. Noch ein Opferlämpchen: Gott ist groß und die Kerzen klein. Alle zusammen geben ein schönes Licht.

Die größte Liebe ist die Liebe zu Gott. Gott allein genügt, sagt die heilige Theresa von Avila. Dios solo basta. Ein Seraph stieß ihr einen Pfeil mit glühender Spitze ins Herz: so groß war ihre Liebe. Ich mache die Augen zu. Nichts passiert: die Liebe ist nicht groß genug.

Mama hat das Buch gefunden, ich brauche es auch gar nicht mehr, Gott allein genügt. Dios solo basta. Ich bin gekommen, um das Geld zu holen, sagt Gott. Dreimal zehn Opferkerzen: macht dreimal drei: macht neun Mark. Warte noch ein bißchen, dann kriegst du mehr.
Wo Mama wohl das Buch versteckt hat.
Das Kind hat den ganzen Tag in der Ecke gesessen und gelesen, jetzt hat es Fieber. Eine Woche ohne Buch! Wenn Rebhuhn, dann Rebhuhn. Wenn Buße, dann Buße. In ihren freien Stunden schwang Theresa das Tamburin und tanzte.
Und dann das: du bereitest mir eine seltsame Nacht, noch nie habe ich eine ähnliche verbracht. Hier, sagt Papa, und hier. Hat das Buch in der Hand, zeigt alles Mama: seine Hände rissen mein Hemd weg, sie streichelten meinen Schoß, und ich gab mich der schwarzen Sturzwelle des Vergessens hin. Dios solo basta, aber wir sind schwach. Und mir hat sie gesagt, sie will Pünktchen und Anton lesen.
Auch du, Theresa: mit sieben Jahren unterwegs, um die Mauren zu bekehren, aber später gefallsüchtig, putzt sich und schreibt sogar einen Ritterroman. Dazu noch die schwache Gesundheit.
Das Fieber hat nichts zu bedeuten, weil ich eine Simulantin bin, sagt Frau Doktor Weber. Eine Woche ohne Buch! Wenn sich die Wundmale zeigen, werden alle staunen; meine Handflächen schmerzen schon. Mama weiß nicht, was sie mit dem Kind noch machen soll: es lügt sogar beim Beten. An der ganzen Geschichte ist wieder kein wahres Wort. Das Leben, das ich bis jetzt geführt habe, war mein Leben, von jetzt an folgt das Leben Gottes in mir, sagt Theresa, sage ich. Dios solo basta.
Keuschheit, Gehorsam und Armut, nicht mehr mit

Mustafa im Treppenhaus, immer ja zu Mama und die Kommuniongeschenke verschenken. Petticoat und Silberlöffel, die kleine goldene Uhr. Eine Muttergottes aus Elfenbein.
Aber die Bücher. Wenn ich sie nicht verschenken würde, hätte ich sie gern gelesen. Und wenn ich sie nicht gleich weggebe und noch ein bißchen warte.
Dann will Papa Fotos machen. Ich muß mich auf die Terrasse stellen und bin ganz ernst, weil man das Bild vielleicht noch braucht. Heilig, heilig, heilig, meinen Namen gedruckt im Kalender, für immer und einen Tag. In allen Pfarrbüchereien, weißes Kleid und schwarze Schuhe, Kerze in der Hand, Gold um den Kopf und die Kinder bezahlen fünf Pfennig für meine Geschichte.
Später im Bett die wundersamen Reisen des kleinen Nils Holgersson. Wenn man Schritte hört, macht man die Taschenlampe aus.

*

Abends im Wohnzimmer liest Mama Illustrierte. Sitzt allein auf dem Sofa, schlägt die Beine übereinander und öffnet einen Pikkolo. Wie er sich bauscht, der weiße Plisseerock. Bilder von Sünde, Hamburg soll es sein, eigene Wünsche fremde. Alles ist möglich, alles und alles. Klappern hohe Absätze aufs Straßenpflaster. Oder Hannover.
Kann denn Liebe Sünde sein, und Mama öffnet den zweiten Pikkolo, tanzt durch die Wohnung. Wie der Plisseerock hochfliegt. Lange, schlanke Beine: und Bremsen kreischen. Der Mann im Sportwagen groß und dunkelhaarig, Blicke aus halbgeschlossenen Augen wissen, was kommt. Wenn man einsteigt, den Rock festhalten und der Wind spielt mit den Haaren. Wissen, was kommt, aber

nicht alles, und das rote Täschchen fest in der Hand. In Perlenstickerei: Rosemarie Nitribitt. Und immer Geld an die Mutter geschickt.

Nein, will Mama noch rufen. Aber da sitzt sie schon und fährt davon. Der Mann neben ihr, die Hand auf ihrem Knie, und wie das Auto hält und durch das Treppenhaus – wir wissen, was kommt. Erst noch die Türe aufschließen, die Vorhänge zuziehen. Auf allen Tischen schwarze Kerzen. Aber immer Geld an die Mutter geschickt.

Nein, will Mama noch sagen, aber da ist schon das Himmelbett, ganz wie das andere, und der Mann und plötzlich der Schrei. Dann Stille. Mehr nicht, nur das Bild in der Illustrierten, und auf dem Gesicht liegt ein Kissen. Wenn man einmal alles sich gibt vor Glück, und Mama öffnet die Augen, holt tief Luft und trinkt auch noch den letzten Pikkolo, ist dann sehr müde, zieht die engen Schuhe aus, legt sich auf das Sofa und schläft ein.

Da schweben Menschen in durchsichtigen Kugeln durch den Raum, sind nackt und halten rote Früchte in den Händen. Komm mit, rufen sie, aber nackt würde sich Mama noch mehr schämen. Darum bleibt sie stehen und kuckt zu. Wie die roten Früchte schmecken, wüßte sie gern. Auch die Luft ist anders und Tiere gehen umher zwischen den Menschen und die meisten Tiere kennt Mama nicht.

Und niemand hat Angst vor ihnen, nur Mama.

Dann sieht sie in der Ferne eine kleine Gestalt, die kommt näher über den Fluß und kommt näher über die Wiese und wird größer und da ist es Lina. Sie ist nackt wie die anderen, aber ihre Haare sind ordentlich zu Zöpfen geflochten und unter dem Arm trägt sie einen Schuhkarton: mein Sarg.

Der ist doch viel zu klein für dich, sagt Mama. Lina stellt

den Schuhkarton auf die Erde, legt sich hinein, schließt die Augen und ist ganz klein und ist ganz tot. Und die Glocken läuten und Mama weint und der Schuhkarton wird zu Grabe getragen und alle Menschen schweben hinterher.
Als Lina am Grab noch einmal die Augen öffnet, sagt Mama: aber es ist alles schon vorbereitet. Dann wird auch beerdigt, sagt Lina, sonst wird es zu teuer. Sie lassen den Schuhkarton in die Grube hinunter und werfen Erde hinterher und die Glocken läuten und Mama weint und ist ganz allein in dem fremden Land.

*

Mit dem blöden Walter nachts über den Flur, die roten Lämpchen leuchten. In der Halle ziehen wir die Schuhe aus. Der Gummibaum wirft viele Schatten. Wenn man die Treppe hinaufsteigt, trägt man die Schuhe in der Hand. Geht vorbei an Gästezimmern und geht immer weiter. In jeder Fensterscheibe ein Mond. Kuck mal, da wohnt Fräulein Werner.
Lange Flure, wir laufen und lauschen. Auf halbe Sätze, die fehlenden Worte. Laut haben sie gesprochen, dann plötzlich ganz leise, und wenn ich ins Zimmer komme, hören sie auf. Nicht früh genug.
Reden über Zettel in der Kasse und daß es immer mehr werden, über Freunde, mit denen man anstoßen muß, und von Freunden darf man kein Geld nehmen. Daß es richtige Freunde gibt und falsche, aber das weiß Papa selber und Mama soll sich nicht einmischen. Die lauten Worte und wenn es leise wird, denkt man sich die anderen dazu.
Ein langer, schwerer Weg und plötzlich bleibt man stehen, eine Wunderlampe in der Hand. Wenn Sie nur eben

unterschreiben. Da greift man zu, sagt Papa. Daß man dann anders geht und spricht und küßt. Und Mama merkt das nicht.
Was man immer wollte: und nicht für sich allein. Und Mama denkt an Ulentrop. Dann einer, der das gleiche fühlt: da greift man zu. Und abends trinkt man Wein, bis die Erde sich langsamer dreht und die Nächte sind ruhig. Morgens bleibt man dann immer länger im Bett und versucht sich zu erinnern. Das helle Licht, die Augen schmerzen: Papa dreht sich zur Wand und läßt die Lieferanten warten. Der Kellner kann das machen, Papa unterschreibt dann später. Schreibt Berens immer größer und zählt nicht mal die Flaschen nach, sitzt dann im Büro und rechnet, hört bald wieder auf.
Manchmal eine Kälte und aus dem Haus geht er nicht mehr. In den Bäumen der Wind, fährt hervor und erschreckt ihn. Ergreift Äste und schüttelt sie, treibt Papierfetzen daher. Und die ganze Zeit das Murmeln. Zweihundert Mark Berens, dreihundert, ein Kasten Wein, ein Kasten Sekt, Wunderlampe, trübe Flamme: ich blase dich aus.
Wir können ja weggehen, sagt der blöde Walter, denkt auch an Lehrer Spalding, der jeden Tag nach den Entschuldigungen fragt. Das Rechnen mit Brüchen, die Teile immer kleiner. Unter der Vokabelarbeit: Lernen, nicht raten, und ich soll sie unterschreiben lassen. Und Pastor Haupt, sagt Walter, wartet auch nicht mehr lange. Aber wir können ja weggehen.

*

Und die Sonne scheint und das Moos so weich und alle Blüten haben einen Tropfen in der Mitte. In den Bäumen Gesichter, Blätternase, Blättermund, ist schon recht, wispern sie, kann gar nichts passieren. Sonne schenkt funkelndes Grün. Auf flachen grauen Steinen alte Augen, die alles wissen. Schön warm, spricht der Salamander: zum brennenden Paulinchen. Füße rascheln. Luft rauscht. Oder ein Vogel. Kleine Bären fliegen durch die Luft, tragen Schwarzpelz mit Goldstreif, summen wie Hummeln. Finger in den Wind, nur Sonne, Funken drinnen und draußen. Der blöde Walter immer dabei.

Der Bach kommt uns gerade recht. Waldluft macht hungrig und wenn man die Schuhe auszieht, kann man die Füße ins Wasser hängen lassen. Die Sonne steht ganz hoch, vielleicht sogar im Süden. Salamibrot, Apfel dazu und Vögel mögen Krusten.

Wenn man dann satt ist, das Buch aus der Schultasche holen und lesen, solange man will. Blaue und grüne Unendlichkeit. Und: dahinter möchten Höfe liegen und Mühlen, ein Dorf, eine Stadt. Überall Blätter, Blau dazwischen. Wo der Wald anfängt, weiß ich nicht mehr und nicht, wo er aufhört. Aber daß ich bleiben will. Da ruft keine Glocke zum Aufstehen, zum Kirchgang, zur Lektion.

Walter will immer noch mehr, das Kind sagt: heute abend, und packt das Buch wieder ein. Aber am Abend ist Walter verschwunden und das Kind allein. Ruft Walter, immer wieder, und findet ihn nicht mehr. Bis die Sonne untergeht. Da muß sich das Kind einen Hochsitz suchen, wegen der wilden Tiere, und muß sich ein Bett machen aus Gras und Blättern wegen der Kälte. Ruft noch ein paarmal Walter, aber nicht zu laut, damit mich kein anderer hört. Und lesen kann man auch nicht mehr, weil es ganz schnell dunkel wird.

Das Kind liegt lange wach.

*

Die Mitternacht ist hell, der ganze Wald voller Lichter. Überall Rufe, Sirenen dazwischen. Was ist passiert. Jemand ist aufgewacht in der Nacht und allein gewesen, die Welt dunkel. Da hat er nach Licht gerufen und alle Menschen sind aufgewacht und aus ihren Betten gesprungen und haben ein Licht ergriffen und bringen es ihm. Wer wohl so laut schreien kann, denkt das Kind. Da hört es seinen Namen. Ob man geantwortet hat, der eine sagt so, der andere so. Aber daß ich im Feuerwehrwagen nach Hause gefahren werde, mit Blaulicht und Sirene, ist sicher. Und Mama läuft mir entgegen und weint so sehr. Nie mehr auf den blöden Walter hören.

Am nächsten Morgen darf ich ausschlafen, von Schule sagt keiner was, und die Brötchen sind ganz frisch. Mama weint immer noch und lacht zwischendurch, der kleine Mann weint auch, weil ich ihn nicht mitgenommen habe, und die Frau von der Zeitung will wissen, wie alles gekommen ist.

Wie ich die zwei Rehe gesehen habe, morgens auf dem Schulweg, und nur ein bißchen hinterher und kucken wollte, und dann zurück. Wie dann plötzlich kein Weg mehr da war und später ein neuer und noch einer und immer so weiter, aber keiner mehr der richtige. Und die Frau von der Zeitung weiß gleich Bescheid und schreibt das Wort Labyrinth auf den Block und daß ich an Mama gedacht habe und daß es auch anders hätte ausgehen können. Wie vor hundert Jahren. Das Grab mit den zwei kleinen Kreuzen und dann mein Bild. Daß sechs Feuerwehrwagen unterwegs waren und dreihundert Freiwillige und eine Welle von Hilfsbereitschaft. Und dann noch der Hochsitz und das Bett aus Gras und was Eltern daraus lernen können.

Und als ich am nächsten Tag in die Schule komme, fragt

Lehrer Spalding nicht nach der Entschuldigung für gestern, weil alles in der Zeitung steht. Aber komisch gekuckt hat er doch, sagt der blöde Walter.

14

Zwischen den Marmorplatten in der Halle kriecht es hervor und weiter über den Boden, die Wände, die Spiegel. Der blöde Walter hört auf zu singen, steht lange davor. Geht aus dem Haus, sucht einen spitzen Stein.

Warum er geschossen hat, fragt der Richter. Und Papa erzählt von Rußland und wie die Kugeln um seinen Kopf gepfiffen sind.

Wie er um sein Leben gerannt ist, erzählt er, und wie es später war. Und daß er nicht nur genommen hat. Sie können alle fragen.

An den Revolver hat er gar nicht mehr gedacht. In der Schublade, den Umzugskisten, dann unter der Matratze. Hat ihn wohl manchmal hervorgeholt in der Nacht, das schon, und nachgedacht.

Wer die Buchprüfer überhaupt gerufen hat. Sitzen im Büro, sagt Papa. Sagen: nein, danke, wir möchten keinen Wein. Zählen Zettel zusammen.

Wenn Mama ihn genug geliebt hätte.

Vielleicht, daß er ein bißchen gespielt hat mit dem Revolver, sagt Papa. Ihn vielleicht ein bißchen entsichert. Ob es Klick gemacht hat, weiß er nicht. Jedenfalls ist Mama hoch und aus dem Bett.

Als er damals aus Rußland gekommen ist, sagt Papa, und sich durchgeschlagen hat, die Häuser Ruinen und überall

Asche. Der Hunger. Und dann endlich nach Hause und das glatte Gesicht im Spiegel.
Wenn man wüßte, was richtig ist. Und dann für alle Zeit.
Daß er nie auf seine Frau geschossen hätte: ich liebe meine Frau! ruft Papa. Und auch nicht auf Herrn Krämer. Ja, sicher hat ihn das geärgert. Und wie der gut reden hat. Wie soll man Glück denn halten?
Das kommt und geht dann wieder weg. Und Papa schießt. Läuft aus dem Schlafzimmer und schießt. Hat auch gar nicht getroffen. Auch nicht beim zweiten Mal. Daß er geschrien hat, ich bring dich um, kann er nicht glauben.
Warum er geschossen hat, fragt der Richter und Papa: daß er sich alles ganz anders vorgestellt hat. Und sicher, sagt er, eine Frau will man schon haben. Und eine Familie. Aber ein richtiges Schicksal auch.
Wüßte man, was wichtig ist. In den langen Nächten. Und daß er sich alles ganz anders vorgestellt hat.

*

Ich bring dich um! hat er geschrien, ist um das Haus gelaufen und hat geschossen. Immer wieder: ich bring dich um. Und jeder weiß, daß er gemeint ist.

*

Am nächsten Tag kommen zwei Polizisten und wollen wissen, wo er den Revolver versteckt hat. Papa geht zwischen den beiden in den Wald und sieht sehr verlegen aus.

*

Der blöde Walter sitzt in der Halle und kratzt das Moos aus den Ritzen. Reißt Grashalme aus und Ranken, vergißt den spitzen Stein, kratzt mit den Fingernägeln.
Willst du mit, fragt das Kind, zurück nach Ulentrop. Der blöde Walter schweigt. Mit Mama, sagt das Kind. Sieht das Moos wachsen und die Halme, immer höher, immer dichter, die Marmorplatten geborsten, der Spiegel blind. Ein schönes Schloß, sagt Walter, kratzt mit dem Stein, kratzt mit den Nägeln, kratzt immer schneller. Ein schönes Schloß, reißt Grashalme aus, will bleiben.
Da geht das Kind allein. Ganz langsam und ein paarmal bleibt es stehen und kuckt sich an der Türe nochmal um. Schon alles zugewachsen.

*

Die steile Straße und der Motor brummt ganz gleichmäßig und oben vor dem Wald das große weiße Haus. Hinten im Wagen alle unsere Möbel und die Kratzer zählt Mama gar nicht mehr. Warum Papa nicht mitkommt, fragt das Kind.

15

Vier Personen in zwei Zimmern: früher sind wir sechs gewesen, sagt Lina, stellt noch ein Sofa ins Schlafzimmer, schläft selbst in der Küche. Die Türe offenlassen, dann verteilt sich die Wärme: so können wir's doch aushalten. Auch wenn Mama immer weinen muß. Ein paarmal richtig ausschlafen, dann ist das vorbei: Lina macht ein Bett auf dem Sofa, geht auf Zehenspitzen durch die Küche.
Eine alte Frau geht auf Zehenspitzen durch die Küche, hat

die Bluse schief zugeknöpft, verliert ein paar Haarnadeln, geht auf Zehenspitzen durch die Küche und lächelt gegen die Zeit an. Will Lina sein. Muß hochkucken zu mir. Ist so klein geworden mit den Jahren.
Die Vergangenheit ist nicht vergangen, sie ist verändert, spricht die Schlange, und als ich ihr den Kopf zertrete, wachsen zwei neue dafür. Wie heißt du? Erkenntnis, lügt der erste, Erkenntnis, lügt der zweite, und sie fahren aufeinander los und fressen sich auf. Erkenntnis, sagt der dritte Kopf. Wart, ich werde dir Beine machen.
Einfach Wasser aufsetzen, den Tisch decken. Das Summen des Wasserkessels ganz so wie früher und auch die Fransendecke ist noch da. Die Tasse mit der Goldschrift auf dem Boden. Und als es dann nach Bohnenkaffee riecht, fängt Mama an zu weinen und Lina sagt: alles wird gut.
Ja, Engel, steck nur das Schwert wieder ein, alles wird gut. Wir spucken den Apfel wieder aus, nehmen, was uns zukommt, beklagen uns nicht. Auch wenn Papa kein Geld schickt. Alles wird gut. Die Patres suchen eine Köchin fürs Kloster, Mama geht hin, kriegt die Stelle, und alles wird gut.
Wir bauen das Paradies neu mit allem, was dazugehört. Porzellanfiguren, Seifenstücke, Bohnenkaffee und Danziger Goldwasser. Und die Erinnerung: Darin werden viele Traurigkeiten sein, hat das Kind einmal gelesen.
Wenn ein Mädchen zur Realschule geht, steht ihm alles offen. Kaufmännische Angestellte. Technische Zeichnerin. Was Reelles, sagt Mama, und spricht von Sicherheit. Aber da ist keine Sicherheit. Nicht im Leben und nicht im Traum.
Manchmal nachts schleicht Lina auf nackten Füßen in den Garten, sucht Pfingstrosen unterm Schnee. Mama holt sie zurück. Am Morgen deckt sie dann den Frühstückstisch

und erzählt von Träumen, die sind wirklich wie das Leben selbst.
Wie sich Zeiten und Maße verschieben. Für den langen Hausflur braucht man nur noch neun Schritte und der Weg zum Friedhof auch viel kürzer. Lina tut, als ob nichts wäre und braucht immer noch eine halbe Stunde. Wenn das Mädchen allein geht, merkt es sich die neue Zeit. Daß sich alles bewegt. Und manchmal bebt die Erde, weil sie das Lachen nicht mehr unterdrücken kann.
In Ulentrop bebt keine Erde, sagt Lina. Das Mädchen glaubt, sie bebt überall.

*

Niemals zurück: Und Papa fängt ganz von vorne an. Läuft von Kurhotel zu Kurhotel, bietet einen Geschäftsführer. Läuft von Kneipe zu Kneipe: wer sucht einen Wirt. Die Imbißbuden und alle Autobahnraststätten. Steht schließlich in der Küche vom Wienerwald und brät Hähnchen so braun wie kein anderer.
Stand eben noch auf der Terrasse zwischen bunten Sonnenschirmen. Hat gelacht mit den Gästen, Fräulein Werner zugewinkt. Kuckt einmal in die Sonne und stürzt. Die Löcher im Weltall, sagt Papa. Und wenn man da reinfällt, kann man keinen Halt mehr finden und muß immer weiter stürzen. Steht dann plötzlich in der Hitze vorm Grill und brät dreißig Hähnchen die Stunde.

*

Oder auch: ein Kind geht eines Sonntags zu einem Schützenfest, bezahlt 50 Pfennig beim Riesenrad und am Ende der Fahrt steigt eine Frau aus der Gondel. Das ist

ganz das Übliche. Glück oder Unglück und meistens weiß man nicht. Bei Irmi hat es zuerst wie Unglück ausgesehen und dann wie Glück und sogar der alte Beerenbaum hat nichts mehr dagegen gesagt. Jetzt hat Ötte Muskelschwund und wenn er stirbt. Und vielleicht ist es Glück.
An dem Sonntagmorgen ist Irmi ganz früh wachgeworden und hat Glocken gehört und Blasmusik und ihr ist gleich das große Riesenrad wieder eingefallen auf dem Schützenplatz und daß die Gondeln rot sind, aber sie müßten rosa sein. Woher sie das weiß, weiß sie nicht, aber daß sie gleich wieder hingeht und daß neben der Kasse der junge Mann steht mit den langen glatten Haaren und das Gesicht so schmal, die blassen Augen, und wie er lächelt weiß sie, aber woher das Kribbeln in ihrem Bauch kommt, weiß sie nicht.
Und wenn sie später zurückdenkt, läuten die Glocken die ganze Zeit und er sitzt neben ihr und die rosa Gondel hat angehalten am allerhöchsten Punkt. Wie klein die Menschen unten aussehen. An die acht Fahrten vorher, als sie allein in der Gondel gesessen hat, erinnert sie sich nicht und auch nicht an die Prügel, als der alte Beerenbaum sie aus dem Wohnwagen holt. Aber das ist erst am Abend gewesen und am Nachmittag ist sie noch ganz allein über den Platz gegangen und in der Hand hat sie ein Hörnchen mit einer rosa Eiskugel gehalten, und das Eis ist in kleinen rosa Rinnsalen erst über das Hörnchen und dann über ihre Hand gelaufen und da hat sie es einfach fallen lassen. Um sie herum viele Leute und manche Gesichter sind ihr bekannt vorgekommen, und einmal hat jemand sie am Arm gepackt und etwas gefragt und sie hat geantwortet: ich weiß es nicht.
Wie schön das wäre. Eine große Liebe ein ganzes Leben lang und wie der Mann heißt, aber vorher noch, wie er sich anfühlt: das Gesicht, der Hals, die Brust, der Bauch, und

wie ich mich anfühle mit fremden Händen, und wie es ist in einem Wohnwagen, so eng und so dunkel und der Geruch wie in der Gondel, aber stärker. Eine große Liebe und ein ganzes Leben und in all der Zeit ist eine kleine rosa Eiskugel erst halb geschmolzen.
Vom Alltag nichts wissen, keinen Vater haben, keine Mutter und schon gar nicht in dem großgeblümten Kleid. Über den Platz gehen mit wiegenden Hüften, die Augen halbgeschlossen. Und der alte Beerenbaum ruft nicht vom Bierstand herüber: was ist los? Dir geht's wohl nicht gut.
Mir geht es gut, alter Mann, sehr gut geht es mir, und wenn wir weit genug weggefahren sind in unserem Wohnwagen, schreibe ich es dir sogar. Auf einer Karte: mir geht es gut. Vielleicht aber auch nicht, weil ich es ganz einfach vergesse. Ja. Ich vergesse es. Nein, Frau Beerenbaum, ich habe kein Fieber.
Hast du Irmi gesehen, fragt Herr Beerenbaum. Nein, sagt das Mädchen und ist hinter Irmi hergelaufen den ganzen Nachmittag, immer ein paar Schritte Abstand, und wenn Irmi stehenbleibt, bleibt das Mädchen auch stehen. In die Gondel steigt es nicht mit ein und geht auch nicht mit in den Wohnwagen, aber kuckt doch hinterher und bleibt stehen, bis die Fenster dunkel werden.
Vorhin war sie noch im Riesenrad. Und wenn Herr Beerenbaum allein fragt, muß man ja sagen und nicht zu den dunklen Fenstern kucken. Kuckt einfach zum Riesenrad: da steht ein anderer junger Mann neben der Kasse. Und auf dem Boden liegt ein Pfeil mit einer Feder und das Mädchen geht hin und hebt ihn auf.
Und weil alles schon passiert ist und nichts mehr zu erwarten, geht das Mädchen nach Hause, es fängt auch an zu regnen, quer über den Platz, Glückslose unter den Füßen. In den Pfützen die Lichter und wenn man

hineinspringt, explodieren sie. Die Musik. Jungen am Autoscooter, die johlen und schreien. Hinterherpfeifen. Aber wenn man hinkuckt, kucken sie weg.

*

Am Montag im Kabäuschen mit Irmi. Früh von zu Hause weg, die Eltern. Viel Pech gehabt und wenn sie nicht so jung wäre. Der Anker sieht aus wie gemalt, ist aber tätowiert. Mit Nadeln richtig in die Haut. Und Irmi lacht und will nicht sagen, wo. Aus seiner Zeit im Hafen, sagt sie. Duisburg, sagt sie. Und wie ich seine Augen finde.

16

Zwischendurch stelle ich mir vor, daß ich eine einfache Geschichte einfach erzähle: Meine Großmutter wurde geboren, hat gelebt und ist gestorben. Nur Sätze wie diesen, ruhig, ernsthaft und unwiderlegbar. Keine Kulissen, keine Requisiten und keine Wortspielereien. Die Wahrheit schreiben und daran glauben, daß es die Wahrheit ist. Wahr ist: Daß meine Großmutter gestorben ist, will ich nicht zugeben. Wenn ich es zugeben würde, müßte ich auch sterben. Gehört das noch dazu?
Eine einfache Geschichte einfach erzählen. Das ist schwer. Die einfache Geschichte von Onkel Gert. Wie er Tante Leonore geheiratet, aber insgeheim Hachmanns Johannes geliebt hat. Daß Hachmanns Johannes erst zwölf Jahre alt gewesen ist. Blonde Haare, blaue Augen und die Haut voller Sommersprossen – gehört das noch dazu? Das gehört dazu: Daß Onkel Gert sich an Johannes' zweiund-

zwanzigstem Geburtstag erschossen hat. Auch das gehört dazu: Daß er vorher noch das Sparbuch auf den Küchentisch gelegt hat. Und Tante Leonore. Wie sie gesagt hat: Er war ein guter Mann. Er hat gesorgt bis zuletzt. Und die zehn goldenen Locken, die sie in Onkel Gerts Nachttischschublade gefunden hat, eine für jedes Jahr und die letzten sind viel dunkler gewesen als die ersten. Wie Tante Leonore die Locken genommen und in ihre eigene Nachttischschublade gelegt hat. Und daß sie sie manchmal hervorholt und von einem Sohn träumt, schön wie Hachmanns Johannes. Das müßte man erzählen können. Und die Geschichte vom Juden Bechthold. Das ist die, die keiner ganz erzählen will. Nur Bruchstücke, wie damals. Nachts. Zwischen Schaufensterscherben liegen. Blut im Gesicht. 40 Jahre alt. Frau und Kinder. Blut im Gesicht. Auf dem Boden liegen. Scherben. Frau und Kinder. Blut. Auf dem Boden. Erinnern. 40 Jahre.

Was man kennt: Das Haus drei Meter weiter ist das Haus von Pastor Heitbreder. Der schläft und hört nichts, kann nichts hören um diese Zeit. Nachts um eins fliegen keine Steine in Schaufensterscheiben. Bricht kein Glas. Wird kein Meißner Porzellan an Hauswänden zerschlagen. Wird keine Beethovenbüste aus dem Fenster geworfen. Ist doch gar kein Jude, sagt Fräulein Sauerwald am nächsten Morgen. Nachts um eins brechen keine Knochen unter Stiefeltritten. Nicht in Ulentrop. Und wenn Pastor Heitbreder auch nicht schliefe, sondern lauschte, wüßte er: das kann gar nicht Frau Bechthold sein, die so schreit und nicht wieder aufhören will. Frau Bechthold ist eine ruhige Frau, freundlich, etwas kühl vielleicht, sagt Tante Illa; und Frau Bechthold schläft um diese Zeit. Genauso wie Pastor Heitbreder.

Herr Bechthold sollte auch schlafen, sollte nicht auf dem

Boden liegen mit Blut im Gesicht und Scherben im Kopf, sollte nicht zu Gerken Rudi sagen: Du bist das also. Kann er sich nicht denken, daß Gerken Rudi das nicht sein will? Der das Meißner Porzellan zerschlägt, der die Beethovenbüste aus dem Fenster wirft und der die Seidenkleider von Frau Bechthold zerschneidet. Kann sich der Jude nicht denken, daß Gerken Rudi der nicht sein will? Der jetzt wieder mit dem Stiefel zutreten muß?
Aber der Jude kann nicht denken, es klirrt zu laut in seinem Kopf. Warum hast du mich verlassen, mein Vater? Und: Warum schreit die Frau? Daß er ein neues Schild über der Ladentür anbringen lassen muß: Fleischerei Bechthold. Daß Lene ihn nicht sehen soll. So. Und: Warum Gerken Rudi nicht vernünftig mit ihm reden kann. Wenn es um das Geld geht. Was für Geld? fragt Gerken Rudi, hat vergessen, daß der Jude schon bezahlt hat.
Um das Geld geht es nicht, sagt Gerken Rudi, sagt Schwaben Georg, sagt der alte Hesse, der auch dabei ist. Die Schweine in ihrem Stall kriegt der Jude sowieso nicht mehr. Frau Bechthold schreit immer noch. Dabei sind sie in dieser Nacht noch glimpflich davongekommen. Vergleichsweise. Aber das weiß sie noch nicht. Das gehört dazu: Ein Dichter an einem warmen flirrenden Sommernachmittag. Gold und Grün und der Duft von Holunder und Jasmin. In der Fleischerei hinterm Ladentisch. Und keine Kundschaft. Wiener Blut, Wiener Blut hört man aus der Wohnung darüber. Lene Bechthold dichtet:
Hoffnung.
Später.
Glück.
Später.
Ich.
Viel später, wenn es ein Später gibt.

Lene Bechthold weiß das nicht genau und jetzt noch weniger. Sie kann auch keinen fragen. Nicht mal Dieckmanns Marga, obwohl die alles weiß. Was Recht ist, was Unrecht ist, was Jude ist. Jud Lene, schreit sie in der Pause über den Schulhof. Wie der Herr, so's Gescherr. Jud Bechthold, Jud Lene. Und Spiegels Sofie riecht nach Branntwein, weil ihr Vater ein Säufer ist. Jud Lene, schreit Spiegels Sofie über den Schulhof. Sie ist so vergnügt heute. Es ist schön, wenn man nicht mehr allein in der Bank sitzen muß. Wir haben eine ungerade Zahl Schüler in der Klasse, sagt Fräulein Sauerwald zu Herrn Bechthold. Einer muß allein sitzen. Ungeraten, ungeraten, ungeraten, denkt Jud Lene allein in der Bank. Schwarze Haare, schwarze Gedanken, alles vom Vater. Frau Bechthold hat blonde Haare. Aber sie heißt Sarah. Und wenn sie auch den ganzen Tag in ihrem zerrissenen roten Seidenkleid vor dem Klavier sitzt, die blonden Haare hochgesteckt und Wiener Blut spielt, und immer lauter Wiener Blut spielt, sie heißt Sarah.

Wir müssen den Klavierstimmer kommen lassen, sagt Herr Bechthold. Aber der kommt nicht. Und das Schild über der Tür muß immer noch erneuert werden. Juda verrecke, steht jetzt da. Herr Bechthold läßt es stehen. Er will keinen Streit. Später, sagt er.

Gedanke, Wunsch und Zeit
Sind unverrückbar wie ein Ungewisses
Sind Gold und Grün
Wie ein zerrissenes
Rotes Seidenkleid, dichtet Lene.

Auch das gehört dazu: Bilder nicht beschreiben können. Die Gesichter. Die Augen. Die Schädel. Die Knochen. Berge von Knochen. Und die Zähne. Berge von Zähnen. Und die Kinder. Die Gesichter. Die Augen. In alle

Ewigkeit in einer Welt voller Knochen. Und all die Worte: Der Tod ist ein Meister aus Deutschland und so weiter. Das kleine Mädchen mit dem verquollenen Gesicht und den eingeschlagenen Zähnen. Der Nobelpreisträger mit dem verquollenen Gesicht und den eingeschlagenen Zähnen. Der Nobelpreisträger in der viel zu weiten Hose. Der Nobelpreisträger, der seine Hose mit den Händen festhalten muß. Das Lachen, laut. Und der General vor Gericht. Der General in der viel zu weiten Hose. Der General, der seine Hose mit den Händen festhalten muß. Das Lachen, laut. Pastor Heitbreder, der nicht aufwachen will. Gerken Rudi, der dabeigewesen ist. Der kleine Bernhard, der sich am nächsten Morgen eine Wurst aus dem eingeschlagenen Schaufenster nimmt. Pastor Heitbreder, der sagt, daß der kleine Bernhard ein Dieb ist. Pastor Heitbreder, der nicht sagt, was Gerken Rudi ist. Schwester Maria, die weiß, was Recht ist, und die damals noch Dieckmanns Marga geheißen hat. Die gehört dazu. Und meine Mama, die noch Christine heißt an diesem Sommernachmittag. Und der Duft und die Verse in Lenes Kopf und das Messer in Margas Hand. Der Zettel: 2 Pfund Kleinfleisch, Schmalz, ein Viertel Gehacktes. Und daß Christine zu Bechtholds gehen muß und nicht in die Fleischerei Müller schräg gegenüber. Lina steht auf der Treppe vorm Haus und paßt auf. Marga steht vor Bechtholds Laden und paßt auf. Das Messer hält sie am Holzgriff. Ein schönes Halstuch hast du da, sagt sie zu Christine. Dabei hat sie das gleiche. Jeder hat es jetzt. Ja, sagt Marga, aber nicht jeder behält es. Das ist eine Drohung. Die steht erst einmal da, und ich müßte weitererzählen. Wie Christine doch in den Laden geht. Wie Marga dann hinter ihr herläuft und ihr das Halstuch abschneiden will. Wie Lina, die immer noch auf der Treppe steht, zu Marga sagt: Komm ruhig herein. Wir beide

wollen einmal miteinander reden. Wie Marga das aber nicht will und wegläuft. Jud Christel, ruft sie dabei. Wie Lene schreibt: Das Dunkel dieses hellen Sommernachmittags.
Aber der Wunsch weiterzuschreiben entgleitet mir. Alles ist lange vorbei. Lene ist nicht mehr. Herr Bechthold ist nicht mehr. Dieckmanns Marga hat sich hinter einem Ordensschleier mit dem Namen Schwester Maria versteckt. Pastor Heitbreder hat sich im Himmel versteckt. Gerken Rudi hat sich gar nicht versteckt. Warum auch. Und wo versteckt sich das Leben? In einem Buch. Kann man so rechnen: zwei Seiten Entsetzen, eine Seite Wut und Verzweiflung, eine halbe Seite Hoffnung. Die andere Hälfte bleibt frei. Zur Sicherheit. Falls alles ganz anders war. Falls alles genauso war, aber ganz anders empfunden. Von Herrn Bechthold auf dem Boden in der Nacht. Von Lene hinter dem Ladentisch am Sommernachmittag. Aber Lene kann nicht mehr schreiben und ich schreibe über mich. Das ist so. Ich, Lene, am Sommernachmittag. In der Fleischerei hinterm Ladentisch. Meine Verse, meine Angst und Erinnerungen, die nicht meine sind, die Linas sind und Mamas sind. Aber nicht Margas und auch nicht Gerken Rudis. Wie wären die? Ich, Marga, am Sommernachmittag. Vor der Fleischerei, das Messer in der Hand. Die Erinnerungen anderer. Nicht einmal darauf kann ich mich verlassen: Frau Bechthold im roten Seidenkleid vor dem Klavier und spielt Wiener Blut. Vielleicht haben sie es erfunden, Lina oder Fräulein Sauerwald oder jeder ein Stück. Es gibt so viele Judengeschichten und die eine ist Wirklichkeit geworden in meinem Kopf.
Aber davon weiß man nichts in Ulentrop. Dort hört die Judengeschichte an dem Tage auf, an dem sie abgeholt werden: Bechtholds, Rosenbaums, Rosenstocks und Frie-

denthals. Sie schließen ihre Haustüren ab und steigen auf den Lastwagen. Lene ist nicht dabei. Ihre Geschichte ist schon vorher zu Ende gewesen.

Lene Bechthold träumt einen schlimmen Traum. Sie geht den Bahndamm entlang und in ihren Armen hält sie ein Kind mit langen schwarzen Haaren und großen schwarzen Augen. So klein ist das Kind, daß niemand außer Lene es sieht, aber zugleich ist es so schwer, daß sie es nicht länger tragen kann, und es wird schwerer mit jedem Schritt. Ich kann nicht mehr, sagt Lene zu dem Kind. Das Kind weint. Wenn ich dich nicht hinlege, lasse ich dich fallen, sagt Lene und legt das Kind auf die Schienen. So bleiben sie. Das Kind auf den Schienen, Lene neben den Schienen und das Kind weint. Da kommt Fräulein Sauerwald vorbei. Was machst du, fragt sie. Wir ruhen uns ein wenig aus, sagt Lene. Gut, sagt Fräulein Sauerwald. Aber gleich kommt ein Zug. Und sie geht weiter. Gleich kommt ein Zug, sagt Lene zu dem Kind. Das Kind weint. Da kommt Gerken Rudi vorbei. Was machst du, fragt Gerken Rudi. Wir warten auf den Zug, sagt Lene. Gut, sagt Gerken Rudi und geht weiter. So bleiben sie. Das Kind auf den Schienen, Lene neben den Schienen. Lene weint.

Normalität. Nichts Besonderes geschieht. Niemand ist ein anderer geworden. Gerken Änne kriegt ein Kind und sagt nicht, von wem. Besser so, sagt Rudi und eines Abends schlägt er Samuel Rosenbaum hinterm Bahndamm zusammen. Die Zeiten sind wie sie sind. Der alte Hesse und Schwaben Georg ziehen braune Uniformen an. Am weißen Sonntag gehen die Mädchen wie kleine Bräute zum Altar und die Mütter haben Tränen in den Augen. Die kleinen Jungen tragen Krawatten und ernste Gesichter, und weil niemand sie ankuckt, sind sie frommer als die Mädchen. Spät im Jahr bringt Änne das Kind zur Welt.

Entsagst du dem Teufel, fragt Pastor Heitbreder. Ich entsage, spricht Änne und Pastor Heitbreder gießt geweihtes Wasser über den kleinen Kopf. So schwarze Haare. Wie heißt es, flüstert Samuel Rosenbaum auf der Straße. Adolf, sagt Änne, ohne den Kopf zu wenden. Zu Hause küßt sie das Kind und will nicht aufhören. Sie ist rein närrisch, sagt Onkel Rudi. Weihnachten kommen die Patres aus ihrem Kloster hinunter in die Dorfkirche und singen mit hohen Stimmen das Te Deum, so schön, daß man weinen muß. Und schon wieder warten kleine Mädchen auf den weißen Sonntag. Normalität ist das, was ist.
Der Jude weint nicht. Er geht hinter der Bahre und rauft sich die Haare. Das machen Juden so, sagt Doktor Wiese. Er hat Lene bei der Untersuchung nur an ihren langen schwarzen Haaren erkannt. Fräulein Sauerwald meint, es war die Pubertät. Sie hat jetzt eine gerade Zahl Schüler in der Klasse und niemand muß mehr allein sitzen. Aber wenn Spiegels Sofie Ostern sitzenbleibt, fängt alles wieder von vorne an. Wiener Blut, Wiener Blut, spielt Frau Bechthold bei offenem Fenster. Und alle, die vorbeigehen, sehen, daß sie ein rotes Seidenkleid trägt. Dabei wird heute ihre Tochter beerdigt. Juden, sagt Gerken Rudi.

17

Die allerste Liebe ist immer schon gewesen. Vor langer Zeit in ferner Zukunft: kein Name, kein Gesicht. Daß sie groß war und wunderbar, das weiß ich. Daß sie nie wiederkehrt und keine andere ihr gleicht.
Nur manchmal fast. Immer auf Bahnsteigen und den linken Fuß schon auf dem Trittbrett. Dann der Blick

zurück: Anna Kareninas Augen treffen die Augen Fürst Wronskis. Das ist schon die ganze Geschichte.

Die andere will ich nicht erzählen. Nur daß der brave Josef sagte: spring nicht. Da sprang ich und liebte ihn noch lange Zeit. Später vergaß ich ihn wie Mustafa. Die Liebe aber habe ich nicht vergessen. In der Eisdiele und Giovanni so dicht neben mir, ist sie wieder dagewesen, und ich habe sie auch gleich erkannt. Ich weiß, was Liebe ist.

Ich will dich lieben, oh mein Leben, habe ich mit den anderen gesungen, und die Weihrauchwolken legten sich um meinen Kopf. Ich will dich lieben, meine Zier. Und neben mir steht Onkel Gert und hebt die Augen auf zu dem blonden Jesusknaben, der aussieht wie Hachmanns Johannes. Ich will dich lieben, schönstes Licht, hat er gesungen, bis mir das Herz im Tode bricht. Und dann ist er in den Wald gelaufen und hat sich erschossen.

Und Tante Leonore läßt das Buch sinken und schaut aus dem Fenster. Sieht den Tod aus dem Wald kommen über die Straße und hinein ins Zimmer. Liebe, sagt Anna Karenina und ist schöner als alle anderen in ihrem schwarzen Kleid. Aber der Tod verneigt sich vor Tante Leonore und ergreift ihre Hand: ich liebe dich. Und Tante Leonore erhebt sich von ihrem Platz am Fenster und sie tanzen einen langsamen Reigen durch das Zimmer. Verlaß mich nicht, sagt Tante Leonore. Ich verlasse dich nie, sagt der Tod und geht weg. Tante Leonore aber nimmt ihr Buch und liest weiter.

Und wenn sie zärtlicher gewesen wäre. Sie hätte trotzdem nicht die goldenen Locken von Hachmanns Johannes gehabt und auch nicht seine Augen, die schimmern wie der Sorpesee. Wenn Liebe goldene Locken ersetzen könnte. Nein, sagt Onkel Gert. Ja, sagt der Tod. Der Tod hat Phantasie, letztendlich. Ich weiß, was Liebe ist.

Hessen Marianne weiß es auch. Da geht man achtlos an dem alten Hesse vorbei, den sie wieder ausgegraben haben. In der Verhandlung ist es ans Licht gekommen. Aus Liebe hat sie ihn vergiftet und wegen Fechners Karl. Daß der fünfundzwanzig Jahre jünger ist als sie: die Liebe rechnet nicht, die Liebe liebt. Und Mama läuft in den Wald, Fräulein Werner schluckt Tabletten: aus Liebe.

Aus Liebe geht man fünf Kilometer zu Fuß auf der staubigen Straße nach Rummenohl, denkt an Giovanni und daß ein Italiener grüne Augen haben kann. Wie er zur Tür hereingekommen ist, das rote Hemd, die Knöpfe offen und einfach an unseren Tisch. Was wir da von Liebe reden. Und warum Irmi weint.

Einen Espresso bitte und zwei Groschen für die Musikbox.

Es ist wegen Ötte, sagt Irmi. Ein ganzes Jahr sieht sie ihn nicht und mit Herrn Beerenbaum kann man nicht reden. Sie wäre einfach mitgefahren, aber Ötte hat nicht gewollt. Dabei ist sie schon vierzehn. Und daß sich keiner wundern muß, wenn sich irgendwann ein Mensch erschießt: aus Liebe.

Ti amo, singt Giovanni, nimmt meine Hand. Nicht länger traurig sein, ein bißchen feiern. Und will auch für uns kochen: am nächsten Sonntag in Rummenohl, gleich neben dem Sägewerk.

Autos fahren vorbei, der Bus: Irmi kuckt schnell zur Seite. Der Busfahrer kennt ihre Mama. Da gehen wir lieber zu Fuß. Ist ja auch nur ein Katzensprung, sagt Irmi. Und daß Leupen Hanna in einer einzigen Nacht dreißig Kilometer gelaufen ist. Auf halbem Wege frage ich warum.

Krieg ist gewesen und ein Geliebter muß an die Front. Der Mann ist schon da. Und in der Nacht hat Hanna es nicht mehr ausgehalten und ist aus dem Haus und hat nicht mal die Türe abgeschlossen. Fünfzehn Kilometer die Landstraße entlang und die ganze Zeit Angst vor den Fliegern. Und dann alles abgeriegelt und der Posten am Tor, aber der hat mit sich reden lassen. Morgens ganz früh aus der Kaserne, aufpassen, daß man nicht gesehen wird und fünfzehn Kilometer zurück. Als sie zu Hause ankommt, die Schwiegermutter vor der Tür. Wo bist du gewesen. Und hat alles gesehen, die aufgelösten Haare, die Flecken am Hals und Hannas Gesicht, aber sie hat nur gesagt: dein Mann ist tot. Er lebt, hat Hanna gedacht und den anderen gemeint, aber zwei Wochen später hat das auch nicht mehr gestimmt. Was geschehen ist, ist geschehen, und das Mietshaus hat Hanna trotzdem geerbt. Italiener sind gute Mieter.

Die Autos, der Staub, und Irmi will von Liebe reden. Wie ich ganz rot geworden bin in der Eisdiele: sie damals bei Ötte ja auch. Hast du die braune Haut gesehen. Wir können uns doch alles sagen. Und die weichen Haare auf der Brust. Das Kribbeln ganz unten im Bauch: oder nicht? Wen Tante Leonore denn jetzt liebt. Der Himmel wird dunkel.

Dann der erste Blitz! Irmi zählt laut bis zehn: ist ja noch weit weg. Rennt aber doch schneller. Über die Brücke, das Wäldchen, den Eichen weichen. Der zweite Blitz. Die Buchen suchen und endlich das Sägewerk. Vorbei an Baumstämmen, Giovanni öffnet die Tür und hinein ins Haus. Der Geruch nach frischem Holz kommt mit.

Er trägt sein rotes Hemd, lacht wie vor einer Woche und ist noch schöner. Daß er sich freut: so viel. Und für Irmi hat er Francesco eingeladen. Der deckt den Tisch und lächelt uns zu, fragt Teller? Messer? Gabel? zeigt alles vor, lacht, wenn wir nicken: Sagt: Deutschland ist kalt. Und Deutsche viel traurig. Aber wir sind ja Italiener, trinken

Wein, singen beim Kochen. Manchmal hört Giovanni auf und erzählt. Mailand heißt Milano, Neapel Napoli. Abends sitzt man vor den Häusern, redet und lacht. Daß Ötte auch gut kochen kann, sagt Irmi. Ein großer Topf, das Wasser muß sprudeln. Dann die Spaghetti. Ein paar Tropfen Öl. Und sie ihm immer treu sein will. Noch sieben Minuten, sagt Giovanni, holt Basilikum von der Fensterbank. Sophia Loren trägt ihre bunte Kittelschürze direkt auf der Haut. Die Wäscheleine spannt man einfach über die Straße. Wiener Schnitzel, Blumenkohl, sagt Irmi: einfach alles. Und die Wäsche trocknet in einer Stunde. Italien ist warm. Wenn der Film läuft, gehen wir hin. Sechs Kinder, sagt Irmi und erschrickt: der laute Donner. Wie weit entfernt? Sie hat nicht mitgezählt.
Und dann essen wir Spaghetti und trinken Wein, jede Minute wechselt das Licht. Wenn jetzt noch Wind aufkommt. Ti amo, singt Giovanni. Und als er mich dann küßt.

18

In erinnerungssüchtigen Stunden stellen wir die Uhren zurück. Lina hat schwarze Haare gehabt. Lina ist jung gewesen. Wird älter im Weiterdenken. Wie soll ich mich trösten. Noch einmal die Leiter zum Boden hinaufsteigen, zwei Kerzen anzünden und warten, bis es hell wird. Da kommen Gestalten aus dem Dunkel, wir hauchen sie an. Sprechen: der Traum ist ein Papier, der Traum ist zur Nacht, da kommt der Pförtner, der die Tore aufmacht. Und die Gestalten lächeln, schieben den rechten Fuß vor, den linken, streichen sich die Haare aus den Augen,

nehmen die Bewegung eines früheren Lebens auf. Lina ist jung gewesen. Lina hat schwarze Haare. Lina ist jung.
Trägt noch einmal die tiefgrüne Jacke mit den Abnähern in der Taille und den Silberknöpfen. Der Kragen mit Perlen bestickt. Ist jung und lächelt, streicht sich die Haare aus den Augen, zeichnet mit dem Finger das Muster in die Luft. Ich male es ab aufs Papier.
Wie sie einmal zur Christmette gegangen ist und der Schnee so hoch: da hat mich mein Vater auf den Arm genommen und den ganzen Weg getragen.
Redet von Bernhard, lehnt sich zurück, schiebt den rechten Fuß vor, den linken. Denkt an Francois. An eine tiefgrüne Jacke und einen Tag, von dem sie nichts erzählt.
Und ich höre ihr zu, will kein Wort vergessen. Den Tonfall. Und was sie verschweigt. Wie hat sie die Hände bewegt beim Erzählen. Wie hat sie gekuckt.
Ich schreibe es auf, daß nichts verlorengeht in der Zeit.

*

Mir geht es gut, wie geht es dir, hat Lene am 21. August 1921 aus Richmond Hill, New York, geschrieben und einen Dollar beigelegt. Du kannst ihn sicher gut gebrauchen.
Doch hoffentlich gut, hat Lene geschrieben. Und was macht Dein lb. Mann. Ihr müßt ja ganz glücklich sein.
Daß Amerika ihr eine zweite Heimat geworden ist. Und wie gerne sie noch einmal mit Lina reden möchte: aber es soll nicht sein.
Du wirst Dich wundern, schreibt sie, ich heiße jetzt Mrs. John Platt. Zuerst wollte ich ja wieder heimfahren, aber dann entschloß ich mich zum Heiraten. (Vielleicht, weil

beides mit »hei« anfängt, schreibt sie. Und: Weißt Du noch, wie wir immer zusammen gelacht haben.)
Ihr Mann ist gut und brav, sehr sparsam. Und sie verstehen einander gut. Ich sage Dir ganz aufrichtig: Ich bin glücklich und zufrieden.
Wir haben eine große Villa mit großem Garten rundherum und soweit gut eingerichtet. Mein Mann verdient viel und ist sehr sparsam. Und daß Lina es nicht glauben wird.
Du wirst es nicht glauben, schreibt sie, aber meine Schwiegereltern sind Rh. Pfältzer. Mein Mann ist hier geboren. Er war sogar zwanzig Monate mit den Amerikanern in Frankfurt und machte verschiedene heiße Schlachten mit. Kam aber Gott sei Dank gesund wieder heim. Er spricht ein bißchen Deutsch, kann aber nicht Deutsch schreiben.
Sonst geht es uns sehr gut.
Ich bin ganz untröstlich, schreibt Lene, und ob Lina schon gehört hat, daß ihr Bruder Albert im Februar gestorben ist: er wurde an meinem Hochzeitstag beerdigt.
Und wie schön es wäre, wenn Lina einmal kommen könnte. Wie würde ich mich freuen, wenn wir nochmal miteinander plaudern könnten. (Wie lange ist es jetzt schon her!) Aber die Reise kostet ein Vermögen.
Ich schicke Dir hier ein paar Fotos mit. Du wirst mich nicht mehr erkennen.
Genug für heute, später mehr. Hoffe bald von Dir zu hören. Und ganz herzliche Grüße auch an Deinen lb. Mann.
Deine Freundin Lene (Mrs. John Platt, 1120–117th. str. Richmond Hill New York.)

*

Und wir sitzen wie früher im Dämmerlicht, öffnen die Kisten und breiten unsere Schätze aus. Manch bunte Blumen sind am Strand. Meine Mutter hat manch gülden Gewand. Die Verse. Die Briefe. Dazu die alten Bilder. Willst du Lene mal sehen. Das ist Lina: mit schwarzen Haaren und jung. Das könnte Finchen sein. Ich glaube. Ja, sie ist es. Und das der alte Antonius. Groß und dünn wie Bernhard, aber ganz weiße Haare und der lange weiße Bart. Das Reisigbündel auf der Schulter. So ist er aus dem Wald gekommen, und die Patres haben ihn fotografiert.

Ein Bild zum Nachhauseschicken. Solche Leute gibt es hier, schreiben sie an die Eltern, und für den alten Antonius haben sie auch einen Abzug machen lassen, aber er hat ihn nicht nehmen wollen. Ewig mit den Reisern auf der Schulter! Sofie ist dann heimlich hingegangen und hat das Bild geholt. Er ist, wie wir ihn sehen.

Der Wunsch nach Eindeutigkeit. Beten Sie, daß er stirbt. Und dabei hat Doktor Wiese dem alten Antonius die Hand auf die Schulter gelegt. Beten zum Namensvetter, aber der hilft nur, wenn man etwas verloren hat, und der kleine Bernhard ist noch da, hat nur die Beule am Kopf. Die drückt schon aufs Gehirn und wächst immer noch und Bernhard vergißt alle Wörter schneller als er sie gelernt hat und will Finchen nicht mehr kennen, nur manchmal, und fällt beim Laufen von einer Seite auf die andere, und bald wird er nur noch am Küchentisch sitzen mit leeren Augen, in die man die Blicke hineinschickt und keinen Widerstand findet. Unverändert kommen sie zurück, erschrecken uns. In fremden Augen dem eigenen Blick begegnen, damit rechnet niemand.

Nein, sagt Antonius, schiebt die Hand weg. Doktor Wiese kennt das und geht. Vor der Tür wartet sein Ältester, der ist

zehn wie Bernhard. Wer eine Wunde berührt, kann Dank erst später erwarten. Wenn überhaupt: auch der nächste Doktor Wiese soll das wissen.
Das ist das größte Unglück. Daß er einmal geredet hat und gelacht und gefühlt. Die Erinnerung daran und vielleicht erinnert er sich selber. Daß er jetzt dasitzen muß am Tisch und alles schon gewesen. Die dünnen Beinchen und der Nacken über der Stuhllehne. Und zwei Köpfe, der eine auf dem anderen und saugt alles Leben aus ihm heraus und jeden Gedanken und triumphiert, weil das Ende kommt und ist doch sein eigenes.
Wie es auch kommt, so kann es nicht bleiben. Der Zorn ist zu groß geworden und ganz scharf und hat ein Messer gefunden. Hinter dem Stuhl steht der alte Antonius und sticht zu. Hinein in den Kopf, den falschen. Kuckucksei. Wechselbalg. Wo ist mein Kind.
Was bleibt zu sagen. Der Fleck an der Decke: so hoch ist es gespritzt. Auf der Schiefertafel die Wörter mit Kreide. Alles noch einmal lernen. Daß Doktor Wiese es nicht glauben will, von Wundern spricht. Und hinterher das Gebet zum heiligen Antonius.
Und das hier ist Finchen.

*

Dasitzen in alten Versen und Geschichten. Ein paar Bilder immer wieder suchen. So haben sie gelebt. Und wir öffnen die Kisten, sprechen die alte Beschwörung. Möchten immer so bleiben.
Was für ein Tag ist heute? fragt Lina. Und morgen? Gehst du in die Bücherei, Christine. Dann bring mir bitte mit. Und nimmt die Bücher, lernt wieder Verse jeden Abend. An jenem Tag im blauen Mond.

Christine ist tot, sagt Mama, aber Lina schüttelt den Kopf und nennt den kleinen Mann Antonius.
Daß es soviele Verse gibt, Antonius. Das hat sie nicht gewußt. Wenn man noch ein bißchen Zeit hätte.
In meinem Arm wie einen schönen Traum. Und wir stellen die Uhren zurück, wenn die Sonne heraufwill.
Erzähl genauso weiter.

19

Wenn ich an den Sommer denke, ist zuerst die Hitze wieder da. Dann die Frauen mit den Kopftüchern und die weißen Bettlaken vor den Fenstern. Und der Neger. Der ist groß und schwarz, steht mitten auf der Kirchstraße, sagt: hällo und fragt: wär wohnt Lotti Beerenbaum.
Und ich muß lachen wie ich damals gelacht habe, erst ganz leise mit zusammengepreßten Lippen, und es kitzelt ganz hinten im Hals, und dann lauter und immer lauter, bis mir die Tränen in den Augen stehen, genau wie damals. Und noch einmal: wär wohnt Lotti Beerenbaum. Dahinten in dem gelben Haus, antwortet Irmi für mich.
Wenn ich an den Sommer denke, sitzt Mama am Küchentisch, stützt den Kopf in die Hände und weint. Und ich stehe daneben, sage: jaja, sage: vielleicht und: überhaupt nicht. Stehe daneben und rede, stehe daneben, sage gar nichts mehr. Schreie: nein! renne aus dem Zimmer, werfe die Türe laut hinter mir zu. Und laufe durch die Felder bis zur Ruhr, ziehe meine Kleider aus. Hoffe: einer kommt. Bade nackt im Fluß. Fürchte: einer kommt. Versteckt sie vielleicht.
Wenn doch der Himmel zerrisse, denke ich, aufplatzte wie

die Erde vor meinen Füßen. Aus dem Haus über die Straße die Felder und springen, springen, daß ich nicht hinunterstürze.
Wenn doch der Himmel zerrisse, der glatte. Ein Krater über meinem Kopf und ich hinein und bin verschwunden den ganzen Sommer lang. Und werde alt in ein paar Tagen oder sterbe so jung. Werde ermordet wie Kraas Gisela.
Die geht abends zum Schützenfest und kommt in der Nacht nicht nach Hause. Erst haben sie sich nichts dabei gedacht. Aber am nächsten Morgen.
Ich gehe los und suche sie, hat der alte Kraas gesagt, und sein Enkel darauf: ich weiß, wo sie ist. Und warum sagst du nichts? und sie gehen zusammen zu dem Feld unten an der Ruhr und da liegt die Leiche.
Natürlich hat er was gewollt von ihr und sie hat gelacht und gesagt: aber Hansi. Er war ja erst fünfzehn. Als Kind hat sie ihn immer mitgenommen. Er hat Gisela zu ihr gesagt, einfach Gisela, nicht Tante. Da muß man sich nicht wundern.
Wenn ich an den Sommer denke, ist es heiß und ruhig und still. Die Ruhr so schmal und fließt ganz langsam in der Hitze und am Ufer liegt Kraas Gisela und kuckt mit offenen Augen in die Sonne. Aber Hansi, hat sie als letztes gesagt. Einfach so. Aber Hansi. Auf der Kirchstraße steht ein großer schwarzer Mann vor einem gelben Haus. Darin wohnt Lotti Beerenbaum. Und in dem Zelt unten auf der Festwiese sitzt die dicke Johanna auf drei Stühlen, hat Brüste wie zwei Bälle, trägt ein rosa Schnürleibchen und weite Spitzenröcke, hebt die Röcke hoch, ganz hoch, zeigt Beine wie zwei Säulen und nimmt siebzig Pfennig dafür.
Irmi behauptet, sie hat nichts angehabt unter dem Rock, und ich sage, hätte sie doch, und wir bezahlen noch einmal siebzig Pfennig an der Kasse und gehen ins Zelt. Der

Klavierspieler spielt Yes, Sir, that's my baby, zum drittenmal Yes, Sir, that's my baby und nickt mit dem Kopf den Takt dazu, und wenn der Vorhang hochgeht, sitzt die dicke Johanna auf ihren drei Stühlen, in dem langen weißen Umhang wie beim Friseur, und streckt erst den rechten Arm heraus, das kennen wir schon, dann den linken. Oho, muß der Klavierspieler jetzt rufen und eine kleine Pause machen, und wenn er weiterspielt, öffnet die dicke Johanna den Umhang oben am Hals und läßt ihn auf die Erde fallen. Die Arme, die Brust, das rosa Schnürleibchen: oho! ruft der Klavierspieler und Frau Hachmann schüttelt den Kopf und lacht, sitzt wieder in der ersten Reihe.

Oho! also, und die dicke Johanna seufzt, schiebt ihr Kinn hin und her, seufzt noch einmal, stützt die Arme auf die Stuhllehnen und stemmt sich in die Höhe, den Kopf immer röter, und wenn sie endlich steht, stöhnt sie noch einmal und: yes, Sir, that's my baby: beginnt mit dem rechten Fuß den Takt zu stampfen, immer schneller, bis die ganze Bühne bebt, und die dicke Johanna dreht sich langsam um sich selbst, yes, Sir, einmal ganz herum, that's my baby, sie zieht das Leibchen nach oben, der Bauch ist echt, den Rock nach unten, nicht ausgestopft, und oho! rufen die Männer und der Klavierspieler nickt mit dem Kopf und läßt die Hände einfach auf die Tasten fallen, aber das kennen wir auch schon, Irmi und ich, und diesmal erschrecken wir nicht und kucken ganz genau hin, wie die dicke Johanna die Röcke hebt. Blitzschnell: das hat sie geübt, sagt Irmi. Und: Siehst du was? Tüll und Spitze, dazwischen Weiß und Rosa. War es Rosa? und da setzt sich die dicke Johanna schon wieder auf ihre drei Stühle, legt das Kinn auf die Brust und der Vorhang geht zu.

Daß sie nichts angehabt hat unter dem Rock, behauptet Irmi und ich sage, hätte sie doch. Kraas Hansi weiß es

sicher ganz genau. Der hat gestern den ganzen Abend vor der Bühne gesessen. Aber heute sitzt er im Gefängnis und wir können ihn nicht fragen.
Auch nicht, warum er es getan hat und wie es gewesen ist. Wahrscheinlich weiß er es auch gar nicht. Herr Fides wußte es auch nicht. Hat eines Tages alle Briefe mit: Mein lieber toter Bruder angefangen und nicht gewußt warum. Und unterschreibt: als einer von vielen.
Hätte er das nicht getan, keiner hätte was gemerkt. Man sieht es ihnen ja nicht an. Höchstens, die Wimpern werden weiß. Wie die von Wanda, sagt Irmi, kuckt sich meine an. Und manchmal merkt man es zu spät. Dann haben sie schon alle Rechnungen zerrissen, wie Herr Messerschmidt damals. Den Kollegen erschossen. Womöglich die eigenen Kinder erschlagen und wissen von nichts. Oder lachen darüber.
Hoppla, hat Hansi gerufen und ihren Hals losgelassen. Na, da hast du dich erschreckt.
Sag endlich was, hat er gerufen und noch fester zugedrückt. Willst du nicht mit mir reden.
Das hat Spaß gemacht, hat er gesagt, so schrecklich viel Spaß.
Und wird aufs Rad geflochten, so schrecklich viel Spaß
mit glühenden Eisen gebrannt, so schrecklich viel Spaß
und einer zerschlägt ihm die Knochen
so schrecklich. Wie kannst du nur?
Das ist doch gar nicht wahr.
Das denkst du dir nur aus.
Das ist doch nur ein Spaß.
Und tut auch gar nicht weh. Da fährt man hinein mit dem Wagen und lacht, hat Zuckerwatte in der Hand. Zeigt mit der anderen die Karte vor, der Einäugige reißt sie ab. Und hat vielleicht ein zweites Auge hinter seiner Klappe und

einen geraden Rücken unter seinem Buckel. Das Rot an den Wänden ist Farbe. Die Puppen sind Puppen.
Furchtbar zugerichtet.
Angemalt meinst du.
Ja, angemalt. Furchtbar angemalt sind die Puppen. Und sie schreien nicht: aber Geesche! aber Peter! aber Hansi!
Und häng dich nicht so fest an meinen Arm, du tust mir weh! Dir kann doch nichts passieren, wir haben ja bezahlt. Laß meinen Hals auch endlich los und höre auf zu schreien. Da fährt man hindurch mit dem Wagen und lacht. Und kuck: da ist auch schon das Licht. Und lacht und lacht. Wer sich nicht fürchtet, kriegt sein Geld zurück. Wir haben keine Angst gehabt, sagt Irmi. Aber die Frau an der Kasse hat Schreie gehört.

*

Eine Familie ist doch etwas Schönes, schreibt Papa und von der neuen Stelle. Chemie hat eine Zukunft und daß Leverkusen häßlich ist, kann er nicht sagen. Der Rhein in der Nähe und auch sonst.
Mama soll sich alles nochmal überlegen, auch wegen der Kinder, aber nicht zu lange warten. Eine Wohnung hat er schon in Aussicht. Drei Zimmer, Küche, Bad in einem richtigen Hochhaus. Sozialer Wohnungsbau: und legt auch gleich ein Foto bei.
Wie sich alles ändert. Vor fünfzig Jahren war Leverkusen noch ein kleines Fischerdorf. Und der Arbeiter ist auch nicht mehr derselbe.
Mir geht es soweit gut, schreibt Papa. Nur ist er immer müde. Und daß Mama doch bitte für ihn zum Arzt und das folgende verschreiben läßt. Sie soll daran denken: die blauen Valium, nicht die gelben.

Gestern ist er einfach im Bett geblieben und hat den ganzen Tag gelesen: unsere Werksbücherei hat über dreißigtausend Bände.
Gott gibt es, aber ganz anders als man früher gedacht hat. Überhaupt kann man fast alles berechnen, sogar im voraus, auch unser Leben, schreibt Papa: dann eine Seite Zahlen. Hätte er das früher gewußt, vieles wäre anders gekommen.
Wofür ist man auf der Welt, schreibt Papa. Das muß man wissen. Sonst kann man nicht leben. Und wie der Blick ist oben aus dem Hochhaus: bei klarem Wetter sieht man bis zum Kölner Dom.
Nur die Löcher im Weltall, die kann man nicht berechnen. Und das macht natürlich das andere auch wieder unsicher.
Mama soll ihn nicht zu lange warten lassen. Eine Familie ist doch etwas Schönes, schreibt Papa. Und: Ich weiß es jetzt erst richtig zu schätzen. Vielleicht hat er sich nicht immer ganz richtig verhalten. Aber man muß auch vergessen können.

*

Vielleicht ziehen wir weg. Fliegen des Nachts auf Besen durch die Nacht, verschwinden einen Sommer lang in Kratern. Schwimmen die Ruhr hinunter, den Rhein, ich steige aus den Fluten in Leverkusen. Schlage mir einen Nagel durch die Hand, setze mir eine Dornenkrone auf. Hänge mich ans Bayer Kreuz. Godipei, singt der blöde Walter. Und Mama schreit.
Das ist doch nicht normal, und läßt sich eine Überweisung geben. Ein Irrenarzt, sagt Irmi. Und meistens sind sie selbst verrückt. Ich soll bloß vorsichtig sein, nichts von Giovanni sagen und von Amerika. Und auch nicht von den Nächten, wenn der Tod ins Zimmer kommt, mich Leonore

nennt und mit mir tanzen will: sonst behält er mich gleich da.
Die Verrückten im Wartezimmer sehen aus wie Normale. Kucken sich nicht an. Vielleicht ist es verboten. Kinder laufen auf Schlittschuhen über die Wand. Und keine Gitter vor den Fenstern.
Es dauert ja nicht lange, sagt Mama, weiß nicht, wohin mit dem Gesicht. Und macht die Tasche auf. Es geht ja ganz bestimmt ganz schnell. Und zu. Bis die Schwester sagt: der Nächste bitte.
Die Hände am Rock abwischen, dann sind sie nicht feucht. Ich soll ihm fest die Hand drücken, hat Irmi gesagt. Nicht rot werden. Ihm gerade in die Augen kucken. Aber da sind nur dicke Gläser.
Wenn Irmi will, die Hände kann ich ihr beschreiben. Breit und weiß mit kurzgeschnittenen Nägeln und blonde Härchen auf den Fingern. Und seine Stimme: die war leise und freundlich. Er lächelt beim Reden.
Mama soll sich setzen und sich keine Sorgen machen. Dreizehn ist ein schwieriges Alter, das meiste wächst sich aus. In zehn Jahren lachen Sie darüber! Und ob ich häufig geschwollene Lider habe, nicht aufstehen will und nicht in die Schule. Und ohne Grund lache.
Das Mädchen weint auch viel. Und manchmal fällt sie um, sagt Mama. Dann liegt sie da, ganz starr und steif, das Gesicht so weiß wie Schnee: wirklich wie Schnee, sagt Mama, legt sich selber auf die Erde, streckt Arme und Beine weit von sich und schließt die Augen. So.
Zehn Minuten liegt sie so da, erzählt Mama. Manchmal noch länger. Hat die ganze Zeit die Augen geschlossen, ist weiß wie Schnee und bewegt sich nicht. Wie tot.
Da muß ich mich immer ganz tief hinunterbeugen bis zu ihren Lippen, ob sie noch atmet. So: und der Doktor beugt

sich ganz tief hinunter bis zu Mamas Lippen, um zu hören, ob sie noch atmet.

*

Das ist Angst. Die den Kopf zusammenpreßt, das Herz. Nimmt mir das Blut, die Gedanken. Zurück bleibt Angst. Drückt mir die Kehle zu, nimmt mir die Luft zum Atmen.
Wenn Mama in den Wald läuft und nicht wiederkommen will. Wenn Papa um das Haus läuft, den Revolver in der Hand, und die Kugeln schlagen gegen die Hauswand. Und daß Lina vielleicht ins Gefängnis kommt und nicht in den Himmel, weil sie gesagt hat: ich wollte, er wäre tot.
Das ist Angst: im Himmel von Lina getrennt sein. Und von Papa wegen dem Revolver. Und von Mama, wenn sie Hand an sich legt und niemand sie erlösen kann.
Daß es vielleicht keinen Himmel gibt.
Und sich dann vorstellen, wie das ist. Ein Nagel mitten durch die Hand. Und Dornen, die sich in die Kopfhaut bohren. Oh Haupt voll Blut und Wunden.
Und einmal hat Lina ein großes Messer auf den Küchentisch gelegt. Wenn das besoffene Schwein aufwacht, schlachten wir's. Da muß man sich die Bettdecke in den Mund stopfen. Jetzt ein lauter Schrei würde uns töten. Mama ist nervös, darum schreit sie so. Wenn die Angst größer wird, nutzt die Bettdecke nichts.
Das Kind hat sich sein Köfferchen einfach auf den Kopf gebunden und ist durchs tiefe Meer geschwommen, und als es aus dem Wasser stieg, war es schon in China. Und ein paar Jahre später muß ich einen Schwimmgürtel tragen. In der Ruhr, im Rhein, auf dem Weg nach Leverkusen.
Und Mama steht am Ufer und hat Angst. Daß ich ertrinke. Daß Papa sie verläßt. Oder zu ihr zurückwill. Daß ein Gewitter kommt. Angst, daß der Traum wiederkehrt.

Unter der Wasseroberfläche treibt ein Kind dahin in leuchtend rotem Kleid und Mama läuft am Ufer nebenher und kann das Gesicht nicht erkennen. Und treibt dahin im roten Kleid unter der Wasseroberfläche und läuft am Ufer nebenher und kann das Gesicht nicht erkennen. Und kann nicht atmen, nicht im Wasser und nicht an der Luft. Das ist Angst.

*

Wir ziehen einfach weg und lassen sie zurück. Brechen die Brücken hinter uns ab, verbrennen die Häuser. Lina tanzt auf der Straße. Mama kuckt zu. Hoch lodern die Flammen und höher. Möbelpacker werfen Kisten ins Feuer. Riesenrad. Roller. Kulissen. Die Welt ist eine Scheibe, die Welt ist eine Kugel, die Welt ist ein Hotel. Godipei, singt der blöde Walter, bohrt Löcher ins Weltall. Da gelten die Regeln nicht mehr. Steigt man jung in den Brunnen, kommt alt wieder raus. Godipei, singt der blöde Walter, bohrt weiter. Und hängt die Welt ans Bayer Kreuz.

*

Wenn ich an den Sommer denke, ist es heiß und ruhig und still. Nur die Schreie dazwischen. Ich liege auf dem Sofa, schäme mich, weiß nicht warum, will auch schreien, tue es aber nicht. Weil Mama sonst noch mehr erschrickt.

Mir fehlt eigentlich nichts, hat der Doktor gesagt. Ein bißchen nervös bin ich vielleicht. Und ich liege auf dem Sofa und schreie nicht, liege auf dem Sofa, schreibe in schöner Schrift. Gedichte können alles sagen.

Yes, Sir, that's my baby, singt die dicke Johanna, stampft mit dem Fuß den Takt dazu. Und ich drehe mich ganz langsam um mich selbst, yes, Sir, einmal ganz herum, that's

my baby, hebe mein weißes Kleid in die Höhe, zeige Irmi meine Brust, nehme kein Geld dafür.
Und ich zeige Irmi meine Brust, sie hat noch keine, und erzähle von Fräulein Sauerwald und wie Doktor Rumphorst vor der Operation zu ihr gesagt hat: Sie brauchen sie ja nicht. Und Fräulein Sauerwald hat auch ohne Brust noch fünfzig Jahre lang gelebt.
Yes, Sir, that's my baby, hat Lotti Beerenbaum gesungen und einfach Zwillinge gekriegt, der eine weiß, der andere schwarz. Ja wirklich: einen Normalen, einen Neger.
Wir haben den Mann doch selber gesehen.
Darum ist sie ja so schnell weggezogen, damit keiner was merkt. Und ihr Mann, als ob nichts wäre, einfach mit.
Das hast du grad erfunden, sagt Irmi, will lieber noch was Wahres hören. Von schönen, jungen Hexen und wie sie die Männer bezaubern. Und nach der Hochzeit verwandeln sie sich dann in eine Schlange oder einen Fuchs. Oder in eine Hexe. Und fliegen in der Nacht davon, lassen nur ein Bündel alter Kleider im Bett zurück: wenn der Mann erwacht, denkt er, es ist die Hexe.
Und wohin fliegen sie? fragt Irmi wieder und weiß es schon. Wohin fliegen sie.
Auf den Blocksberg, sage ich, dem Teufel den Hintern küssen.

*

Warum wir immer lachen wie verrückt, fragt Mama. Und immer ohne Grund. Wenn Frau Hachmann auf der Straße stürzt, der Feuerwehrwagen vorbeifährt. Und neulich sogar am offenen Grab. Mama sagt, sie hat sich so geschämt. Erst konnte sie es gar nicht glauben, daß da einer lacht. Und sie kuckt sich um: da bin ich es. Dem alten

Kraas kann sie jetzt nicht mehr in die Augen sehen. Es ist schon schlimm genug, die Tochter so verlieren.
Warum das Mädchen bloß immer so lacht. Und immer ohne Grund. Warum ich immerzu mit Irmi rede, warum ich den Mund nicht aufkriege, wenn Mama was fragt. Und daß ich meine Sachen für die Schule packen soll. Mich ein bißchen zusammenreißen. Frisch machen. Nicht so ein Gesicht machen soll. Oder sagen, warum.

*

Da habe ich bunte Kabel an ihrem Kopf befestigt und den Strom angeschaltet und die Reflexe ganz in Ordnung.
Da habe ich sie in die Brust gestochen und die Reflexe ganz in Ordnung.
Da habe ich ihr die Kehle durchgeschnitten und sie vor den Kehlkopf geschlagen und sie in den Bauch getreten und die Reflexe ganz in Ordnung. Vorzüglich, ganz gerade ist sie gegangen ganz gerade vorzurück. Vorzurück. Eben gerade noch.

*

Hören Sie Stimmen? Die hört mehr oder weniger jeder.

*

Aber gerade ist sie gegangen. Und die Reflexe ganz in Ordnung.

*

Und den ganzen Sommer stehen kleine Zelte an der Ruhr, die Geisterbahn dazwischen. Irmi geht jeden Tag und kuckt, aber das Riesenrad kommt nicht zurück. Da muß sie weiter mit nach Rummenohl und Francesco küssen, obwohl sie es nicht will. Aber manchmal schiebt sie seine Hände weg und denkt an Ötte.

Im August steht dann die Fürsorgerin vor der Tür: ob sie mal kurz stören darf. Und spricht von Italienern. Was geredet wird im Dorf: und dann erzählt sie alles. Daß wir jeden Sonntag hingegangen sind, immer zu Fuß, damit uns keiner sieht. Eine große Flasche Rotwein hat auf dem Tisch gestanden und am ersten Sonntag war das Fenster offen, aber später immer zu. Sogar die Namen kennt sie: Giovanni und Francesco.

Daß Mama nichts gemerkt hat, will sie ihr gerne glauben. Es ist ja sicher schwer so ganz allein. Und ob der Vater manchmal kommt.

Bei Beerenbaums hat sie nicht nach dem Vater gefragt. Der saß ja da, sagt Irmi. Und sein Gesicht, als die von Italienern anfing.

Was meine Mama denn gesagt hat.

Ihr seid doch noch Kinder, sagt Mama und weint. Und ich stehe daneben und rufe: nein! renne aus dem Zimmer und werfe die Türe laut hinter mir zu. Und ich laufe durch die Felder bis zur Ruhr, ziehe meine Kleider aus. Hoffe: einer kommt. Bade nackt im Fluß. Fürchte: einer kommt. Versteckt sie vielleicht.

Und ich ziehe meine Kleider wieder an und laufe an der Ruhr entlang und bis zum Moor. Und ich springe über Wasserlöcher und ich rufe: Rattenkönig! Immer wieder: Rattenkönig! Bis sich die Erde endlich öffnet.

20

Ein Junge kommt aus der Schule nach Hause, geht in sein Zimmer, schließt sich ein. Was hast du, fragt die Mutter, bittet und ruft vor der Türe. Komm doch heraus und erzähle.

Aber er schweigt.

Erst nachmittags gegen vier – der Vater hat gerade seinen Wagen in die Garage gefahren, schließt jetzt das Garagentor – kommt der Junge heraus aus dem Zimmer.

Er hält ein Gewehr in der Hand und erschießt seinen Vater.

Oder ein junger Mann geht abends durch den Park, der Jasmin duftet, die Dunkelheit senkt sich bereits herab. Da tritt einer auf ihn zu, hält eine Axt in der Hand und will ihn erschlagen.

Du Papa? fragt man ohne Erstaunen.

Und triumphiert unter dem Grauen wie die wahrhaft Trauernden. Ist endlich befreit, weil man nicht mehr lieben muß und davongehen kann ohne ein Wort der Entschuldigung.

Wer bleibt, geht durch die Straßen und murmelt vor sich hin, daß etwas passieren muß. Bitte. Mach, daß etwas passiert.

Und Häuser brechen zusammen, Schiffe versinken. Zwei Kinder, Geschwister, erschlagen vom Blitz in der nämlichen Minute. Und sind doch an zwei Orten gewesen, meilenweit voneinander entfernt. Da könnte man doch verrückt werden, murmeln die in den Straßen. Da müssen die armen Eltern doch einfach verrückt werden.

Gehen dann weiter, ziehen im Vorbeigehen einen Stein aus einer Mauer, schließen die Augen, schleudern ihn weit.

Und eine junge Frau sinkt zu Boden, blutüberströmt. Küß

mich, ehe ich sterbe, sagt sie zu dem, der vor ihr steht, mit dem Stein in der Hand.
Häufig lese ich solche Geschichten.

*

Die Helden heißen Jacob. Georg. Wilhelm. Manchmal auch W oder L. Und sie treten auf uns zu, sprechen uns an, auch wenn wir weiterwollen. Fragen uns drängend, ob sie ein Schicksal haben.
Schicksal, Ophelia, ist ein Fluß, denken wir. Schicksal ist eine Nachtigall. Aber das schießt uns nur durch den Kopf so im Vorübergehen und wir antworten lieber, wir wüßten es nicht. Es sei indessen nicht von weiterer Bedeutung. Denken Sie sich doch ein Schicksal aus! Im übrigen hätten wir es eilig.
Ich, L., vor fünfzig Jahren, schreibt Georg. Findet in Büchern: daß er den 3ten Hornung ein zu Foudaj verstorbenes Kind, so eben Friderika hieß, auf weken wolte. Welches ihm aber fehl geschlagen. Im Gedächtnis: so lebte er hin. Schaut manchmal lange in den Spiegel. Werde ich ein Schicksal haben. Und muß weit weit zurück.
Schicksal ist schon lange her. Hat vor hundert Jahren stattgefunden, hat sich im Labyrinth verirrt, sich in ein Schwein verwandelt. Ist über Bord gesprungen, als die Sirenen sangen. Ich, Odysseus, schreibt man, bindet sich fest am Schreibtisch.

*

Jeder weiß, daß die Rousseauischen Spaziergänge und die Lavaterschen Physiognomischen Fragmente von der

Hand desselben Schulmeisters geschrieben worden sind. Wuz hat er geheißen.

*

Ich liebe dich.

*

An diesen Satz erinnern Sie sich sicher. Es sind ja kaum 2000 Jahre, seitdem Ihnen dieses gesagt worden, und schöne Frauen pflegen sonst eine zarte Schmeichelei nicht so schnell zu vergessen.

*

Und haben gerufen: oh Vater gib Liebe! und haben getanzt. Gelacht haben sie über Bischof Franz und seine Söldner vor den Toren der Stadt. Gelacht über alle Gebote. Und haben einen Brunnen getauft mit dem Namen Freiheit und sind in die Freiheit gesprungen und haben sich taufen lassen.
Die Hände haben sie zusammengeschlagen und das Haar hing ihnen lose auf dem Rücken. Und haben sich zu Paaren geteilt und weitergetanzt, um den ganzen Kirchhof herum. Getanzt hat auch der düstere Prophet Jan Matthys; gelacht hat er und geküßt seine schöne Frau Differe.
Getanzt hat die starke Hille Freiken, ein Schwert hat sie ergriffen und es durch die Luft geschwungen. Wehe Bischof Franz!
Aus den Klöstern sind die Nonnen gekommen, haben ihre Eltern verflucht, Ungehorsam geschworen, die Schleier weggeworfen und haben mitgetanzt. Sie haben Männer bei der Hand genommen, sind mit ihnen in den Brunnen

gesprungen, der Freiheit heißt, und sind ihnen auf ihr Lager gefolgt.
Getanzt hat auch der ernste Knipperdolling, gelacht hat er und in die Sonne geblickt und gerufen: oh, Vater, gib Liebe. Und die reichen Bürger der Stadt haben ihr Geld gebracht und haben es hingelegt auf den Kirchhof, auf daß es verteilet ward, und die Schuldbriefe zündeten sie an, daß das Feuer weithin leuchtete, und erließen ihren Schuldnern jede Schuld.
Und der große Knipperdolling hat sich vor das Volk gestellt und also gesprochen. Der Mensch soll keine Angst mehr haben vor dem Menschen. Gleich sollen sie sein untereinander, so wie sie gleich sind vor Gott. Und soll niemand sprechen: Mein Amt, oder: Mein Geld, sondern soll sprechen: Meine Liebe. Und wie Schalen von einer Zwiebel wird vom Menschen abfallen alle Verkleidung.
Hinweg mit der Last des Besitzes! Hinweg mit der Last des Geschmeides! Hinweg auch mit Haß, Neid und Not. So sei es! rufen die Menschen auf dem Kirchplatz zu Überwasser und haben viele geweint.
Geweint hat die reiche Brandsteinin, die die Schwiegermutter gewesen von Knipperdolling: oh, Vater, gib Liebe. Und hat holen lassen ihre Geldschatulle und zurückgezahlt ihren Schuldnern Zins und Zinseszins von Jahren. Und in der Menge sind zwei kleine Mädchen gestanden, die haben sich als taubstumm ausgegeben und sind es auch gewesen. Und sind von einem zum anderen gegangen und haben hier auf einen goldenen Halsschmuck gezeigt und dort auf einen prunkvollen Spitzenkragen: oh, Vater, gib Liebe, und haben nicht geruht, bis alles auf dem Boden gelegen ist.
Geweint hat die schöne Katharina Kokenbekers, hat ihren weißen Spitzenkragen abgerissen, ihr goldenes Geschmei-

de abgelegt und hat ihr Kleid aus rotem Sammet ausgezogen und ist dagestanden wie Gott sie erschaffen. Und eine große Freude hat sich erhoben auf dem Platze. Heilig! haben die Menschen gerufen. Heilig!
Und sind umhergesprungen und haben gerufen: Liebe und haben gerufen: Glück. Und haben sich hingesetzt an große Tische und ein Lied gesungen von der Größe Gottes und des Menschen. Und haben Brot gebrochen und Wein getrunken und weitergetanzt. Und Jan Matthys ist aufgestanden und hat allen zugetrunken: Jetzt. Und ist alle Freude der Welt gewesen: Jetzt. Für immer jetzt. Und Jan Matthys ist aufgebrochen mit zehn anderen zu reiten gegen Bischof Franz.
Heilig, haben die Menschen gerufen, die starke Hille Freiken, die schöne Katharina, der ernste Knipperdolling. Und da verließen auch alle übrigen ihre Häuser und reihten sich ein in den Tanz und ich bin dabei. Verkriech mich nicht länger in Büchern, rufe: Heilig! und: Vater, gib Liebe! und reihe mich ein in den Tanz. Und neben mir tanzt der schöne Jan Bockelson aus Leiden und küßt mich auf den Mund.

21

Paar Tage danach, paar Jahrhunderte später: Ich stehe mit Irmi an der Straße im Regen, hoffe, daß bald die Sonne herauskommt und daß Mama nichts merkt. Nicht zu früh jedenfalls. Und kein Bekannter vorbeifährt, uns sieht. Daß ich mich nicht erkälte mit den nassen Füßen. Das hätte noch gefehlt, gerade jetzt. Und endlich ein Auto hält und uns mitnimmt.

Dazu der Gesang. Oh, when the saints, singen sie und pflücken weiße Watte von den Sträuchern, go marching in, singen sie, schieben ihre Strohhüte in den Nacken, strecken die schmerzenden Rücken, blicken über endlose Felder. Und das richtige Licht dazu, so hell, daß es brennt in den Augen.

Wir kneifen die Lider zusammen: da kommt wieder einer, und wir treten näher an den Straßenrand. Warte, bis du das Nummernschild erkennst. HA ist Hagen, sagt Irmi. Hamburg wäre besser, sagt sie. Aber naja: und hebt die Hand.

I want to be in that number: und sie zeigen weiße Zähne in schwarzen Gesichtern, wischen sich die Schweißtropfen von der Stirn. Besser, du nimmst die Kapuze ab.

Warum, fragt Irmi und da ist der Wagen schon vorbei. Mit dem Blödmann wäre ich sowieso nicht gefahren, sagt sie, dem Blöden.

Und auch nicht mit dem.

Und dabei wird der Regen immer dichter und mir laufen schon die Tropfen aus den Haaren ins Gesicht. Dazu die kalten Füße. Und ich kucke Irmi an, wie sie dasteht und der Wind macht ihr nichts, und ich denke, daß ich auch besser einen Parka angezogen hätte. Vor allem keine Seidenstrümpfe, sagt Irmi: da ist schon wieder einer.

Aber der biegt vor dem Bahndamm ab.

Das ist ja kein Ausflug, sagt Irmi. Das nächste Auto fährt vorbei. Und ob ich Lenes Briefe mitgenommen habe, wegen der Adresse.

Ich glaube, da kommt wieder einer.

Wenn der uns auch nicht mitnimmt, dann sicher wegen Irmi. Wie sie dasteht mit der Kapuze: ich würde auch nicht halten. Da denkt man doch gleich an Kraas Hansi. Peter Kürten.

Hamann, sagt Irmi, hat mir den nächsten einfach weggenommen. Und dann müssen wir beide eine Weile überlegen.
Inge Stachowiak. Die hatten wir bis jetzt noch nie. Richtig hübsch hat sie ausgesehen in der Zeitung und Augen wie ein Kind: und wenn sie an der Straße stand, natürlich auch. Der Freund daneben mit Kapuze. Genau wie du. Da darf sie sich nicht wundern, wenn wir morgen noch hier stehen, Autofahrer sind ja nicht blöd.
Jedenfalls: sie ist vorne eingestiegen, er hinten. Wohin wollen Sie? mehr hat der Autofahrer meist nicht sagen können. Und immer das gleiche Messer. Die Leiche haben sie einfach liegengelassen und sind weitergefahren, bis das Benzin zu Ende war. Dann wieder an die Straße und das nächste Auto angehalten.
Wohin wollt ihr denn?
Nach Arnsberg, sage ich und stoße Irmi an. Ja, Arnsberg, sagt sie. Hätte sonst vielleicht doch noch Hamburg gesagt.
Zwei Mädchen auf dem Weg zur Schule, die Taschen unterm Arm. Ja, heute erst zur zweiten Stunde. Nein, der Bus ist weg. Dann sitzen wir im Auto.
Hinter geschlossenen Augen die Wärme. Frauen tragen weiße Kleider, öffnen ihren Sonnenschirm. Auf Baumwollbergen tanzt Scarlett O'Hara in grüner Gardine.
Magnolien.
Wie wohl Magnolien riechen.
Dann steigen wir aus: und vielen Dank. Stehen wieder im Regen. Die Straße liegt vor uns wie ein endloses Band, habe ich einmal gelesen.
Man darf nur kleine Schritte machen, sonst merken sie es gleich. Fragen womöglich: so allein nach Hamburg? oder: was wollt ihr denn da? Also vorsichtig bleiben und die Spuren verwischen. Besser sogar einen Umweg machen.

Nach Arnsberg, sagen wir, nach Neheim, sagen wir, nach Hagen. Ja, heute erst zur vierten Stunde. Nein, der Bus ist weg. It's a long long way to Tipperary. Das letzte Schulbrot essen wir in Lüdenscheid.
Gib mir doch noch mal die Briefe: und Irmi nimmt sie, setzt sich auf die kleine Mauer, bewegt beim Lesen die Lippen.
Komisch, wie die schreibt. Und: ich dachte, da ist es warm. Ja, sage ich. Ist es auch.

*

Ich habe einen schönen Garten bepflanzt, schreibt Lene. Nur wächst alles sehr langsam. Es ist halt zu kalt. Aber sonst geht alles gut. Amerika ist mir wirklich eine zweite Heimat geworden.
Und warum Lina nicht antwortet. Bitte, antworte doch, ich interessiere mich wirklich sehr für Dich, schreibt Lene und legt auch wieder einen Dollar bei: ich will es doch noch mal versuchen.
Hast du auch schon so ein herziges Mädchen.
Meins kann schon laufen. Da siehst Du, wie die Zeit vergeht. Sie singt und spielt auch immer.
Wir wohnen ganz allein. Ich wünschte, Du könntest einmal hier sein. Mir selbst geht es sehr gut. Mein Mann ist Bahnbeamter, verdient schön und ist sehr sparsam.
Ich habe ziemlich Marmelade eingemacht in diesem Jahr. Will nächste Woche Bohnen einmachen und nach und nach verschiedene andere Sachen. Der Sommer war ja soweit sehr schön. Nur wächst alles sehr langsam.
Und daß sie gerne hören will, was Lina tut. Es interessiert mich wirklich sehr. Und wie gut es ihr geht in Amerika. Ich habe es noch keinen Augenblick bereut.

Mit vielen herzlichen Grüßen an Dich und Deinen lb. Mann. Und Kuß von Baby. Deine Freundin Lene.

*

Als Baby küßt man nicht, sagt Irmi. Schon gar nicht auf den Mund.

Schon gar nicht mit der Zunge: das kommt viel später früh genug. Und springt vom Mäuerchen, geht vor mir auf und ab und redet wie Frau Dambmann.

Hat er dich an die Brust gefaßt.

An alle drei.

Das Mädchen hat kein Schamgefühl, von wem sie das nur hat. Willst du denn mit sechs Kindern in zwei Zimmern. Kein Geld und jeden Tag Spaghetti. Nein, sagt Irmi. Das willst du nicht.

Ich habe Praxis, sagt sie. Dreißig Jahre als Fürsorgerin: da sieht man so manches. Aber erst die Geschichte mit dem von der Kirmes und dann noch Italiener: das ist ihr noch nicht vorgekommen.

Das reicht jetzt auch für ein paar Jahre.

Da muß sie doch froh sein, wenn Frau Tiller sie nimmt. Von Montags bis Samstags im Laden und Sonntags frei. Und wenn sie auch viel putzen muß: in drei Jahren ist sie Verkäuferin. Ja, Irmi kann froh sein, sagt Irmi.

Was tut sie am Montag. Sie ist fleißig. Was tut sie am Dienstag. Sie ist fleißig. Was tut sie am Mittwoch. Am Donnerstag. Sie ist fleißig am Freitag und fleißig am Samstag. Am Sonntag ist sie brav.

Ob ich in der Eisdiele war, fragt Irmi mit Frau Dambmanns Stimme. Aber nein, Frau Dambmann, sage ich. Habe schon vergessen, wo die ist. Und nach Rummenohl gehe ich auch nicht mehr. Wir müssen uns bewähren. Frau

Dambmann hat es doch selber gesagt. Bis wir aus der Schule kommen, aus der Lehre. Bis das Wasser endlich den Rhein hinunter: bis alles vergessen ist.

*

Ein großes Fest werden wir feiern, im Sommer und nackt auf dem Platz vor der Kirche. Trompetters Hannelore läßt die Haare lose auf den Rücken hängen und alle sind nackt. Godipei, singt der blöde Walter und die Meßdiener läuten silberne Glöckchen, sind nackt. Ich will dich lieben, oh mein Leben, singt Onkel Gert. Ti amo: Giovanni. Ich will dich lieben, meine Zier, singt Tante Leonore und ist nackt. Glocken läuten, Weihrauch steigt auf. Und aus den Wolken lächelt Hachmanns Johannes. Mit immerwährender Begier, singen wir alle miteinander.

Dies ist mein Leib, rufen Pastor Heitbreder und Bischof Franz, der für euch hingegeben wird. Breiten die Arme aus, sind nackt.

Wie Gott uns schuf, wie Gott uns schuf. Und wir lassen die Haare hängen auf den Rücken, tanzen nackt um die Kirche herum. Tanzen mit Pastor Heitbreder, tanzen mit Bischof Franz. Godipei, singt der blöde Walter. Gott hat kein Schamgefühl. Küßt Pastor Heitbreder. Die Meßdiener läuten ihre silbernen Glöckchen und wir küssen Giovanni, Francesco und Ötte. Und küssen auch Jan. Godipei, singt der blöde Walter. Und wir küssen die Fürsorgerin. Die tanzt mit offenen Haaren, ist nackt. Und wir küssen sie mit der Zunge.

*

Und Irmi springt schon wieder von der Mauer, lacht, schnappt nach Luft. Ich halt's nicht aus. Und preßt die

Arme auf den Magen. Ich halte es einfach nicht mehr aus. Das wäre ja vielleicht ein Fest. Und eine Weile später: was man da für Eintritt nehmen könnte.
Und Ötte spielt Klavier dazu.
Und die Kostüme würden wir selber nähen, sagt Irmi, aber ich sage: nein, wir bleiben nackt. Und frieren würden wir nicht. Man muß nur weiter nach Süden, Virginia, Carolina und wie das alles heißt. Da gibt es keinen Winter, keinen Herbst. Man könnte im Wohnwagen wohnen und jeden Tag woanders und immer der Duft nach Magnolien. Das ganze Land ist wie ein großer Garten und man spaziert hindurch und trägt große weiße Hüte. Die Menschen sind schön wie im Film und reden auch so. Werfen manchmal eine Vase an die Wand. Schlagen jemand einen Handschuh ins Gesicht. Und abends sitzt man dann ganz ruhig auf der Veranda und trinkt Limonade, eisgekühlt.
Nur Ötte, sagt Irmi. Der wird sich ganz schön wundern, wenn er nächstes Jahr kommt und sie nicht mehr da. Aber drei Jahre bei Frau Tiller, das hält sie auch nicht aus.
Wir lassen ihn nachkommen, sage ich. Wenn wir reich sind, lassen wir ihn nachkommen. Und Mama vielleicht auch. Aber da fängt Irmi an zu weinen.
Wirklich, sage ich. Wir lassen sie nachkommen. Und sie soll sich doch mal vorstellen, wie wir im Hafen stehen und warten und sie noch auf dem Schiff. Lina. Mama. Meinetwegen auch Herr Beerenbaum. Und Frau Beerenbaum in ihrem großgeblümten Kleid.
Und da muß Irmi wieder lachen und lacht und lacht. Ich halt's nicht aus. Und preßt die Arme vor den Magen. Wie das wohl wäre. Mutti in Amerika und dann auch noch in diesem großgeblümten Kleid.
Aber heute mittag weinen sie erst mal.
Ach was: so schnell merken sie nichts.

Und ich stelle mir vor, wie Mama nach Hause kommt. Hat für alle im Kloster gekocht und hinterher den großen Ofen noch geputzt. Und sie läßt die Schultern hängen wie jeden Mittag, setzt sich an den Küchentisch und schließt die Augen und Lina setzt sich dazu und sagt nichts. Und dann macht Mama ihre Augen wieder auf, nimmt ihre Tasche, und weil heute Montag ist, gibt's den Kuchen von Sonntag, und Lina kocht Kaffee. Und dann sagt Mama zu Lina: das Mädchen muß ja auch bald kommen. Aber das Mädchen sitzt auf der Mauer in Lüdenscheid, friert, zieht den Kopf zwischen die Schultern und denkt an Mama. Wie sie erst wartet und dann schließlich zum Bahnhof geht, ganz allein auf dem Bahnsteig steht, die Hände in die Taschen steckt und wartet. Setzt sich vielleicht auf ein Mäuerchen und sieht die Züge, einen nach dem anderen, und die ganze Zeit der blöde Regen und bei jedem Zug steht Mama auf: jetzt muß sie aber wirklich kommen.
Aber dann bin ich wieder nicht dabei.
Und sie will vielleicht Papa anrufen, wählt schon die Nummer, legt wieder auf. Überlegt, ob sie die Fürsorgerin anrufen soll oder besser das Krankenhaus: Ist bei Ihnen heut' ein junges Mädchen. Die Feuerwehr: Haben Sie vielleicht ein junges. Die Unfallstation: ja, fast noch ein Kind.
Aber alle sagen nein.
Und am Schluß ruft sie bestimmt in der Schule an. Hier ist sie schon seit Tagen nicht gewesen, sagt Schwester Winfrieda dann. Und dann.
Kriegen sie alles raus, sagt Irmi. Ja, sage ich. Alles. Dreiundneunzig Stunden gefehlt allein in diesem Halbjahr. Wir haben gedacht, sie ist oft krank. Wir haben gedacht.
Ja, aber.

Es ist die Pubertät. Die Entschuldigung sagen Sie?
Ja aber.
Und: ach. Das wäre nicht Mamas Unterschrift.
Und dann zählen sie alles zusammen, die Stunden, die Lügen: läßt sich dieses Früchtchen Geld für Hefte geben und sitzt im Cafe Wiese den ganzen Morgen. Wer weiß, was sie da tut. Wartet, bis die Schule aus ist, fährt mit den anderen Mädchen nach Hause.
Ja, sicher, heute nicht.
Und warum habt ihr nichts gesagt. Maria! Gudrun! Biggi! Warum habt ihr das nicht gesagt. Wer weiß denn, was sie jetzt noch anstellt. Das wäre doch wirklich kein Petzen gewesen.
Und Maria wird ihnen alles verraten.
Ja, die bestimmt, sagt Irmi. Du hast ihr doch wohl nichts erzählt.

*

Reden und reden, gefangen von jedem Gedanken. Verträumen die Zeit, als gäbe es zu viel davon. Und sitzen doch immer noch auf der Mauer in Lüdenscheid, wollen nach Amerika und schnell: damit man sie nicht findet.
Was hält sie bloß noch da. Geht weiter, los, und stellt euch an die Straße. Und wenn dann noch der nächste Wagen hält.
Wohin.
Amerika.
Bis Hamburg nimmt er uns mit.

*

Wenn man hinter beschlagenen Scheiben eine lange Straße entlangfährt, kommen so manche Gedanken. Ich liege auf dem Grund eines Flusses, weiß, lange schon. Und das Wasser fließt über mich hin, wäscht mein Gesicht, daß ich hindurchsehen kann wie in einen Traum. Irmi neben mir lehnt sich zurück in die Ecke, lächelt, schläft ein. Der Fahrer wischt die Scheiben blank und erzählt von Menschen, die seit zwanzig Jahren schlafen. Es gibt lebenslange Träume, sagt er. Und ich kenne sein Gesicht, aber weiß nicht, woher.

Und wie es mir wieder einfällt, werde ich so müde in der Wärme und die Straße sieht aus wie ein Fluß. Und ich stehe wieder auf der Brücke und schaue ins Wasser und durch die Wellen glänzt es goldgelb herauf. Darum bin ich ja gesprungen. Und ich kucke zu, wie ich springe, und der brave Josef hinterher und ist ertrunken an meiner Stelle. Er hat mich gefaßt und ans Ufer gezogen, ist mit dem Wasser davongetrieben. Und als ich ihn das nächste Mal sehe, hängt er schon an der langen Stange und wird aus dem Wasser gezogen.

Ein Kind ist ertrunken. Und Mama läuft am Ufer entlang und sucht ein rotes Kleid. Und sie findet das Kind, das Kleidchen so naß, und spricht: was hast du getan. Da habe ich ihr nichts von dem Gold erzählt. Wie ich nach Hause gehe ohne Mama und denke: Josef ist tot, ziehen die Wolken so schnell über den Himmel, daß ich mich fürchte. Aber dann sehe ich: es ist nur ein Rauch aus dem Schornstein.

*

Manch einer erblickt das Licht der Welt unter den günstigsten Konstellationen. Die Sonne steht im Zeichen der Jungfrau und kulminiert für den Tag, Jupiter und Venus blicken sie freundlich an, Merkur nicht widerwärtig, Saturn und Mars verhalten sich gleichgültig. Einem solchen kann selbst der Widerschein des Mondes wenig anhaben.

Andere schätzen sich weniger glücklich. Die Gestirne werfen dunkle Schatten über die Stunde ihrer Geburt, ja, die Zeit selbst scheint sich von ihnen abzuwenden, werden sie doch im Buch des Lebens nur ungenau verzeichnet. Das Geburtsjahr des so und so, lautet später die zurückhaltende Auskunft, ist mit letzter Sicherheit nicht zu bestimmen. Es gibt Hinweise auf das Jahr 1550, obwohl auch 1548 nicht auszuschließen ist. Doch das Ende darf als sicher gelten.

Am 17. Februar, so lesen wir dann, wird der Dominikaner aus Nola auf dem Campo dei Fiori bei lebendigem Leibe verbrannt. In seiner Verstocktheit versteifte sich dieser Bösewicht zu der Behauptung, er sterbe gern. Seine Seele, maßte der Sünder sich an, werde aus den Flammen zum Paradies emporschweben. Seine Zeitgenossen frohlocken hingegen: jetzt wird er ja erfahren, ob er die Wahrheit gesagt.

Und wir blicken auf und versuchen, die Rätsel zu lösen. Hören von Menschen, die die Zeichen am Himmel so mühelos entziffern wie andere die Eintragungen in ihrem Notizbuch. Die Melancholie leuchtet ihnen herab als schönes Bild, die Schwermut, der Wahnsinn. Manchmal löst sich ein funkelnder Stern.

Dann wandelt dieser und jener auf den Wellen, der nächste erschlägt seinen Bruder, der dritte erweckt ein Mädchen vom Tode. Dem vierten aber schlägt alles fehl.

Und alle 24000 Jahre wiederholt sich ein solches.

Was aber mag mit denen geschehen, die sich unter derselben Sternenkonstellation auf die Welt begeben müssen wie jener Dominikaner. Ich wage nicht, es mir vorzustellen.

*

Die Straße ein endloses Band. Aber irgendwann habe ich genug geträumt, stelle die Uhren auf Mitternacht, zünde die Lichter an und schreibe: es war ja schon dunkel. Dann fährt der Wagen über die Brücke und nach Hamburg hinein. Am Hauptbahnhof steigen wir aus.
Es hätte glücken können. Wir wären in den Bahnhof gegangen und einfach weiter durch die Sperre. Auf welchem Bahnsteig steht der Zug nach Kalifornien, bitte. Der Mann in der blauen Uniform sagt: Bahnsteig drei. Und ich wäre der hunderttausendste Passagier und hätte gerade eine Freifahrt gewonnen. Irmi als meine beste Freundin darf natürlich mit.
Es hätte glücken können.
Aber da stellen sich schon die beiden Polizisten direkt neben dem Eingang auf, die Frau von der Bahnhofsmission ist auch nicht mehr weit und ich denke: wo kommen die her und weiß erstmal nicht mehr weiter. Das ist das Ende, denke ich, wie man es immer denkt in solchen Fällen. Aber nach einem Blick auf die Uhr weiß man, das kann das Ende noch nicht sein, und man atmet tief auf, lehnt sich zurück und nimmt das letzte Stück Konfekt. Danach geht man zusammen mit den Helden in die Bahnhofsgaststätte, wo sie noch einen Kaffee trinken dürfen, schwarz. Dazu zwei Käsebrötchen. Niemand achtet auf sie. Als es endlich soweit ist, steht Irmi auf, geht zum Spielautomaten und wirft unsere letzte Mark hinein. Ich kann schnell noch fragen, wie wir denn jetzt bezahlen sollen, aber Irmi hat genau aufgepaßt, sagt sie, und weiß: der Joker muß bald kommen. Und wir haben ja auch noch die zwei Dollar von Lene.
Wenn der Joker wirklich gekommen wäre und nicht die Frau von der Bahnhofsmission. Es hätte glücken können.

*

Manch einer kommt weit herum. Er studiert vielleicht in Neapel, geht später nach Mailand und Genf. In Toulouse erhält er eine Professur, trifft in Paris Heinrich den Dritten. Natürlich lernt er auch London kennen. An der Universität zu Wittenberg liest er über die Logik des Aristoteles, schreibt in Helmstedt Lehrgedichte auf Lateinisch. Läßt auch Frankfurt am Main nicht aus. Irgendwann kommt er zurück nach Italien und endet in Rom.

Andere Lebensläufe beginnen in Ulentrop und enden da auch. Zwei Mädchen haben vielleicht nach Amerika gewollt und werden in Hamburg gefaßt, nach Ulentrop zurückgebracht. Das Schicksal hatte es anders bestimmt, steht gern an solchen Stellen.

Aber wann. Vielleicht in der Bahnhofsgaststätte, wenn der Joker nicht kommt. Oder vor langer Zeit schon, als die schöne Christine gestorben ist und Lina bleibt zurück. Vielleicht auch, als Lina das Geld nach Holland schickt, und es ist schon nichts mehr wert. Und Randolf Roxroy, den Umschlag noch in der Hand, steht vor seiner Himmelskarte, schiebt Gestirne hin und her. Den höllischen Pluto. Den wirren Neptun. Die Sonne schickt er zum Skorpion und besetzt das achte Haus mit dem Krebs. Und irgendwo dazwischen legt er die Stunde meiner Geburt. Strafe muß sein, murmelt er. Auf Holländisch natürlich.

*

Mama folgt einer falschen Spur. Mit Lina und Beerenbaums geht sie über alle Kirmesplätze der Welt und sucht ein rotes Riesenrad. Sogar ein Taxi haben sie gemietet, nicht überlegt, wie teuer das wird. Nach Arnsberg, sagen sie, steigen am Schützenplatz aus. Nach Neheim, sagen sie,

suchen da weiter. Finden viele Karussels, aber das Riesenrad finden sie nicht.
Wenn sie nun ganz woanders sind.
Bei dieser Type sind sie, sagt Herr Beerenbaum, bei diesem Ötte. Und: wenn ich den erwische. Dann geht er schnell nochmal zum Stand mit den Getränken. Ein Bier. Ein Enzian. Und ob sie einen Ötte kennen: den Familiennamen weiß er leider auch nicht.
Mama geht hinter ihm her und denkt, was sie bloß wieder falsch gemacht hat. Man kann doch nicht auf alles achten und wenn sogar die Lehrer nichts bemerken.
Hoffentlich sind sie nicht tot.
Bei diesem Ötte sind sie, sagt Herr Beerenbaum, bestellt sein drittes Bier und auch noch einen Enzian. Wenn er den zwischen die Finger kriegt.
In Hagen finden sie ihn dann. Steht der doch am Riesenrad, als wenn nichts wäre, und hilft einem Mädchen in die Gondel. Das Schwein, sagt Herr Beerenbaum und fängt an zu laufen: der fährt vielleicht sogar noch mit. Und er sagt zu Ötte: du Schwein! faßt ihn beim Kragen, reißt ihm einen Knopf vom Hemd und schüttelt ihn. Du Schwein! Aber da kommen schon die anderen und halten ihn fest. Wir machen weiter, ruft der Mann an der Kasse. Irgendwo heult auch eine Sirene, aber darüber Musik.
Und das Riesenrad dreht sich, erst langsam, dann schnell, und Mama liegt in einer Gondel und schaukelt hin und her. Hört eine Sirene, schluckt Wasser, versinkt in den Wellen. Trinken Sie noch einen Schluck, sagt Ötte, dann geht es gleich besser.
Später im Wohnwagen macht Mama die Augen wieder auf, aber wir sind nicht da und Ötte sagt, er weiß auch gar nicht, wo wir sind.

*

Eine Ewigkeit in einem kleinen Raum mit Gittern vor den Fenstern, die Wände sind weiß, die Betten schwarz. Sieben schwarze Metallbetten stehen dicht nebeneinander, in den meisten liegen Mädchen und schlafen, aber zwei sind noch frei für Irmi und mich, auch die zwei Fächer im Schrank, aber die brauchen wir nicht, und die Frau schüttelt den Kopf. Nicht mal Nachthemden habt ihr dabei. Später liegen wir im Bett und sehen zu, wie die Gitterstäbe Schatten an die Wand werfen. Irgendwann steht Irmi noch einmal auf, geht zum Fenster, zieht die Gardine zu. Der Mond ist viel zu hell. Und ob ich denn wirklich glaube, daß Randolf Roxroy mich noch immer verfolgt. Der muß doch längst tot sein, sagt sie. Und die ganze Zeit rauscht Wasser, vielleicht sogar in Wirklichkeit.
Wie spät, fragt Irmi.
Kann ich nicht sehen im Dunkeln.
Dann mach doch mal Licht.
Und ich stehe auf, mache das Licht an. Vier Uhr. Und die ganze Zeit rauscht das Wasser.
Die Matratze ist zu weich, sagt Irmi. Und: kannst du denn schlafen. Ich sage ja, liege lange Zeit ganz still. Wer nur soviel Wasser braucht. Irmi fragt: wie spät ist es jetzt. Ich stehe auf und mache Licht. Viertel nach. Auf der Straße hat einer gesungen und ich denke, ob Mama wohl schläft.

*

Mir geht es gut, wie geht es dir. Sag es mir und vergiß es wieder. Was habe ich gesagt. Es war nicht so gemeint.
Daß ich dich nicht liebe, soll ich gesagt haben, dich aber auch nicht hasse, du wärest mir nur fremd.
Und daß ich nicht leben will wie du, hätte ich gesagt, lieber

weit weg oder sterben. Nein, Mama, nein, das kann nicht sein.
Wir haben ja gar nicht geredet. Schon gar nicht über dich. Über das Leben vielleicht. Und wie es ist in Ulentrop. Aber mehr so allgemein.

22

Werter Herr, schreibe ich, Sie kennen diese Dörfer. Man fährt mit dem Wagen hindurch, sagt: wie schön, kuck mal, da blüht ja noch Flieder. Und diese herrliche Ruhe. Aber wer denkt an all jene, die wegwollten und zurückgebracht werden und dann die langen Jahre, in denen nichts passiert. Nun aber, wo ich Ostern endlich aus der Realschule komme, wende ich mich an Sie. Mein innigster Wunsch, so schreibe ich, ist es zu schreiben. Liebes Fräulein, schreibt er zurück. Das ist keineswegs ausgeschlossen. Fürs erste könnte ich ja und zunächst einmal als Redaktionssekretärin. Wir würden uns alle sehr freuen, lese ich, wenn eine weibliche Hand ein wenig Ordnung in unser schöpferisches Chaos.
Wer gerade am Frühstückstisch sitzt, vergißt den Kaffee, läßt die Scheibe Brot unberührt liegen. Liebes Fräulein. Und hört mit halbem Ohr auf Linas Geschichten. Von der alten Brachts Stine und ihrem Krüppelchen, so klein wie ein Schulkind und wer jetzt wohl für ihn sorgt. Man hört auch noch, die alte Spiegel wäre schuld, fragt: warum, sagt dann schließlich: ja, so war das wohl früher. Fängt noch einmal an. Liebes Fräulein.
Es könnte ja ein Mißverständnis sein. Das kommt doch häufig vor.

Sehr geehrter Herr, hat vielleicht einer geschrieben, eine mir flüchtig bekannte Dame machte mich auf Ihre Annonce aufmerksam und riet mir, mich an dem Wettbewerb zu beteiligen. Da ich nur neunzig Zentimeter groß bin, hoffe ich zuversichtlich. Lieber Herr, antwortet der vielbeschäftigte Agent nach einigen Monaten. Sie gehören gewiß zu den kleinsten. Wir haben allerdings in Rumänien einen noch kleineren Menschen gefunden, so daß ich Ihnen keine Hoffnung auf einen Vertragsabschluß machen kann. Und einige Tage später sieht der Verlierer (neunzigzentimeter), wie der Gewinner (vierundachtzigzentimeter) den Gewinner aus einem anderen Wettbewerb (zweimetersiebenundvierzig) fragt: wie ist denn die Luft da oben. Und wie er später noch sagt, seine Liebe gelte vor allem dem klassischen Tanze, aber er würde auch große schlanke Frauen nicht verachten. Und der Verlierer denkt: das hätte ich auch sagen können und sagt das auch zu seiner Bekannten, die neben ihm auf dem Sofa sitzt und Salzstangen knabbert.

Aber eine ganze Weile danach, man hat schon kaum mehr an das Vorkommnis gedacht, trifft ein neuer Brief ein, der nimmt den vorigen zurück und bedauert das Mißverständnis. Die Sekretärin hat, vielleicht aus Neid, die Antwort eigenmächtig verfälscht, der vorgeblich kleinste Mann der Welt hat unrichtige Angaben gemacht oder ist gestern verstorben und so erhält man doch, was man am meisten wünscht.

Mit solchen Mißverständnissen ist zu rechnen. Ich setze mich also hin und schreibe einen neuen Brief. Verehrter Herr. Manche meiner Freundinnen denken schon ans Heiraten, andere werden Krankenschwester oder Sekretärin. Ich persönlich glaube nicht, daß Resignation eine Voraussetzung des Glückes ist. Ich weiß, daß Sie ganz ähnlich denken, denn ich gehöre seit langen Jahren zu den Lesern Ihrer Zeitung, und sie gefällt mir gut. Da ich nun Ostern aus der Realschule komme und selber schreibe. Liebes Fräulein, antwortet der bekannte Redakteur. Die Texte, die Sie beigelegt haben, verraten zweifelsohne ein gewisses Talent. Ja, über manche Ihrer Geschichten habe ich recht herzlich lachen müssen. Sie werden jedoch verstehen, daß bei der Vielzahl der Bewerber.

So sind die langen Jahre denn noch nicht vorbei und man möchte sich ins Bett verkriechen und nie mehr heraus. Aufs Waschen würde man verzichten, nicht mehr essen, nicht wissen, ob Tag oder Nacht. Aber dann erinnert man sich an den Kaffee, er ist schon fast kalt, und man stürzt ihn hinunter und gießt die nächste Tasse ein und ißt auch noch die zweite Scheibe Brot. Manch einer hat Soldat werden müssen, fällt einem ein, und hatte doch das Zeug zum Dichter. Andere sind Hofmeister geworden, Juristen. Und dann fällt einem auch noch Irmi ein, die sagt, in der Fabrik verdient man am meisten und Samstags hat man frei. Aber ich nehme doch erstmal die Stelle im Krankenhaus. Und während ich den weißen Kittel anprobiere, das Häubchen, entwerfe ich im Kopf den nächsten Brief.

Sehr geehrter Herr, hätte er lauten können. Sicherlich haben auch Sie schon bemerkt, daß die eigene Schrift verschieden ausfällt von Tag zu Tag, je nach Gelegenheit und Laune. Sie läßt sich von plötzlichen Einfällen beeinflussen, spiegelt die allerkürzlichsten Erlebnisse. Bin ich zum Beispiel aufgeregt, wie eben jetzt, wollen mir feinste Bewegungen kaum gelingen, bei jedem zu schreibenden Wort wird meine Hand von einer Art Warnkrampf befallen, und es kostet mich viel Überredungskunst, sie zur Arbeit zu zwingen. Dieses Zittern in Buchstaben umzuformen, empfinde ich jedoch als einen schöpferischen Akt.

Auch gebe ich die Hoffnung nicht auf, daß eines Tages meine Hand ihre übliche Gelassenheit zurückgewinnt, wobei Sie mir vielleicht eine gewisse Hilfe. Kurz. Ich besuche zwar nur die Realschule und gehöre auch meinen Schulleistungen nach nur zum guten Durchschnitt meiner Klasse. Ich bin jedoch Mitglied in allen Büchereien der Umgebung und glaube sagen zu können, daß ich die meisten Bücher auch. Dann unterschreiben wir, legen den Brief zu den anderen und suchen die schönste Antwort heraus. Liebes Fräulein. Ihre Frische und Begeisterungsfähigkeit haben mich tief berührt. Ich bedauere daher ganz außerordentlich. Daß aber bei den Anforderungen, die dieser Beruf nun einmal in ganz außergewöhnlichem Maße. Obwohl ich persönlich, schreibt er, von Ihnen persönlich. Leider doch Bewerber mit Abitur. Dennoch möchte ich Ihnen einen guten Erfolg wünschen und bin auch überzeugt.

*

Die Angst muß unter Kontrolle bleiben, könnte ich notieren. Über das Gleichgewicht von Angst und Hoffnung könnte ich mir Gedanken machen, und wie es erhalten wird. Über die notwendigen Sätze. Sie müssen uns schon helfen, lautet einer, wenn Sie sich aufgeben, ist es wirklich vorbei. Sie wollen ohne Erlaubnis nach Hause, lautet ein anderer, Sie wissen wohl nicht, wie krank Sie sind. Dazu endlich die Röntgenbilder, lange vorenthalten. Man kann auch an den Mann erinnern, die Kinder, je nach Erfordernis. Aber das alles ist bekannt oder könnte es sein. Die Zeitungen berichten darüber.

*

Die alte Frau in der Badewanne: als hielte nur die Haut die Knochen zusammen. Sie sitzt auf einem Gummiring, wenn sie sich zu heftig bewegt, schreit sie auf, weil sie durchgelegen ist. Nach ein paar Tagen sage ich Dekubitus wie alle anderen. Ich verfaule bei lebendigem Leibe, sagt sie. Aber in Wirklichkeit stirbt sie an Unterleibskrebs. Früher war sie Lehrerin. Manchmal liest sie noch ein paar Seiten. Ist es nicht schrecklich, eine alte Frau zu baden, fragt die alte Frau und zeigt mir hinterher, wie sie als junges Mädchen ausgesehen hat.

*

Schwester Edelwida ist groß und dünn und hat ein strenges Gesicht. Manchmal setzt sie die Tabletten wieder ab, die der junge Doktor verordnet hat. Kommt sie morgens vom Frühstück zurück, hören wir ihr Ordenskleid rascheln und verstecken unsere Brote. Wer die Wurst doppelt legt, verdirbt sich den Magen, sagt sie im Vorübergehen. Einmal erzählt sie von einer Frau, die richtig lachen konnte. Über die ganze Station hat es geschallt.

*

Jeden Nachmittag kommt Herr Wiedemann und setzt sich zu seiner Frau ans Bett. Was hast du heute morgen gemacht, fragt sie und weint. Sie weint die ganze Zeit. Ein paar Tage später verschreibt der junge Doktor ihr Morphium gegen die Schmerzen. Da lächelt sie ihrem Mann entgegen. Zum Schluß war sie ganz wie früher, sagte Herr Wiedemann, als sie gestorben war.

*

Wenn Herr Jammes klingelt, will niemand hin. Herr Jammes kann nicht mehr sprechen und auch nicht mehr atmen. Geh du für mich, sage ich zu Schwester Hedwig. Abends im Bus höre ich noch, wie er Luft holt. Kurz vor seinem Tod findet Herr Jammes seine Sprache wieder. Er springt aus dem Bett, läuft zum Fenster, reißt es weit auf. Hilfe, schreit er hinaus. Hilfe. Hilfe. Bis wir ihn ins Bett zurückbringen. Manche sagen bei der letzten Ölung Amen. Herr Jammes sagt nichts.

*

Als die kleine Edita am nächsten Tag in die Stationsküche kommt und die Berge schmutzigen Geschirrs sieht, sagt sie: Hilfe. Und noch einmal: Hilfe. Hilfe. Dann muß sie so lachen, daß sie hinausläuft und den ganzen Tag nicht wiederkommt.

*

Abends im Bus führe ich lange Gespräche. Gewiß kann man nicht mit jedem Menschen über diese Dinge reden, aber fast immer findet sich unter den vielen das vertraute Gesicht. Ich bin froh, Sie zu sehen, sage ich dann einfach, und mein Gesprächspartner antwortet mit ebenso einfachen Worten: ich hatte das Gefühl, Sie könnten mich brauchen.

Zwar weiß ich fast nichts über ihn, doch glaube ich zuweilen, hinter jedem seiner Sätze einen Menschen wahrzunehmen, den ich seit Ewigkeiten kenne. Seine Klugheit, sein Takt, auch sein imponierendes Wissen. Mein Gott, sagte ich einmal, was sind Sie belesen. Und er antwortete bescheiden, das müsse mich nicht beunruhigen, er habe ja, im Gegensatz zu mir, Zeit und Gelegenheit

genug, sich mit all dem zu befassen, was auch mir so sehr am Herzen läge.
Aus beiläufigen Bemerkungen dieser Art muß ich mir sein Bild zusammensetzen. Beabsichtigten Sie denn immer schon, erkundigt sich mein Gesprächspartner beispielsweise, sich der Krankenpflege zu widmen, und ich sage: nein, eigentlich wollte ich mich der Literatur zuwenden. Aber das Schicksal hatte es anders bestimmt. Dann werden Sie also, fährt er fort, eines dieser ruhigen, gleichförmigen, von stiller Tätigkeit erfüllten Leben führen, von dem Sie, wenn ich mich recht erinnere, in einem Ihrer Briefe sprachen. Keineswegs, rufe ich aus, und erst viel später kommt mir die Merkwürdigkeit zu Bewußtsein, daß er selbst meine Briefe zu kennen scheint.
Sie wissen so manches über mich, beginne ich also mein nächstes Gespräch. Ich hingegen kenne nicht einmal Ihren Namen. Er überlegt eine Weile und antwortet schließlich auf seine bescheidene Art, das sei von keiner Wichtigkeit. Ich könne an ihn als Jacob denken oder Wilhelm. Auch Walter sage ihm zu, sagt er und lächelt ein wenig. Ich möge ihn doch bitte als einen alten Freund betrachten. Nicht, daß er ein Geheimnis aus seinem Namen machen wolle, er sei zudem überzeugt, daß ich eine Offenheit seinerseits niemals zu seinem Nachteil verwenden würde. Ebensowenig wie auch er mir gegenüber. Aber was rede ich da, unterbricht er sich selbst, wo Sie doch sicherlich über weit bedeutsamere Dinge zu sprechen wünschen. Er könne sich vorstellen, um damit gleich zu beginnen, daß die Situation, in der ich mich befinde – ohne mein Verschulden selbstverständlich –, daß die Erfahrungen, die ich täglich sammeln könne. Was mich vor allem interessiert, faßt er noch einmal zusammen, betrachten Sie Ihre jetzige Tätigkeit als verlorene Zeit.

Aber nein doch, rufe ich aus. Nichts weniger als das. Ja, ich trage mich sogar mit der Hoffnung, eines Tages die hier erworbenen Kenntnisse auf einer anderen, vielleicht höheren Ebene verwenden zu können. Diese ständige Konfrontation mit den Grundfragen unserer Existenz. Die ja die Grundfragen unserer Kultur überhaupt, wirft mein Gesprächspartner ein. Ja, sage ich. Warum wurde Beethoven taub. Man muß sich doch bloß einmal. Er konnte seine eigene Musik nicht mehr hören.

Ihm persönlich sei in diesem Zusammenhang schon einmal der Gedanke gekommen, sagt mein Gesprächspartner jetzt, daß vielleicht ein gewisses Schuldgefühl wegen der besonderen Fähigkeit der eigenen Person. Diese ungeheure Last, sich von anderen zu unterscheiden! ruft er aus. Er könne das zu diesem Zeitpunkt nicht weiter ausführen, zum einen fehle der nötige Raum und da es zum anderen auch seine eigene Person berühre. Er könne zum Schluß nur seine tiefe Überzeugung aussprechen. Was man mit der erforderlichen Kraft wünsche, erreiche man auch. Er jedenfalls begleite auch meinen weiteren Lebensweg mit großem Interesse und wünsche mir allen nur denkbaren Erfolg.

*

Wenn die langen langen Jahre endlich vorbei sind, räumen wir den Schreibtisch auf, verbrennen die Briefe, die alten Lebensläufe, lassen uns auch noch die Haare abschneiden und ziehen noch einmal vom Dorf in die Stadt. Diesmal ist es anders als sonst, auch wenn das meiste aussieht wie immer. Die Möbelpacker sind gekommen, der große Wagen. In allen Geschäften habe ich nach Kisten gefragt und erzählen müssen. Ja, es ist eine große Stadt. Noch vor ein paar Jahren allerdings war es ein Fischerdorf. Ja, sicher,

für immer, sagen wir so laut, daß der Frager zusammenzuckt. Ich komme nicht zurück.
Und wir schließen ab, hängen einen Zettel an die Haustür. Wir bitten um Verständnis. Ich komme nicht zurück. Und wir schieben Öttes Rollstuhl noch einmal hinter das Fenster, winken hinauf und rufen: ich komme nicht zurück. Irmi haben wir früh am Morgen in die Fabrik geschickt. Alles ist gründlich vorbereitet.
Und Lina kommt mit. Wir fangen noch einmal an mit dem Glück und nennen es jetzt Zweiter Bildungsweg. Meine Enkeltochter wird nun doch noch Lehrerin, sagt Lina zu Frau Hachmann. Und sie hat ihren Koffer selber nach draußen getragen und sich nicht mal umgekuckt. Beim Einsteigen hat sie ein bißchen gezögert. Aber das ist nur die Angst vor dem Tod.
Sie beruhigt sich dann wieder, weil wir vorher noch durch Arnsberg fahren, da können wir Goethe zitieren, und vorbei an der Möhnetalsperre, und da kann sie noch sagen, wie hoch das Wasser steht und die Schwalben fliegen schon wieder so niedrig. Erst kommen auch noch die kleinen Dörfer und wir schauen aus dem Fenster und sehen, wie die Menschen ihren Geschäften nachgehen, als wäre nichts. Und wenn dann immer noch die Angst in uns nicht schweigen will, erzählen wir von einem schönen Tod.
Linas Mutter ist eines Abends vom Feld zurückgekommen wie immer und kann am nächsten Tage nur noch in der Küche sitzen. Das ist so, hat der Doktor gesagt, dagegen wäre nichts zu tun. Aber sonst kerngesund und sie kann noch lange leben.
Ich bin alt genug, hat sie gesagt und nach dem Pastor schicken lassen. Er soll die Sakramente bringen. Und als er kommt, sitzt sie in der Küche neben dem Ofen, die Haare frisch gewaschen, im Sonntagskleid. Sie werden immer

jünger. Und der Pastor redet von einem zweiten Frühling und sie lächelt auch noch darüber. Läßt sich die Beichte abnehmen, die Hostie reichen, schlägt auch ganz richtig noch ein Kreuz, sagt Amen, bringt ihn dann zur Tür. Zwei Stunden später ist sie tot.

Der alte Antonius ist in den Wald gegangen, sucht Holz wie alle Jahre zuvor. Die Wege ist er tausendmal gegangen, kennt jeden Baum und jeden Strauch, weiß, wo das Unterholz dicht ist und wo eine Lichtung. Auch wo die Rehe aus dem Wald kommen und wann und wie das Licht ist morgens und abends und wenn ein Gewitter kommt. Dann geht er in die Hütte, die hat er aus Zweigen und Ästen gebaut vor langer Zeit. Das Dach ist dicht, da kommt kein Regen durch, der Boden festgetreten und sauber gefegt. In der Ecke liegt Heu. Eine Decke: da konnte er schlafen. Die zuhause wußten Bescheid.

Aber eines Morgens, was soll ich dir sagen, stolpert der Alte und fällt. Dabei hat da kein Ast gelegen, kein noch so kleiner Stein. Da ist auch kein Geräusch gewesen und hat ihn erschreckt. Ganz ruhig ist es im Wald gewesen, der Weg ganz gerade, aber Antonius stolpert und fällt. Bleibt lange so liegen.

Erkennt die Zeichen und geht nach Hause, legt sich ins Bett. Er will nicht essen, nicht reden, liegt einfach da. Nach drei Tagen läßt Sofie Doktor Wiese kommen, den jungen, aber der kann nichts finden.

Und nach einer Woche, sagt Lina, steht er einfach wieder auf und geht in den Wald. Sie lehnt sich zurück und macht eine Pause. Und ich erzähle weiter. Die Wege kennt er und jeden Baum, wo das Unterholz dicht ist, weiß er, und wo eine Lichtung. Das Licht morgens und abends. Wie bekannt. Er geht den kürzesten Weg und fällt nicht. Er reißt die Hütte ab, nimmt die Decke mit, geht zurück

und kommt nach Haus, bevor es dunkel wird. Und fällt nicht.
Am nächsten Tag bleibt er im Bett und will nicht essen. Sofie läßt Doktor Wiese kommen, den jungen, aber der kann nichts finden. Der Sommer war heiß. Mitten im Juli fallen die Blätter braun von den Bäumen. Tante Drüttchen, von der keiner mehr weiß, wessen Tante sie ist, will ihren 95. Geburtstag nicht feiern. Der Herrgott hat mich vergessen. Wenn er mich nicht bald holt, vergesse ich ihn auch.
Drei Tage später ist sie tot.
Genauso war es.
Und irgendwann im September stirbt auch der alte Antonius. Genauso. Ob du es glaubst oder nicht.
Und wir glauben es beide und werden ganz ruhig. Es ist auch schon spät. Immer kommen wir an in der Dunkelheit in fremden Orten und die sind uns so seltsam vertraut. Und wir springen aus dem Wagen und fürchten uns nicht. Und wir nennen die Stadt Unsere Stadt, das Werk Unser Werk. Und Linas Tod nennen wir Unseren Tod.

23

Gute Nacht. Infusion läuft nicht, zweimal neu angefangen. Infusion beendet, aufgenommen. Röntgenaufnahme für Bariumklistier. 100 mg Nembutan. 11 Uhr 30 75 mg Demoral $^{1}/_{250}$ gr Atropin 13 Uhr 15 1 Einheit Blut 14 Uhr 15 Patientin kommt aus OP, postoperativer Zustand zufriedenstellend. Kolostomie gelockert, Patient reagiert gut. Zu tiefem Atmen angehalten. 15 Uhr 30 75 mg Demerol gegen Wundschmerzen. Tropf läuft gut. Zu tiefem Atmen angehalten. Patient entleert 130 ccm klar u. gelb. Trotz Demerol keine Erleichterung. 17 Uhr Pat. erhält Besuch, unterhält sich kurze Zeit. 18 Uhr 25 z. T. gewaschen anschließend Beingymnastik.

*

Die genügend lange Beobachtung des Krankheitsverlaufs, welche in Ergänzung zur Diagnose der Primärerkrankung anzeigt, ob sich der moribunde Patient nach Einleitung einer Behandlung. Ist von wesentlicher Bedeutung für die Diagnose der.

*

Tief geatmet. Pat. bleibt höchstens halbe Stunde auf einer Seite. 75 mg Dem. gegen Schmerzen. Pat. schläft immer nur kurze Zeit. Klagt über Schmerzen 3 Uhr 30 Demerol 75 mg gegen Schmerzen 7.00 Frühstück gegessen (mit gutem Appetit) 10 Uhr 15 Demerol gegen Schmerzen gegeben. Pat. steht auf. Hin- und hergegangen 11 Uhr 30 Übel geworden ca. 400 ccm erbrochen 12 Uhr 15 Stöhnt vor Schmerzen. Lehnt Essen ab 14.00 Gut e. halbe Birne gegessen 14.50 Demerol 75 mg gegen Schmerzen.

*

Aus medizinischer Sicht gehört der Tod zur täglichen Berufserfahrung. Arzt und Pflegepersonal erleben den Tod bei Tausenden von Personen, so daß sie lernen, das Phänomen als einen normalen Vorgang zu betrachten ähnlich wie Geburt, Gesundheit und Krankheit.

*

Pat. beklagt sich b. Enkeltochter üb. Schmerzen. Stöhnt vor Schmerzen. 17.30 Darvotr.-Kaps. für Schmerzen im Unterleib. 18.20 Demer. 75 mg gegen Unterl.-Schmerz 18.30 Übelkeit, dann gr. Menge unverd. Substanz erbrochen 18.35 50 mg Dramamine intramuskulär. Nach Injektion Diät fast ganz gegessen 21.40 Levo-Dromoran 2 mg gegen Unterl.-Schmerz. Schläfrig, ruhiger.

*

Im zivilrechtlichen Sinne ist der Tod zu verstehen als das Ende der Rechtspersönlichkeit und damit der Fähigkeit, Träger von Rechten und Pflichten zu sein.

*

Nach § 19, 23, Abs. 1, BGB kann Erbe nur werden, wer zur Zeit des Erbfalls lebt.

*

15.2.71 0.10 Pat. klagt über starke Beschwerden, keucht vor Schmerzen, weint. 1.35 Lumin. gegeben 1 gr gegen Schmerzen 2.00 Schläft 3.25 Auf mehrfache Bitte 2 mg Levo-Dromoran gegen Schmerzen gegeben. Kolostomie gesäubert. Sulfokain auf entzündete Stellen aufgetr. (Unterl. u. Hüfte) Wacht in kurzen Abständen auf. Nimmt kl. Mengen H_2O zu sich. 6.25 Wacht stöhnend auf kl. üb. Schmerz 6.35 1 gr. Luminal gegen Schmerzen gegeben. Schlechte 8 Std 7.30 Levo-Dromoran 2 mg gegen Schmerzen. Frühstück mit ziemlichem Appetit zu sich genommen.

*

Von einem klinischen Tod ist dann zu sprechen, wenn es zu einem plötzlich eintretenden Stillstand der Herztätigkeit und Atmung kommt.

*

Nimmt Paregoric nur widerwillig. 9.15 Pat. weint und stöhnt fortwährend 1 gr Phenobarb. gegeben. Kolostomie m. schlechten Ergebnissen ausgesp. kl. Mengen flüss. Stuhl 10.20 Levo-Dromoran 2 mg gegen Schmerzen 12.15 Weist Essen zurück 14.10 Levo-Dromoran 2 mg gegen Schmerzen 14.50 Stöhnt und weint. Schlechte 8 Std 15.00.

*

Der Ausfall der Herz- und Hirnfunktion leitet die Dissoziation aller Lebensvorgänge ein.

*

Neben den primären Todeszeichen (Kreislauf- und Atemstillstand) haben Muskelstarre, Abkühlung, Totenflecke etc. als sekundäre Todeszeichen zu gelten.

*

Tochter bei Pat. 17.25 Levo-Dromoran 2 mg gegen Schmerzen gegeben Diät nicht gegessen. 19 Uhr 30 1 gr Luminal gegen Unruhe 21.15 3 gr. Amytal zum Schlafen 23.00 Pat. schläft unruhig 23.45 Pat. wacht stöhnend auf verlangt Schlafmittel Levo-Dromoran 2 mg gegeben. Entleert kl. Mengen. Weint. Diese 8 Std starke Beschwerden.

*

Als Kriterien für einen vollständigen, irreversiblen und zentralen Funktionsausfall des Gehirns müssen Vorndamm zufolge angenommen werden. Erstens. Eine tiefe, irreversible Bewußtlosigkeit.

*

24. 2. 71 0.45 Erbricht gelbl. Flüssigkeit in gr. M. 1.15 50 mg Dramamine gegen Übelkeit gegeben. Sehr unruhig, kl. üb. Schm. 2.50 2 mg Luminal gegeb. gegen Unruhezust. Schläft nicht, kl. üb. Schm. 4.10 Wach, st. Beschw. 4.20 ¼ gr. M/S gegen Schmerzen gegeben 5.25 Erbricht nochmal 6.00 Erbr. die ganze Nacht. Starke Beschw. Schlechte Nacht.

*

Fehlende Spontanatmung. Fehlende Reaktion auf sensible und sensorische Reize. Reflexlos-schlaffe Extremitäten.

*

50 mg Dram. geg. Erbr. 8.15 ¼ gr M/S gegen Schmerz. Frühstück m. gutem Appetit sofort erbr. 9.20 Sturzerbrechen. Kol. ausgesp. (schlechte Resultate) Bad/Körperpflege 12.15 Brühe u. Milch in kl. M. Sofort erbr. 13.00 ¼ gr. M/S gegen Schm. Diese 8 Std fast immer verwirrt. Flüssigk. nicht bei sich behalten. Schlechter Tag.

*

Lichtstarre Pupillen. Rapider Blutdruckabfall unmittelbar im Anschluß an die Absetzung der künstlichen Stützung des Kreislaufs. Mehrfach vorgenommene Untersuchungen haben das gleichzeitige Vorhandensein aller genannten Kriterien zu belegen.

*

15.50 ¼ gr M/S gegen starke Schmerzen 17.10 Klagt weiter üb. Schm. 2 gr. Lumin. gegeben. Kl. Menge Essen gen. Sofort erbrochen Kl. M. dkl. Füssigkeit 18.00 Starke Schmerzen ¼ gr. M/S gegeben Eiskrem 20.30 ¼ gr M/S geg Schm. 3 gr Amyt. schlechte 8 Std meist durcheinander, will nach Hause. Enkeltochter am Bett.

*

Aus weiter unten differenzierter zu behandelnden Gründen stellt sich aus medizinischer Sicht immer dringlicher die Frage, auf welche Etappe des Sterbens für die Definition des Todes abgestellt werden soll. Begriffe wie Partialtod, Organtod oder auch Individualtod tragen dem Umstand Rechnung, daß reversible oder irreversible Schädigungen bestimmter Organe auftreten können, während zahlreiche andere Organfunktionen im Gesamtorganismus mehr oder weniger störungsfrei ablaufen. Der Funktionsausfall als solcher läßt einen definitiven Rückschluß noch keinesfalls zu. Ebensowenig ist auch vom Organtod des Gehirns bereits dann auszugehen, wenn bei Ausfall wesentlicher Hauptfunktionen Restfunktionen weiterhin bestehen. So kann Bewußtlosigkeit allein kein Kriterium sein. Von einem Gehirntod ist erst dann zu sprechen, wenn die Gewebestruktur des entsprechenden Organs endgültig und total zerstört ist. Ein dem Geschehen vorausgegangener Kreislaufstillstand läßt einen definitiven Hirntod bereits als sehr wahrscheinlich erscheinen.

*

23.10 Wach, erbr. immer wieder, durcheinander 23.45 Kl. üb. Schm. 23.55 Dram. 50 mg geg. Erbr. ¼ gr. M/S geg Schm.

*

Erst wenn in sämtlichen Zellverbänden und Organen sämtliche vitalen Stoffwechselvorgänge zum endgültigen Erliegen gekommen sind, ist die Annahme berechtigt, daß der Totaltod eingetreten ist. Hieraus folgt, daß weder aus medizinischer noch auch aus rechtlicher Sicht ein klinischer Tod als Ende des menschlichen Lebens gelten darf. Nach Meier-Eggebrecht kann von einer Leiche im eigentlichen Sinne erst dann die Rede sein, wenn der Totaltod eingetreten ist. Aus den weiter oben bereits ausführlich dargelegten Gründen ist aber diese Auffassung des Totaltodes weder im medizinischen. Noch. Vielmehr zwingen alle bislang bekannt gewordenen medizinischen Erkenntnisse dazu, auch in rechtlicher Hinsicht zwischen dem definitiven Untergang lebenwichtiger Organe und ihrem reversiblen Funktionsausfall. Mit anderen Worten.

24

Die Erinnerung an die Stadt fällt mir schwer. Lieber, denke ich, würde ich drei Jahre überspringen und anderswo sitzen, in Münster vielleicht, draußen im Garten vom alten Gasthaus Homann. Von den Bäumen fielen die Blätter herab und meine Freundin K sitzt neben mir, fängt sie auf mit den Händen und fragt: kann man Hugo von Hofmannsthal denn heute wirklich noch lesen. Auf dem Kanal tutet ein Schiff.

Mir fällt noch früh genug ein: Nur Kinder tragen eine Lügenuhr am Handgelenk, stellen sie vor und zurück, und wenn man sie fragt, was sie denn spielen, sagen sie: Zeit. Auf ein paar Jahre kommt es ihnen noch nicht an. Aber seitdem ich weiß, daß ich sterben muß, zähle ich auch meine Stunden.

Drei Jahre will ich in der Stadt gelebt haben. Ich muß genauer sein. Es waren drei Jahre, zwei Monate und dreizehn Tage. Ich mache die Rechnung auf, trage alles zusammen. Die Häuser sind grau, aber die Bäume grün und an den Geruch gewöhnt man sich schnell. Von Trostlosigkeit will ich nicht reden. Auch die Gesichter der Frauen, wenn sie am Freitag aus dem Aldi kommen, beschreibe ich nicht.

Was zählt, sind Tatsachen. Ich gehe wieder zur Schule. Ich arbeite in den Ferien im Werk. Ich lerne, wie man in einer Dunkelkammer Filme einlegt in Kassetten. Ich wohne in einem richtigen Hochhaus. Bei klarem Wetter sieht man bis zum Kölner Dom.

Tatsachen zählen. Das tote Mädchen im Fahrradkeller ist eine Tatsache. Der Aldi direkt neben der Türe. Manchmal liegen Flugblätter in den Briefkästen, die die Bevölkerung vor einer langsamen Vergiftung warnen. Irgendwann auch die Fotos: zwei Männer, eine Frau, alle drei sind nackt, über dem Gesicht der Frau liegt ein Schleier.

Daß es die Rothaarige aus dem zwölften Stock war, will keiner beschwören. Auch weiß niemand, ob ihr Mann sie drei Nächte später wirklich erschlagen hat oder doch erschossen. Als am nächsten Morgen die Feuerwehr gekommen ist, haben sie die Bahre gleich zugedeckt und man hat nichts sehen können. Vielleicht war es auch das Mädchen aus dem Fahrradkeller, dessen Namen niemand weiß.

Wenn ich wachliege im Morgengrauen und es ist noch ganz still, auf der Autobahn fahren erst wenige Autos, ist mir, als ob ich sie kenne wie mich selbst, und ich will zur Polizeiwache gehen und alles erzählen. Ihr Leben. Ihren Tod: Aufmachen, hat in der Nacht eine in die Sprechanlage gerufen, aufmachen oder ich bringe mich um.
Aber dann war es doch ein Fahrradkeller in einem anderen Haus oder ein anderes Mädchen und ich habe es nur in der Zeitung gelesen. Wer das nicht auseinanderhält, liegt wach in der Nacht und hört zu. Die Betonwände leiten alles weiter.

*

Wo ist er, schreit der Mann, reißt Türen auf, verrückt die Schränke. Wo hat sich die Sau versteckt. Du bist ja wahnsinnig, sagt eine Frauenstimme, immer dieselbe, hier ist nie einer gewesen. Ich höre lautes Klatschen. Laß das. Du tust mir weh. Und etwas schlägt gegen die Heizungsrohre. Wenn du mich nicht sofort in Ruhe. Und etwas fällt zu Boden. Dann schreie ich. Schlägt gegen die Heizungsrohre. Laß mich. Schlägt gegen die Heizungsrohre. Ich schreie um Hilfe. Schrei doch, schreit der Mann. Schrei doch endlich! Klatschen. Los! Du sollst schreien. Hörst du. Und: Du treibst mich noch in den Wahnsinn. Das schrille Lachen. Dazu gehört nicht viel, schreit die Frauenstimme. Dazu gehört weiß Gott nicht viel. Klatschen. Schreien. Klatschen. Und immer wieder schrilles Lachen. Später ein Schuß. Bestimmt ein Schuß. Dann wird es still, ich schlafe ein.
Und ich träume, ich will hinaus aus der Stadt, aber eine hohe Mauer hält mich auf. Die Stadttore heißen Pförtner eins. Pförtner zwei. Pförtner drei. Pförtner vier. Ich zeige meinen Passierschein vor und sage das Losungswort. Der

Pförtner schüttelt den Kopf und hält die Tore verschlossen. Er riecht, ob man dazugehört.
Dann wache ich auf, es wird hell vor dem Fenster, und als ich wieder einschlafe, bin ich schon draußen, und das Meer rauscht so laut wie die Autobahn. Nicht träumen, schreibe ich in den Sand, denken. Jan wischt es aus mit seinem nackten Fuß, und ich liebe ihn gleich. Wie schön du lachst, sagt er. Und ich erzähle von der Stadt und dem Geruch in den Straßen und lache. Sobald man morgens aus dem Haus tritt, lösen sich die Seidenstrümpfe auf. Und ich zeige ihm die Laufmaschen und lache. Von meiner Angst erzähle ich, nachts im Flur, zwischen den Wänden aus Beton, während ich auf den Aufzug warte. Ich steige ein, die Türe geht zu. Vielleicht steht schon einer im Keller und holt mich im Aufzug zu sich nach unten. Daß du noch so lachen kannst, sagt Jan. Und ich lache, erzähle von Jansen. Ich wünschte, sage ich zu meinem neuen Freund, die Sätze würden mir nicht so leicht über die Lippen gehen, als käme es auf den einzelnen nicht an. Wenn einer nach Worten sucht wie Jansen und gar nicht lacht dabei. Wenn er zu große Worte findet. Und manchmal fängt er Sätze an und kann sie nicht zu Ende bringen. Da hängt dann ein Gewicht an den Sätzen. Diese Sehnsucht nach Ernsthaftigkeit, habe ich gesagt: du weißt, was ich meine. Aber Jansen, verstehst du, der kennt das nicht. Jansen ist einfach ernsthaft, habe ich gesagt und gelacht.

*

Auf alten Gemälden, fällt mir ein, stellen die Maler ihre Figuren vor einen Goldgrund, um sie der irdischen Schwere zu entheben. Und einen Augenblick lang sehe ich Jansens Gesicht vor mir, wie es sich mit seinen dichten schwarzen Brauen abhebt von einer matt schimmernden

Fläche aus Gold. Aber dann male ich mir doch einen Hintergrund aus, der zu Jansen paßt. Ich setze ihn auf seinen Platz in die Werkskantine und mich selber ihm gegenüber. Als ich ihm dann meinen Traum erzähle, verändere ich nur seinen Namen. Alles andere lasse ich so. Er hat sich nicht erkannt. Aber Pförtner kann er auch nicht ausstehen.

*

Wie sie die Kollegen nach der Schicht beiseite rufen, sich die Aktentaschen zeigen lassen, den Mantel. Ein paarmal mußte er die Manteltasche sogar nach außen kehren. Die wissen natürlich, daß er seit vielen Jahren überzeugter Kommunist. Die wissen auch, daß sie bei ihm nichts finden. Wenn sie es trotzdem tun, sagt Jansen, dann nur aus Schikane. Diese Herabwürdigung des Menschen innerhalb bestimmter Abhängigkeitsverhältnisse.

*

Ich könnte ihn auch vor eine großgemusterte Tapete stellen, der Teppich paßt meist nicht dazu, man fühlt sich gleich zu Haus. Man kennt das Aquarium im Hintergrund, von einer roten Lampe angestrahlt. Auch die Schleiflackmöbel kennt man längst. Die Anrichte in der Küche, mit d-c-fix beklebt. Man läßt sich in einen Sessel fallen, zum Beispiel ockerfarben. Zum Beispiel Kunstleder. Und Jansen sagt: Hier ist dein Platz. Und er sagt: Du gehörst zu uns. Und er sagt.

*

Wenn Jansen ein Buch schreiben würde, was ja nun leider nicht geht. Er kann sich nicht so gut ausdrücken und hat auch nicht studiert. Wenn Jansen ein Buch schreiben würde. Er würde nichts verschweigen. Das erhöhte Krebsrisiko im Sc-Betrieb würde er behandeln. Überhaupt die Krebsstatistik. Und daß die Krankheiten, die durch den Gebrauch von Medikamenten erst verursacht werden, schon an dritter Stelle stehen. Der Schwefeldioxydgehalt der Luft: was meinst du denn, fragt Jansen, wieviele Kinder schon im Kindergarten eine chronische Bronchitis haben.

*

Jansens Buch würde damit aufhören, daß alles anders werden muß.

*

Jansen sagt: Der Künstler muß die Wirklichkeit zeigen. Ja, sage ich. Wie sie ist, sagt Jansen. Ja, sage ich.

*

Die Schornsteine immer höher und die Flüsse voller Kläranlagen: technisch wäre das möglich.

*

Ich könnte Jansen auch ans Mikrophon holen wie damals im Gemeinschaftshaus. Ich weiß, würde er zu Herbert Lederer vom SDS sagen, Sie sind an Studenten gewöhnt. Aber heute abend sind Sie in unsere Stadt gekommen. Sie wissen: das ist eine Arbeiterstadt und es sind fast ausschließlich Arbeiter anwesend in diesem Raum, um Ihren Vortrag zu hören. Sie werden nie, beendet er dann seine Einführung, aufmerksamere Zuhörer gehabt haben.

Und Herbert Lederer hat seine ganz besondere Freude zum Ausdruck gebracht, gerade hier und vor jenen reden zu dürfen, die stets von Notstandsmaßnahmen am ersten betroffen würden. Dann hat er an die Weimarer Republik erinnert.
Und ich sehe Jansen vor mir, wie er vorschlägt, daß jeder Diskussionsteilnehmer vor seinem Redebeitrag Namen und Beruf sagen soll, damit man weiß, mit wem man es zu tun hat. Und Jansen hat gleich den Anfang gemacht. Jansen, sagt er. Chemiearbeiter.

*

Ich weiß nicht, ob es wirklich Jansen war, der gesagt hat, ich könnte ja hier und da einen schönen Satz einflechten, eine kleine Geschichte, vielleicht auch einen Vers.

*

Die Kittel sind grau, über den Haaren tragen wir Netze. Wir stellen uns in einer langen Reihe auf, eine hinter der anderen. Wir fassen uns bei den Schultern, die erste öffnet die Türe. Hinter ihr ist es dunkel, aber sie hat eine Taschenlampe, geht vor. Achtung, sagt sie, jetzt ein bißchen rechts. Vorsicht, eine Maschine. Achtung, sagt sie, jetzt ein bißchen links. Dann sagt sie Halt. Und wir gewöhnen uns an das Dunkel, sehen bald die grünen Lämpchen, setzen uns an unseren Platz. Wenn wir die Umrisse erkennen, fangen wir an.
Wir nehmen eine Kassette. Wir öffnen die Kassette. Wir nehmen einen Film. Wir legen ihn rechts in die Kassette ein. Wir suchen den Filmanfang. Wir ziehen den Filmanfang von der rechten auf die linke Seite. Wir spannen den

Film. Wir suchen den Deckel der Kassette. Wir haben ihn zu weit nach rechts gelegt. Wir verlieren vier Sekunden. Wir finden den Deckel. Wir legen ihn auf die Kassette. Wir drücken ihn fest an. Wir werfen die fertige Kassette in den kleinen Wagen neben unserem rechten Bein. Wir nehmen die nächste Kassette. Wir öffnen die Kassette. Wir nehmen den Film. Legen ihn ein. Suchen den Anfang. Ziehen ihn auf die andere Seite. Spannen. Deckel auf die Kassette. Fest andrücken. Wagen. Nächste Kassette. Film. Einlegen. Spannen. Deckel. Wagen. Kassette.
Kassette. Kassette. Kassette.

*

Ich versuche auszurechnen, wieviele Kassetten am Ende der Woche das Werk verlassen. Hunderttausend vielleicht, denke ich. Ich versuche, mir hunderttausend Kassetten vorzustellen. Eine Kassette und noch eine, denke ich, und noch eine und noch eine. In der folgenden Woche wieder hunderttausend, aber in der dritten setzt irgendwer den Akkord höher und dann sind es doppelt soviel oder mehr. Und ich stelle den Film auf Zeitraffer und lasse die Menschen schneller in die Geschäfte laufen und immer schneller. Hinein in die Geschäfte, da kommen die ersten schon wieder heraus, den Fotoapparat über der Schul-, nein, sie haben ihn Klick: schon in der Hand.
Dann im Feuerwerk der Blitzlichter hunderttausend Verkäufer. Die Verkäufer bilden eine Kette von den Regalen bis an die Tür und befördern die Kassetten hinaus. Die Kassetten fliegen von einer Hand zur andern und der letzte Verkäufer reicht sie dem ersten Kunden in der Käuferschlange und nimmt das Geld dafür und gibt es weiter an seinen Kollegen. So befördert jeder Verkäufer

mit der rechten die Kassetten, mit der linken gibt er das Geld weiter, und während noch die Kassetten mit den leeren Filmen hinausgehen, bildet sich eine zweite Schlange. Wer eben noch in der ersten seine Kassette leer in Empfang genommen hat, reicht sie hier mit dem vollen Film zum Entwickeln zurück.

Währenddessen sitze ich in der Dunkelkammer und lege die Filme schneller ein und immer schneller, zweihunderttausend Kassetten für zweihunderttausend Apparate für zweihunderttausend mal vierundzwanzig Bilder. Die Stadt vom Balkon. Das Hochhaus von unten. Das Wohnzimmer mit der Marmortapete, im Hintergrund das Aquarium. Noch einmal die Stadt vom Balkon. Die Autobahn vom Schlafzimmerfenster aus. Das Einkaufszentrum. Der Ausgang im Aldi mit der doppelten Drehtür. Papa mit dem Fotoapparat in der Hand. Mama mit dem Fotoapparat in der Hand. Das Büdchen: die Verkäuferin lächelt. Und dann im Dunkeln: Die Lichter der Stadt vom Balkon. Die Scheinwerfer auf der Autobahn. Im Hintergrund das Bayer Kreuz. Ein neuer Film: Die Bank im City-Abschnitt C. Der Bankschalter: Hier bedient Sie Fräulein Gerok.

Fräulein Gerok grüßt höflich, aber nicht freundlich.

Fräulein Gerok grüßt nur die Kunden, aber auch auf der Straße.

Fräulein Gerok arbeitet länger, wenn es sein muß.

Fräulein Gerok geht gern eine Stunde später nach Hause.

Fräulein Gerok liegt betrunken im Flur.

Ich hebe sie auf, frage, wo sie wohnt, bringe sie hinauf zum siebten Stock, nehme ihr den Schlüssel aus der Hand und schließe auf. Sehe: Klick: die leeren Flaschen. Klick: das schmutzige Geschirr. Klick: das ungemachte Bett.

Dann mache ich alles wieder gut und setze Fräulein Gerok

in weißer Bluse hinter den Schalter. Allerdings mit Lockenwicklern. Ich drehe den Film weiter. Der Filialleiter schlägt die Hände über dem Kopf zusammen. Aber Fräulein Gerok, sagt er wahrscheinlich und riecht auch den Schnaps. Die Zeit wird immer knapper, könnte Fräulein Gerok antworten. Dabei zittern ihr die Hände.

Am Sonntagmorgen darf sie auf dem Sofa sitzen. Das Geschirr hat sie gespült, die leeren Flaschen längst versteckt und auch das Bett ist gemacht. Wahrscheinlich sogar frisch bezogen. Sie liebt einen verheirateten Mann, sage ich zur dicken Windscheid neben mir, aber die nimmt eine Kassette und sagt: dabei kann man natürlich den Akkord nicht schaffen. Ich nehme die nächste Kassette. Auf dem Tisch liegen Zigarren. Daneben eine Flasche Wein. Ich öffne sie. Liebfrauenmilch vielleicht. Den Schnaps will sie sich abgewöhnen. Lege den Film ein. Zwei Gläser. Als junges Mädchen trank sie doch nur Saft. Ich suche den Anfang. Ich ziehe ihn auf die linke Seite. Fräulein Gerok sitzt und wartet. Ich befestige den Anfang. Fräulein Gerok sitzt und wartet. Ich suche den Deckel. Fräulein Gerok sitzt. Lege den Deckel auf die Kassette. Fräulein Gerok schaltet den Frühschoppen ein. Deckel fest andrücken. Werner Höfer sagt: Darauf wollen wir gemeinsam das Glas erheben. Die Kassette in den Wagen. Wenn der Wein zu Ende ist, versteckt Fräulein Gerok die leere Flasche und stellt eine neue auf den Tisch. Damit es nicht zu trostlos wird, füge ich einen schönen Satz ein. Mein Goldkind, könnte er anfangen, mein Liebes, mein Engel. Und aufhören würde er: Für immer und immer. Dazwischen hätte er in der Türe gestanden und wäre hereingekommen und hätte sie in die Arme genommen.

Wenn Fräulein Geroks Schwester zwei Monate später die Wohnung aufräumt und das Bild sieht, könnte sie am

Abend zu ihrem Mann sagen: ist das denn nicht ihr Chef. Aber da arbeitet Fräulein Gerok schon nicht mehr in der Bank und ihr Chef ist auch nicht mehr ihr Chef.
Aufmachen, lasse ich sie zum Schluß noch in die Sprechanlage rufen: aufmachen oder ich bringe mich um. Aber auf dem Film sieht man nur einen aufgerissenen Mund. Und in dreizehn Stockwerken stehen Menschen an ihren Sprechanlagen und hören zu.

*

Von Trostlosigkeit will ich nicht reden. Wenn die Ferien vorüber sind, trete ich aus der Dunkelkammer, nehme die zweitausend Mark, wiederhole die Formel für den Jahreszins und bin schon auf dem Weg zur Schule. Muß nur noch an der Ampel warten. Das wäre wohl die Zeit für einen schönen Vers, könnte man meinen. Aber wer den Weg zum Erfolg über den Gymnasialen Zweig der Höheren Handelsschule nimmt, der läßt die Verse hinter sich und spricht dort an der Ampel stehend nicht: wir sind aus solchem Zeug wie das zum Träumen. Statt dessen stellt er sich eine Aufgabe. Zweitausend bei 4% in einem Jahr: k mal p mal j durch hundert. Und hat, wenn die Ampel wieder auf Rot springt, achtzig Mark mehr in der Tasche. Nur das Jahr müßte schon um sein.
Aber so schnell geht das nicht. Vorher schreiben wir noch zu zurück zum zur in unsere Stenohefte. Immer wieder: zu zurück zum zur. Für die schlechten Zeiten gibt es keine Kürzel. Drei lange Jahre bleiben drei Jahre lang.
Wir brauchen viel Zeit und schreiben die Beispiele erst langsam, dann schneller. Wir schreiben zügig und deutlich. Wir merken uns die r-Verbindungen, die s-Verbindungen, die l-Verbindungen. Wir unterscheiden die enge Verbindung ver von der weiten Verbindung vor.

Wir schreiben zuerst langsam: In unserem Fahrradkeller lag ein totes Mädchen. Wir schreiben schneller: Wie hingeworfen, hat der Polizist gesagt. Wie hingeworfen. Wir unterstreichen das Kürzel hin. Wir schreiben zügig und deutlich: Es ist schon etwas Wahres daran: wer versorgt, lebt ruhiger, gesünder, länger. Wir berichtigen den Fehler. Es ist schon etwas Wahres daran: wer vorsorgt, lebt ruhiger, gesünder, länger. Wir unterstreichen die richtige Version und denken daran: ver = enge Verbindung, vor = weite Verbindung. Wir schreiben etwas schneller, aber immer noch deutlich: Man muß also rechtzeitig vorsorgen, ehe Krankheiten auftreten, für die dann kein Versicherungsschutz mehr möglich ist.

Wir achten auf die Häkchen: es, so, ohne, und, usw, sei, seid, vielleicht, vom. Wir wiederholen die Häkchen: es, so, ohne, und, usw, sei, seid, vielleicht, vom. Und können noch schneller schreiben.

Wir schreiben noch schneller: Sehr geehrte Herren. Es ist mir unangenehm, daß in den bisher so guten Geschäftsbeziehungen zwischen Ihnen und uns durch die Zahlungsverzögerung eine Trübung eingetreten ist. Gestatten Sie mir bitte eine kurze Aufklärung. In der Nacht vom siebzehnten auf den achtzehnten Februar kam mein Vater früher als sonst von der Nachtschicht nach Hause zurück und glaubte, als er die Korridortür aufschloß, Stimmen im Schlafzimmer zu vernehmen. Das Gewehr stammte noch aus dem Krieg. Es hatte die ganzen Jahre in einem Schrank im Flur gehangen, weil, wie Sie vielleicht verstehen werden, niemand je zuvor ernsthaft an eine solche Möglichkeit gedacht hatte. Ich selber befand mich nicht zu Hause und hatte somit keinen Einfluß auf das Geschehen. Nach Aussagen einiger Bewohner aus dem elften Stock – meine Familie wohnt, beziehungsweise wohnte im

zwölften – hat meine Mutter noch gerufen, es sei doch niemand hier. Da fiel aber schon der Schuß.
In den letzten beiden Monaten habe ich nun die Papiere meiner Eltern gesichtet. Es dauerte länger als vorgesehen. Auf Ihre Rechnungen und die beiden Mahnungen bin ich erst gestern gestoßen, da sie fälschlicherweise zwischen den Quittungen, zudem noch sehr weit hinten, eingeheftet waren. Inzwischen habe ich die sofortige Überweisung des fälligen Versicherungsbetrages veranlaßt. Bitte entschuldigen Sie die Verzögerung. Sie wird mit Sicherheit eine Ausnahme bleiben.
Wir unterstreichen die Häkchen. Dann gehen wir in die Pause, denken an Jansen und nutzen die Gelegenheit für eine kleine Geschichte.

*

Als Lina gestorben ist und tot, fährt sie hinaus aus der Stadt, der Pförtner öffnet das Tor. Im schwarzen Wagen rollt sie dahin zurück, wo alles angefangen hat. Und Lina liegt ganz still in ihrem weißen Kleid, die Haare hat sie zu Zöpfen geflochten, die Hände auf der Brust gefaltet. So geht es in Ulentrop den Weg zum Friedhof hinauf, und Mamas Traum geht fast in Erfüllung. Nur sind keine nackten Menschen da. Frau Hachmann sitzt oben auf der Bank und wartet, hält das Gesicht in die Sonne, aber die Sonne wärmt nicht im Februar, und Frau Hachmann wird sowieso nicht mehr warm.
Später, wenn alles erledigt ist, steht Klauken Fidi vor dem leeren Grabstein, nimmt den Meißel zur Hand, eine Flasche mit Schnaps, trinkt einen ersten Schluck und denkt nach. Eine Inschrift will gut überlegt sein. Und wenn der Abend kommt und Klauken Fidi steht immer noch da und trinkt und denkt und denkt und trinkt und hat die

Jahreszahlen noch immer nicht geschrieben, fängt Linas Auferstehung an. Aber davon wissen wir noch nichts in der Stadt. Wir gehen zurück ins Klassenzimmer und lernen Maschinenschreiben. Mit den Drillübungen fangen wir an und führen sie gewissenhaft durch.

*

Die Griffe sind fehlerlos auszuführen, mit tadelloser Hand- und Körperhaltung und blind, ich wiederhole: blind, erst langsam, dann in steigender Geschwindigkeit. Wir schreiben also.

ffrtgf jjuzhj ffrtgf jjuzhj ffrtgf jjuzhj ffrtgf j
ffgbvf jjhnmj ffgbvf jjhnmj ffgbvf jjhnmj ffgbvf j
ff5f6f jj7j8j ff5f6f jj7j8j ff5f6f jj7j8j ff5f6f j

Ziel der Übung ist die Mechanisierung der Griffolgen. Erst wenn eine tadellos ruhige Haltung beider Hände erreicht ist – nur die Finger der schreibenden Hand dürfen sich bewegen –, sind auch Texte heranzuziehen. Dabei sollten sowohl seltene als auch häufig vorkommende Situationen als Vorlage dienen. Seltene Situationen verursachen vielfach Stockungen, da sie ungewohnt sind. Bei häufig vorkommenden Situationen besteht andererseits die Gefahr verminderter Konzentration, da sich der Schreiber zu sicher fühlt. Die Übungen sollten zeitgemäße Wörter und Begriffe bevorzugen. Wir schreiben also.

Herr Direktor Müller bestellt ein Taxi. Das Taxi kommt nicht. Herr Direktor Müller eilt mit seinen Koffern auf die Straße und winkt einem anderen Taxi. Es dauert jedoch Ewigkeiten, bis der Fahrer endlich gewendet hat, die Ampeln stehen alle auf Rot, vielleicht ereignet sich noch ein Verkehrsunfall, in den ein Schüler und eine alte Frau verwickelt sind. Beim Aussteigen sucht Herr Direktor

Müller vergeblich sein Geld, der Fahrer weigert sich, den Scheck anzunehmen, und am Ende hat Herr Direktor Müller trotz aller Hast sein Flugzeug verpaßt. Aber am Abend, als Herr Direktor Müller unzufrieden zu Hause sitzt und an Mister Smith denkt, seinen englischen Geschäftspartner in London, der nun vergebens auf ihn wartet, hört er in den Nachrichten: Es gibt keine Überlebenden.

Wir steigern allmählich das Tempo. Denken während des Schreibens stört die Geläufigkeit und sollte vermieden werden. Diesbezügliche Schwierigkeiten sind durch intensives Üben zu überwinden.

Wir schreiben blind.

Sogar Leverkusen hat die Ausläufer der Studentenbewegung zu spüren bekommen. Nicht nur Herbert Lederer ist zu einem Drei-Stunden-Vortrag in die Stadt gekommen, auch Ekkehard Krippendorf hat in der Volkshochschule über Lateinamerika diskutiert.

Wir schreiben langsam und achten auf die schöne und übersichtliche Gestaltung.

Wir haben das Kursbuch gelesen.

Wir haben in der Schule eine Raucherecke eingerichtet.

Wir haben in Arbeitsgemeinschaften die Verflechtungen der internationalen Konzerne im Zusammenhang mit den Profitinteressen des Kapitals besprochen.

Wir schreiben in steigendem Tempo. Wir haben Wochenendseminare über Kriegsdienstverweigerung besucht. Pastor Schmidt ist dabeigewesen. Wir haben die Arbeiterwohlfahrt besetzt. Pastor Schmidt ist dabeigewesen. Wir sind nach Bonn gefahren und haben gegen die Notstandsgesetze demonstriert. Pastor Schmidt hat eine rote Fahne getragen. Wir haben in der Höheren Handelsschule das Wahlfach Philosophie belegt. Wir sind stolz gewesen, daß

unser Vater Arbeiter ist. Wir haben uns gefreut, als Heinemann Bundespräsident geworden ist. Wir haben uns gefreut, als Brandt Kanzler geworden ist. Wir haben geglaubt, wir hätten uns in Jansen verliebt.
Wir wenden unsere Aufmerksamkeit wieder der tadellos ruhigen Haltung unserer Hände zu. Nur die Finger der schreibenden Hand dürfen sich bewegen. Wir schreiben schnell und konzentriert.
Wir haben geglaubt, daß die Erde sich bewegt. Aber hinterher stand sie ganz ruhig an ihrem Platz.
Wir wiederholen die Übung.
Wir haben geglaubt, daß die Erde sich bewegt, aber hinterher stand sie ganz ruhig an ihrem Platz.
Wir wiederholen die Übung und achten auf die schöne Gestaltung.
Wir haben geglaubt, daß die Erde
sich bewegt, aber
hinterher stand sie ganz ruhig
an ihrem Platz.
Je öfter diese Übung korrekt geschrieben wird, desto sicherer wird der Schreiber. Je öfter diese Übung korrekt geschrieben wird, desto sicherer wird der Schreiber. Je öfter diese Übung korrekt geschrieben w

25

Wenn wir den Text häufig genug wiederholt haben, um ihn auch blind schreiben zu können, nehmen wir das letzte Blatt Papier aus der Maschine, drehen es um, spannen es neu ein und schreiben blind weiter. Es ist auch sowieso schon dunkel, und in Ulentrop packt Klauken Fidi seinen

Meißel weg, die leere Flasche läßt er liegen. Den Grabstein hat Fidi fast fertig: Er hat 1976 eingemeißelt, wie versprochen, obwohl die Sechs viel schwerer geht. Das ist noch fünf Jahre hin und reicht sogar für Amerika. Einer soll es schaffen. Den Grabspruch machen wir später, wenn Lina Schulte wirklich tot ist.

Und um weiter keine Zeit zu verlieren, setzt Lina dann ihren Hut auf, den schwarzen mit der roten Rose, und packt auch nur das nötigste ein. Danziger Goldwasser geben wir ihr mit auf den Weg. Sandelholzseife und Lenes Bild. Leicht muß das Gepäck sein, ein Floß trägt nicht viel. Aber leichter als Lina ist so leicht niemand.

Und als sie dann über den Ozean fährt und das Lied von der Welt singt, die weit ist, und sich noch einen Schluck Danziger Goldwasser eingießt und auch uns dabei nicht vergißt und als wir unser Goldwasser dann auch trinken und dabei immer schneller auf die Tasten schlagen, während die Wolken über den Meeresgrund schwimmen und die Fische am Himmel, können wir auch schon die Küste sehen. Und wir sehen, wie die Freiheitsstatue ihre Arme ausbreitet, und zehntausend Tellerwäscher schwenken ihre rotweißgestreiften Tücher und freuen sich schon darauf, wenn sie einmal Millionär sein werden, und schwenken immer weiter ihre Tücher, jedes mit einundfünfzig Sternen darauf, und dreitausend Collegegirls werfen ihre Beine mit den weißen Stiefeln in die Luft, und als wir dann auf die Tasten trommeln, viel lauter und schneller als wir es je gelernt haben, so laut, daß es von der Ostküste bis zur Westküste dröhnt, als Konfetti durch die Luft fliegt, Blumen vom Himmel regnen und Luftschlangen ihre Köpfe aus den Fenstern stecken, da legen wir an. Und Lina verläßt ihr Floß und geht ans neue Land. Daß die Sonne so rot sein kann.

26

Leicht gerät man in eine Geschichte hinein, weit schwerer ist es, hindurchzufinden und wieder hinaus. Ich stelle mir vor, ich erreiche schreibend jenen Punkt, in dem alle Fäden zusammenlaufen. Die halben Sätze werden ganz, unfertige Gedanken zu Ende geführt. Von niederen zu höheren Stufen wäre die Geschichte fortgeschritten und wir mit ihr und stünden nun da am höchsten Punkt und schauten hinunter auf ein schönes Bild. Was vorher Scheitern und Verwirrung schien, durchkreuzte Pläne, abgerissene Lebensläufe: es fügte sich zu einem neuen Sinn.

Wenn eine Lehrerin werden will und es nicht darf, in Ulentrop bleibt, anstatt mit Lene wegzugehen, sich Bernhard nimmt und wieder verliert und hinterher in Leverkusen stirbt, weit weg von Lene und Ulentrop und ganz allein.

Oder andere, die erst noch Glück haben: Liebe und Freiheit zum Greifen nah, aber dann doch wieder alles verlieren. Und werden geschlagen, gerädert. Mit glühenden Eisen gebrannt. Geraten noch als Tote hinter Gitterstäbe, und hinter Gitterstäben noch das höhnische Gelächter von denen, die schon alles wußten. Und hängen jetzt an der Lambertikirche, seit 450 Jahren schon und noch auf lange Zeit.

Und alle anderen, gebrannte Kinder, die nicht hören wollten: auf Mama nicht und nicht auf Schaaken Nölle, auf Binsteins Hanno nicht und nicht auf Bischof Franz. Die hinauswollten aus der Enge und immer weiter und höher hinaus, mit Regenschirm und ohne. Wenn der fliegende Robert nach Hause käme, was könnte er nicht erzählen.

Von einem wissen wir, der ist in einem Hochhaus gelandet, im elften Stock in Leverkusen, die Autobahn ganz in der Nähe, aber so weit oben hört man nichts davon. Ein anderer wird Professor in Münster, läßt dann sein Realismusseminar im Stich und auch seine Frau und geht lieber nach Griechenland. Der dritte will nach Amerika, bleibt aber dann doch zu Hause und wird Professor in Münster. Der vierte geht weg aus der Stadt und kommt sogar bis China. Und dann noch das Mädchen, das nicht wie Mama leben will und wird lieber Studentin in Münster. Sie hätte Lehrerin werden können und auch dürfen, anders als Lina, aber ist es dann doch nicht geworden. Auch das hätte am Ende seinen Sinn.

*

Aber vorher gehe ich noch einmal über das Kopfsteinpflaster, vorbei am Dom, lese schon von weitem: Arbeiterkinder an die Universität und gehe auch richtig hinein und durch die große Eingangshalle zur Studienberatung der Roten Zellen. Ich klopfe an die Türe und trete ein. An den Wänden hängen die bekannten Plakate, die Tische voller Papiere, Flugblätter dazwischen, und an einem Tisch sitzt Ulli Schäfer und hat noch lange Haare, aber ich sehr nur Jan, so blond dieses Mal. Können wir dir helfen, fragt Ulli Schäfer und ich schaue in Jans grüne Augen und sage: ja. Ich sage: ja und lasse mir zeigen, wo die Kataloge stehen.

Ja, sage ich, ich habe braune Augen. Ja.

Bert Brecht suche ich im Autorenkatalog und: ja, heute abend habe ich Zeit.

Wenn ich über ein bestimmtes Thema: Realismusdebatte zum Beispiel. Ja. Dann suche ich am besten im Schlagwortkatalog.

Aber ja, ich möchte mich schon politisch. Auch Pizza esse ich gern.

Und: ja, ich komme mit ins Plenum. Die Demonstration: ich glaube schon.
Aber zuerst haben wir dann doch Pizza gegessen, dann haben wir uns geküßt, dann habe ich Jan erzählt, daß die eigentliche Geschichte eine Liebesgeschichte ist, und er hat nicht widersprochen. Erst am Nachmittag, als er im Hörsaal 2b vor dem Mikrofon gestanden hat – wie blond seine Haare sind, denke ich auf meinem Platz ganz hinten, und wie grün seine Augen –, sagt Jan: Genossen! Überwinden wir endlich unser kleinbürgerliches Bewußtsein. Und auch: Nur die Arbeiterklasse kann die historisch notwendigen Umwälzungen. Ja, sage ich, ja und ja und ja und nehme die rote Fahne in die rechte Hand, Jan hält meine linke, und wir reihen uns ein in den langen Zug zur Lambertikirche, noch einmal geht es über das Kopfsteinpflaster am Dom vorbei, und bei der Regensbergschen Buchhandlung biegen wir um die Ecke und: Freiheit, rufen wir, als wir die Käfige an der Lambertikirche sehen. Freiheit für.

*

Und rufen noch: Freiheit, als mir der Gedanke kommt, daß ich in meiner eigenen Geschichte wie in einem Käfig sitze, und da ziehe ich schon die ersten Linien von oben nach unten und verlängere seine Gitterstäbe aufs weiße Papier. Hoch hinge mein Käfig, vielleicht an der Lambertikirche. Ich sähe die Häuser, den Dom und noch darüber hinaus. Weit hin bis zum Kanal reichte mein Blick, ich könnte das Gasthaus Homann sehen und mich selber, wie ich dasitze mit meiner Freundin K. Auch den langen Weg, den ich gekommen bin, könnte ich überblicken, in der Ferne noch Ulentrop erkennen und in der anderen Richtung Leverkusen.

Das Gitter meines Käfigs zerteilte meine Welt in kleine Bilder von gleicher Größe, dicht nebeneinander die Zeiten und Orte, aber jedes doch vom nächsten getrennt durch einen Gitterstab und ganz für sich.
Wenn ich es mir gemütlich machen will, setze ich mich in der Mitte meines Käfigs auf den Boden und betrachte meine Bilder. Meinen Platz im Lesesaal kann ich dann sehen, direkt vor dem Fenster. Draußen rauschen Kastanienbäume, ein Klavier mischt sich darunter. Irgendwo spielt jemand eine endlose Melodie, manchmal hebe ich den Kopf und lausche, höre immer die gleichen Motive heraus. Dann die vielen Bücher vor mir auf dem Tisch. Später die Sitzung im Hunck-Seminar, als ich nach vorne gehe, das Realismus-Referat noch immer nicht zu Ende gebracht.
Wenn ich mich einem Bild nähere, der Wohnung in der Gertrudenstraße zum Beispiel, anderthalb Zimmer, geteilt mit K, und den anderen dabei den Rücken kehre, kann ich auch alle Einzelheiten erkennen: das Fenster zum Hof mit den Abfalltonnen. Den Ahornbaum. Die Teppichstange. Der Rasen, zertreten. Ich kann aber auch die Augen schließen und alle Bilder ordnen sich neu. Meine Wünsche noch hinein und den fliegenden Robert. Und dann den Kopf an die Gitterstäbe, die Augen wieder öffnen und ich sehe zwischen den Stäben hindurch: das Gitter vergessen und alle Bilder schließen sich zu einem einzigen zusammen. Ich kann lange so bleiben. Aus dem Käfig heraus kann ich nicht.

*

Ich bin jetzt damit ins Reine gekommen, schreibt einer am 10. Juni des Jahres 1777, daß nun einmal der ganze Plunder auf der Welt, so weit sie mir ohne Gewalt zu brauchen offen steht, keinen Dreck werth ist; ich kann mir keine Stelle denken, auf der mir wohl sein könnte, alles ist verdreht und nirgends Genuß für den ganzen Menschen, wenn nicht in Amerika Friede mit Freiheit kömmt – freyer Bürger auf eigenem Acker, das ist das einzige! da ist Beschäftigung für Körper, Gefühl und Verstand zugleich – alles andere, Wissenschaft und Ehre, und was wir sonst noch für schöne Raritäten haben, ist alles einseitig und barer Quark.

*

Allein die Energie und Kraft, die man für das bloße Übersehen der täglichen Misere braucht, hat ein anderer fast zweihundert Jahre später notiert. Ich mußte, da ich aus einem kleinen Ort im Westerwald stamme und das nächste Gymnasium in beträchtlicher Entfernung von meinem Elternhaus lag, jahrelang bei einer alten Tante wohnen. Nur unter Aufbietung aller meiner Kräfte habe ich den Abschluß am dortigen Humanistischen Gymnasium erreicht. Die vielen Verwandtenbesuche. Dazu die ständigen Busfahrten. Und dann die Zeit, die durch die Gartenarbeit verlorenging oder durch die von der strengen Tante befohlene Anwesenheit bei der sonntäglichen Messe. Von den Schwierigkeiten bei der Bücherbeschaffung will ich gar nicht erst reden.
Später, nach der Habilitation, bemühte ich mich allerdings darum, das mir bis dahin Entgangene rasch aufzuholen. So habe ich mich mit einem einzigen Anzug begnügt, um den größten Teil meines Einkommens für den Kauf neuer Bücher verwenden zu können. Meine Frau, mit der ich – das darf ich wohl sagen – eine ausgesprochen harmonische Ehe führe, hat bislang keine Einwendungen dagegen erhoben. Ein Ungenügen ist mir indessen immer geblie-

ben. Ich wollte glücklich sein und wußte nicht wie. Und häufig genug, wenn ich an meinem Schreibtisch sitze, um mich in meine Studien zu vertiefen, geht mir die Vorstellung von einem Land durch den Kopf, in dem jeden Tag die Sonne scheint. Blauer Himmel und das strahlende Licht. Ja, ich kann wahrhaftig sagen, daß sich alle meine Begriffe von Freiheit seit jeher in diesem hellen Licht verkörpern.

*

Was ist Glück, schreibe ich am 14. 11. 1973 in mein Tagebuch. Das Gefühl wird immer stärker in mir, daß es weit schwerer zu formulieren ist – wenn überhaupt – als Fortschritt oder historische Gesetzmäßigkeiten usw. (obwohl auch das mir zunehmend Schwierigkeiten macht), ja, daß es vielleicht nicht einmal in einem direkten Zusammenhang damit steht. Hätte Lina sonst nicht glücklicher sein müssen als ihre Mutter (was sie vielleicht auch war) – Mama wieder glücklicher als Lina – ich glücklicher als Mama usw. Und irgendwann hätten sich alle Hoffnungen erfüllt und die Menschen stünden ohne Hoffnung da. (Aber wäre das Glück?!!!)

*

Manchmal scheint mir, schreibe ich am 17. 11. 1973, daß wir das größte Glück gerade aus unseren Hoffnungen beziehen. Ich habe in den letzten Tagen häufig mit dem Gedanken gespielt, daß unsere Glücksvorstellungen im Augenblick ihrer Erfüllung schon wieder ins Leere laufen und sich ein neues Ziel suchen müssen. Meine frühere Idee, daß in jeder neuen Liebe alle alten enthalten sind, widerspricht dem ja auch nicht. (Mit K besprechen!)

Denke ich an die Hoffnungen, die ich in all den Jahren an das Studium geknüpft habe (in die allerdings, das weiß ich inzwischen, auch fremde Wünsche mit eingeflossen sind 〉 Projektion!!), so muß ich doch sagen, daß sie sich bisher nicht erfüllt haben. Ich habe es mir gedacht wie einen großen Sprung nach vorn – aus der Enge hinaus. Und daß endlich alles wirklich zusammenkommt: das Lesen – lange Gespräche usw.

*

2. 12. 1973: An Jansen gedacht. Wie er gesagt hat: da tut sich was, als wir nach dem Vortrag von H. L. über die Studentenbewegung gesprochen haben. Und jetzt das Gefühl, es hat sich schon alles getan. K meint auch, wir sind vielleicht zu spät gekommen. Die neuen Wörter schon zu oft gesprochen und alle schon wieder verbraucht.

*

14. 1. 74: Das Referat immer noch nicht fertig. Zwischendurch die Angst, daß mein ganzes Leben so ins Leere läuft.

*

In der gesellschaftlichen Produktion ihres Lebens, sage ich, gehen die Menschen ganz bestimmte, notwendige, von ihrem Willen unabhängige Produktionsverhältnisse ein. Ich blicke in aufmerksame Gesichter, die Kommilitonen sitzen in Hufeisenform, manchmal bewegt einer die Lippen, als spräche er mit. Und ich fahre fort: Die materiellen Bedingungen bestimmen den gesamten sozialen und geistigen Lebensprozeß. Und ich spreche langsam und deutlich und mit der richtigen Betonung.

Mit vier Jahren habe ich noch drei Kissen auf dem Stuhl gebraucht, damit ich über die Tischplatte kucken kann, wenn Lina den Struwwelpeter vor mich hinlegt. Das müssen Sie hören, sagt sie, wie das Kind lesen kann. Ich schlage das Buch auf und spreche langsam und deutlich und mit der richtigen Betonung:

Hui, wie pfeift der Sturm und keucht,

lege einen Finger unter die richtige Zeile und suche im Kopf den vertrauten Klang von Linas Stimme:

daß der Baum sich niederbeugt!

Und wenn ich am Ende der Seite ankomme:

Seht! den Schirm erfaßt der Wind

und eine kleine Pause mache, wie Lina sie immer macht an dieser Stelle, und dann fortfahre:

und der Robert fliegt geschwind

und dann auch richtig den Kopf hebe und Doktor Wiese ankucke, der sitzt mir gegenüber:

durch die Luft so hoch, so weit.

Dann sagt Doktor Wiese: das ist doch nicht wahr und ich sage:

Niemand hört ihn, wenn er schreit.

Und Doktor Wiese sagt noch einmal: das kann doch einfach gar nicht wahr sein, und ich sage:

An die Wolken stößt er schon

und lecke schon einmal mit der Zunge über den Zeigefinger, damit ich gleich besser umblättern kann:

und der Hut fliegt auch davon

und blättere dann um und gehe weiter im Text:

Die Gesamtheit dieser Produktionsverhältnisse,

und ich spreche laut:

worauf sich ein politischer und juristischer Überbau erhebt,

und ich spreche deutlich:

welchem bestimmte gesellschaftliche Bewußtseinsformen entsprechen
und mit der richtigen Betonung:
Wo der Wind sie hingetragen
Ich hebe den Kopf: Jan lächelt mich an:
Ja, das weiß kein Mensch zu sagen.

*

Bist du glücklich, Papa, und warum nicht. Ich kann es dir sagen. Weil du in ganz bestimmten Verhältnissen lebst, die einer ganz bestimmten Stufe der materiellen Produktivkräfte entsprechen. Das ist so, muß aber nicht so bleiben. Und ich zähle alle mir bekannten Widersprüche auf, erinnere an die Ungerechtigkeit der Einkommensverhältnisse. Wenn wir glücklich sein wollen, sage ich, müssen wir zunächst die Bedingungen ändern, unter denen wir leben. Und es gibt auch eine objektive Notwendigkeit dafür: die Arbeiterklasse als Subjekt der Geschichte.

*

Die Logik der Argumente, schreibe ich in mein Tagebuch, ist möglicherweise ein Beweis für ihre Richtigkeit. Trotzdem kommen mir manche Gedanken wie Kürzel vor. Aber ergänzen kann ich sie auch nicht.

*

Wir hätten schönere Worte wählen sollen, schreibe ich in meinem Käfig weiter, und einfach müssen sie sein. Vielleicht nehmen wir sogar die alten dazu. Und während ich näher an das Gitter trete, blicke ich schon mal hin-

über nach Leverkusen und lege die Hände zu einem Trichter zusammen. Wir wollen leben, rufe ich probeweise hinein, und es dauert auch gar nicht lange, bis die ersten die Fabriken verlassen. Wir wollen leben, schreibe ich noch einmal, aber dann schon etwas lauter: immer und immer und glücklich! und immer mehr Menschen drängen ins Freie und laufen schneller und immer schneller auf die Tore zu. Wir wollen leben, rufen wir im Chor, immer und immer und glücklich und ohne jede Angst. Die Schicht ist noch nicht zu Ende, ruft uns der Pförtner entgegen und stellt sich in den Weg. Aber da kommt ein Lachen auf, eine alte Frau hat damit angefangen, die in ihrer Nähe stehen, nehmen es und tragen es weiter, und es geht von einem zum anderen und durch das ganze Werk. Lachend öffnen wir die Dunkelkammern, lassen die Sonne hinein, belichten die Filme. Wir wollen leben, rufen wir dabei.
Und lachend werfen wir die grauen Kittel ab, die schwarzen Jacken aus Nappaleder, die Angst. Dreißig Pfund Übergewicht: wir werfen sie über Bord. Lachend schütteln wir den Aldi ab, das kleinbürgerliche Bewußtsein: wir brauchen es nicht mehr. Auch keine Nudeln, keine Konserven. Weg! rufen wir lachend, zerreißen den Bausparvertrag, das SPD-Parteibuch. Wir wollen faul sein, rufen wir, ein bißchen in der Sonne sitzen, vielleicht auch lesen und miteinander reden bis tief in die Nacht. Und gegen Morgen schlafen wir ein auch ohne Tabletten und wachen mit schönen Gesichtern auf. Wir wollen die Selbstbestimmung! Wir wollen noch größere Muster auf unseren Tapeten! Und die Anrichte in der Küche bekleben wir mit rotem d-c-fix. Wir wollen lachen, rufen wir lachend. Und lachend öffnet der Pförtner die Tore.

*

Bei all dem Gelächter ist mein Käfig in Bewegung geraten und schwingt hin und her wie eine große Schaukel, zuerst noch ein bißchen schwerfällig, aber als ich dann nachhelfe und im Rhythmus der Worte mitschwinge, hin und her, hin und her, und als ich dann noch in die Hocke gehe und mich wieder aufrichte und dem Käfig mit meinem ganzen Körper Schwung gebe, da fliegt er hoch hinauf, ich blicke über Städte, Wälder und Seen, und wenn der Himmel blauer wird und das Licht heller, sehe ich Professor Hunck, wie er auf Mykonos liegt, den ganzen Tag lang in der Sonne, und neben ihm sein junger blonder Freund. Sie liegen ganz still, halten sich nur bei der Hand. Erst wenn es dunkel wird, geht Hunck zum Telefon. Jetzt muß ich aber meine Frau anrufen, sagt er.

*

An dem bewußten Dienstagabend hatte Professor Hunck wie üblich mit seiner Frau zu Abend gegessen, in demselben grauen Anzug, den er gewöhnlich trug. Nach dem Abendbrot hatte er sich mit der Bemerkung in sein Arbeitszimmer zurückgezogen, er habe noch das morgige Realismusseminar vorzubereiten. Aber auch das ist ganz das Übliche gewesen; seine Frau hat ihn geküßt und ist gleich darauf zu Bett gegangen. Da Frau Hunck einen gesunden Schlaf hat, die Eheleute wegen der oft bis tief in die Nacht reichenden Arbeiten des Professors zudem getrennte Schlafzimmer bewohnten, hat sie nichts bemerkt. Am nächsten Morgen hatte der Professor das Haus bereits verlassen. In seinem kleinen braunen Lederkoffer hatte er nur wenige persönliche Gebrauchsgegenstände (Wäsche etc.) mitgenommen.
Auf dem Schreibtisch fanden sich einige Anmerkungen,

die er offenbar noch im Hinblick auf das Seminar niedergeschrieben hatte. Jede Empfindung, war auf dem zuoberst liegenden Blatt zu lesen, stellt nur ein subjektives Abbild der äußeren Realität dar. Und die Bilder, die wir im Kopf haben, stimmen in den seltensten Fällen – hier brachen die Aufzeichnungen ab. Erst am Abend fand Frau Hunck noch einen kleinen Zettel, der zu Boden gefallen war und den sie in der ersten Aufregung übersehen hatte. Liebes Dorchen, hieß es dort. Ich kann es einfach nicht mehr mit ansehen.

Sie habe wirklich versucht, sich alle Lebensumstände und Ereignisse ins Gedächtnis zurückzurufen, erklärte Frau Hunck in einem bald darauf erfolgten Gespräch mit dem Dekan der Universität, die auch nur in irgendeinem denkbaren Zusammenhang mit dem plötzlichen Entschluß ihres Gatten hätten stehen können. Das Geschehene bliebe ihr indessen auch weiterhin völlig unverständlich.

Der Sekretärin ihres Mannes vertraute sie allerdings an, daß sie immer daran denken müsse, wie er ihr einmal das Haar aus dem Gesicht gestrichen habe. Wir werden älter, Dorchen, hat er gesagt und sie dabei lange angesehen.

Seitdem Professor Hunck verschwunden ist, geht jede Nacht das Telefon. Hunck, komm zurück, ruft seine Frau in den Hörer. Aber am anderen Ende bleibt alles still.

*

Sage mir, sage ich zu Jan, einen langen schönen Satz, der alles erklärt. Ich liebe dich, sagt Jan.

*

Jan sagt: Erzähle mir alles von dir. Von deiner Mutter als Mädchen. Hat sie deinen Vater geliebt. Bist du morgens geboren oder abends, vielleicht ein Sonntagskind. Was ist sonst noch passiert in der Welt. Und dann die nächsten Jahre. Die ersten Worte. Wohnungen. Tapeten.
Jan sagt: Ich sehe dich vor einem schönen Hintergrund. Wie du gespielt hast, geredet, gelacht. Die ganze Zeit auf mich gewartet. Wann hast du mich das erstemal gesehen. Was hast du dabei gedacht. Was hast du gedacht, daß ich denke.
Jan sagt: Sag mir, warum du mich liebst. Er küßt mich auf den Mund. Sag mir, warum du so schön bist. Er küßt mich auf den Mund. So lieb. Und küßt mich auf den Mund. Sag mir, warum ich dich liebe.

*

Als Jan in Leverkusen aus dem Zug steigt, stelle ich mir vor, küsse ich ihn. Dann zeige ich ihm die Stadt. Eine richtige Arbeiterstadt, sage ich, und: kuck mal, die Bäume sind grün. Am Pförtner vier bleiben wir stehen und warten auf das Ende der Schicht. Als die Arbeiter das Werk verlassen, sage ich: ja, es gibt viele dicke Menschen hier. Ich habe mich auch schon gewundert.
Während wir auf den Aufzug warten, spreche ich von der Aussicht. Wir sehen auf den Dom hinunter, sage ich, und zum Bayer Kreuz hinauf. Ich lache. Ich rede von der Werksbücherei. Da kannst du alles finden, sage ich: Sartre, Camus, Heine, die ganzen Frühsozialisten. Weitling, Saint Simon, was du willst. Und, sage ich, schon ganz außer Atem, auch die Kritik der politischen Ökonomie. Dann sehe ich Jans Gesicht und sage: Ja, der Hausflur stinkt. Und ich zeige ihm, daß die Fahrstuhlknöpfe zu hoch

angebracht sind genau wie die Klingeln. Die Kinder, die oben wohnen, können sie nicht erreichen, sage ich, manchmal klingeln sie dann unten, aber die Leute, die unten wohnen, haben ihre Klingeln abgestellt, und wenn die Kinder so nötig müssen, pinkeln sie eben in den Hausflur.
Mama hat das weiße Tischtuch aufgelegt, das gute Geschirr gedeckt. Nehmen Sie doch noch, sagt Mama zu Jan. Immer wieder: Nehmen Sie doch. Nehmen Sie doch Suppe, Kartoffelklöße. Sauce. Nehmen Sie eine Roulade. Hier, diese ist besonders schön.
Ich habe gehört, sagt Mama, Ihr Vater soll Bischof sein. Und: Wirklich, sagt sie, läuft nochmal in die Küche und holt Sauce nach. Ja, sagt sie, bei den Evangelischen ist das wohl alles anders. Aber nehmen Sie doch noch, sagt sie dann, oder schmeckt es Ihnen nicht.

*

Wir wollten glücklich sein, schreibe ich in mein Tagebuch, und wußten nicht wie und blickten zum Himmel hinauf. Aber nichts geschah und wir konnten nicht weinen.
Da haben wir gesagt, daß nichts fehlt. Wir haben Fabriken gebaut. Wir sind hineingegangen. Wir haben unser Auskommen gehabt. Wir haben gut gegessen.

*

Ich habe gehört, sagt Papa zu Jan, Sie sind auch politisch interessiert. Ich selbst bin schon seit dreißig Jahren in der Gewerkschaft. Obwohl er heute vieles anders sieht. Er liest allerdings auch mehr als früher. Sie müßten unsere Werksbücherei kennenlernen, sagt Papa. Gerade die histo-

rischen Sachen. Und wie oft man etwas liest, was man auch selber schon gedacht hat.
Er ist beispielsweise auch schon auf den Gedanken gekommen, daß das Übel an dem Tag in die Welt gekommen ist, als der erste Mensch ein Stück Land eingezäunt hat und sich dann davorsetzt, sein Pfeifchen ansteckt und den Vorübergehenden sagt: das gehört mir. Denn natürlich fängt jetzt jeder an, das gleiche zu tun. Und irgendwann, sagt Papa, ist kein Land mehr da. Und was sollen die anderen dann machen, die nichts mitgekriegt haben.
Dieser blinde Glaube an den Fortschritt, sagt Papa, immer nur weiterwollen: aber irgendwann sind die Grenzen der menschlichen Kraft doch erreicht. Wir sind ja nicht Gott. Oder. Und Papa lacht ein bißchen: wenn man könnte, wie man wollte. Er hätte manches anders gemacht.
Er hat auch schon daran gedacht, daß man das Geld abschaffen müßte. Keine Banken, sagt Papa, und vor allem keine Zinsen. Wer Zinsen nimmt, hat keine Moral. Er kann ein Lied davon singen. Jetzt hat er ja alles bezahlt. Aber wenn es kein Geld gäbe, könnte auch keiner in Schulden geraten. Jedem würde einfach zugeteilt, sagt Papa, was er so braucht.
Obwohl es dann natürlich auch wieder zu Ungerechtigkeiten kommen würde. Der eine hat zum Beispiel immer großen Hunger, der andere kaum Appetit. Manche essen gern Süßigkeiten. Andere wollen ihre Zigaretten. Und was, wenn einer nicht zur Arbeit kommt und einfach im Bett bleibt Tag für Tag. Die Menschen sind nun mal nicht alle gleich, sagt Papa. Manche sind eben auch richtig faul. Aber das weiß Jan ja sicher auch.

*

Für mich hat sich der Traum von Freiheit, so höre ich eine Männerstimme sprechen, die wie aus weiter Ferne an mein Ohr dringt, seit je mit der Vorstellung einer räumlichen Weite verbunden. Und während ich noch dem Klang der Worte nachsinne und auch schon überlege, wie ich sie schön aufs Papier bringen kann, öffnet sich der Käfig zu einem hohen Raum, von meiner Leselampe nur schwach erhellt. Zwei Männer sitzen in dunkelgrünen Ledersesseln vor Regalen voller Bücher, ihre Gesichter im Dämmerlicht. Er habe seinem Traum, fährt die Stimme fort, den Namen Amerika gegeben. All die vielen Jahre habe er inständig gehofft, daß er doch eines Tages noch Wirklichkeit würde. Inzwischen jedoch und bei seinen vielfältigen Verpflichtungen, seien sie nun öffentlicher oder auch privater Natur – Sie lachen, mein lieber Zimmermann, unterbricht er sich, indessen kann ich Sie versichern, daß alle meine Ausschweifungen, von denen Sie ja auch gehört haben werden, gibt es doch in dieser Stadt, ich weiß das nur zu gut, nichts, aber auch gar nichts, was nicht aus dem Privaten ins mitleidlose Licht der Öffentlichkeit gezerrt würde, alle diese Ausschweifungen aber, ich gestehe es Ihnen offen, haben sich stets allein gegen die Gewalt gerichtet, mit der Erziehung und Schicksal mich drücken. Die Professur in diesem dumpfen Münster, das nur den allergewöhnlichsten Plänen eine Heimstatt bieten kann, mein vertrauter Umgang mit Fürstenberg, selbst meine Pflichten als Freund und Ratgeber der Fürstin: vielen mag das wohl als Ehre erscheinen, mir jedoch sind es Ketten, an denen ich angeschmiedet liege wie Prometheus an seinem Felsen. Dazu der endlose Kopfschmerz, unter dem ich nun so lange Jahre schon zu leiden habe.

Aber bester Professor, antwortet der als Zimmermann angesprochene, Sie sind mir wahrhaftig ein rechter Melancholikus geworden. Nur mit Wehmut entsinne ich mich jener Tage, an denen Sie mir von Ihren Hoffnungen sprachen. Und mit Wehmut erfüllt mich auch Ihr gegenwärtiger Kummer. Indessen kann ich Ihnen versichern, daß mir ähnliche Schicksale im Verlaufe meiner Studien nur allzu häufig vorgekommen sind – von meiner eigenen Traurigkeit gar nicht zu reden. Die Geschichte eines gewöhnlichen Lebens, glauben Sie mir, ist die Geschichte eines Scheiterns. Und daß sich all die unerfüllten Hoffnungen am Ende wenigstens noch als Schmerz bemerkbar machen, erscheint mir fast ein Grund zu neuer Hoffnung. Vielleicht, mein Freund, beschließt Doktor Zimmermann dann das Gespräch und lächelt ein wenig bei den folgenden Worten, sollten Sie es doch noch einmal mit dem Schreiben versuchen.

*

Auch diese Geschichte, denke ich und lege meinen Bleistift wieder beiseite, wird am Schreibtisch enden wie alle Geschichten. Und wenn ich dann traurig werde, weil das Ende der Geschichte auch das Ende einer Liebesgeschichte ist, und mich dann damit tröste, daß alle anderen Geschichten weitergehen, und überlege, wie: was wohl aus den Wiedertäufern wird und aus Mama und Papa und ob vielleicht auch noch einer stirbt, und immer noch die Melodie höre und dann auch mitsumme und dann an einen Kehraus denke, und wenn der Satz dann länger wird und länger und ich immer mehr Stimmen heraushöre, gebe ich meinem Käfig nochmal neuen Schwung, daß er höher hinauffliegt und höher, fast so hoch wie Robert, und kann auch noch erzählen, was ich sehe, und während ich erzähle und weiter hinaufschaukele im Schwung der Wörter und der Satz immer länger wird und ich schon an meinen nächsten Bericht aus dem Käfig denke und an seinen Anfang: wie wir vernünftig geworden sind, und ich nochmal neuen Schwung gebe und auch die Melodie immer noch höre und noch höher hinauffliege und höher: bleibt der Käfig stehen auf seinem höchsten Punkt: und ich sehe Lina.

27

Ich male mir aus, wir leben einen Tag lang zusammen. Wir reden über Schwierigkeiten. Ich entspanne mich. Er erklärt mir die Gründe für meine Naivität. Ich freue mich. Wir spielen Tischtennis zusammen. Wir küssen uns, und es ist nur die Liebe. Er fragt mich, was einen dazu bringt, in einem Käfig zu wohnen. Wir würden eine Weile überlegen. Wir würden herzlich lachen. Wir würden gemeinsam Behauptungen aufstellen. Die Liebe ist eine Festung. Sie ist uneinnehmbar. Wir würden nach Beispielen suchen.
Mir würde die schöne Christine einfallen.
Irmi und Schwester Adelheid.
Dann der Tag im Krankenhaus, als Schwester Edelwida in das Zimmer tritt und Schwester Hedwig liegt neben Manuel. Und ich weiß nicht, wo beginnen.
Ich beginne so: Die schöne Christine ist tot, aber Lina liebt sie noch immer. Ötte hat Muskelschwund, Irmi weiß das auch, aber sie liebt Ötte noch immer. Manuel ist tot und Schwester Hedwig entlassen. Schwester Hedwig wird jedes halbe Jahr geröntgt, aber sie liebt Manuel noch immer. Schwester Adelheid hat den Schleier genommen aus Liebe zu Gott, und sie liebt ihn noch immer.
Und ich fahre fort: Sie stand auf einer grünen Wiese und

breitete die Arme aus, und ich laufe ganz allein und immer schneller und ganz außer Atem auf sie zu. Die anderen Kinder sitzen in der großen Schaukel und schaukeln weiter hin und her. Mein Einziges, sagt Schwester Adelheid. Warum spielst du nicht mit. Ich drücke das Gesicht in den schwarzen Wollstoff, atme Schwester Adelheid ein. Wenn ich wieder hochkucke, sehe ich über einem steifen weißen Kragen ein weiches Gesicht. Manche werden schön in der Liebe. Andere wollen nicht mehr spielen, essen nichts mehr. Die heilige Genoveva hat sich vor heiliger Liebe in eine heilige Hirschkuh verwandelt, eine weiße sogar. Wenn ich damit fertig bin, zeige ich sie Schwester Adelheid und die sagt: da hast du aber ein schönes Tier gemalt. Sie gibt mir mein Fleißkärtchen, ich nehme es und berühre dabei ihre Hand. Die große Schaukel schwingt hin und her. Wenn das Kribbeln zu stark wird, quieken die Kinder.
Ich male mir aus, wir leben einen zweiten Tag zusammen. Die Liebe ist widerstandsfähig, und die vielen kleinen Einsamkeiten dieses Tages wären nicht beunruhigend. Wir würden miteinander schweigen. Wir würden schweigend Behauptungen aufstellen. Die Liebe ist widerstandsfähig. Besonders widerstandsfähig ist die Liebe gegen das Neue. Wir würden weiter schweigen. Jetzt ist der Zeitpunkt gekommen, wo alles, was man ist, bestätigt wird. Ist man genug bestätigt, verflüchtigt sich die Liebe wieder. Man empfindet große Erleichterung. Wir begründen diese Behauptung nicht.

28

Die Realität, so schrieb mir einst ein Freund, den ich J. nennen will in Erinnerung an Jan, meine jedenfalls, so schrieb er, besteht aus solchen Kleinigkeiten: daß man sich irgendwo auf der Autobahn zwischen Brüssel und Lüttich vorstellt, wie schön es wäre, wenn du dabei sein könntest. Daß man als erstes, nachdem man angekommen ist, schreibt, um dir zu sagen, daß man dich liebt. Daß man jede Stunde an dich denkt. Daß man nicht die geringste Lust hat, eine andere Frau kennenzulernen. So vieles andere mehr.

*

Liebes, schrieb er. Ich liege am Strand. Denke an dich und freue mich auf all die schönen Dinge, die wir zusammen machen werden. Und wenn ich an dich denke, habe ich gar keine Angst um unser Verhältnis. Alles erscheint mir so richtig. Im Grunde gibt es nur die Vorstellung für mich, daß nachher alles noch vernünftiger und schöner sein kann.

*

Dear. Still waiting for a sign of life from you, but I'm quite shure you didn't die in between, did you!

*

Danke für den süßen Brief. Ich liebe dich.

*

Guten Morgen, mein Engel!
Da ist mir doch, als ich heute morgen aufgewacht bin, eine Idee gekommen: wie wäre es, wenn ich am Freitag käme und bis Samstag bei dir bleiben würde. Der Sinn der Sache wäre der: auf die gleiche Art guten Abend zu sagen, wie wir auf Wiedersehen gesagt haben.

*

Meine Liebe. Ich bin etwas böse, wenn ich jetzt diesen Brief schreibe. Das ist nun einmal so, und warum sollst du das nicht wissen. Leider weiß ich noch immer nicht, ob wir uns am Freitag sehen, ich dachte, du würdest mir wenigstens ein paar Zeilen schreiben, ob du damit einverstanden bist. Oder fandest du die Idee nicht besonders. Ich weiß, so wahnsinnig gut mag sie nicht sein, ich hätte mich eben nur sehr gefreut.

*

Meine liebe E,
ich verstehe eigentlich noch gar nicht, was passiert ist. Wenn ich das, was ich gerade von dir selbst gehört habe, mit dem vergleiche, was für mich, bevor ich weggefahren bin, selbstverständlich gewesen ist, und zwar nicht nur für den Augenblick, sondern auch für meine Zukunft, dann weiß ich gar nichts zu sagen. Sei mir nicht böse, wenn ich trotzdem einen langen Brief, langweiligen Brief womöglich, schreibe, in dem vielleicht gar nichts steht.

*

Bitte, nimm dir die paar Minuten, ihn wenigstens zu lesen.

*

Ich bitte dich, zu mir zurückzukommen.

*

Ich brauche dich, weil ich dich liebe.

*

Ich denke, das sind wir uns schuldig.

*

Ich habe nicht die Absicht, dich zu fragen, warum du dies und jenes auf gerade diese Art getan hast.

*

Es ist passiert und nicht zu ändern.

*

Als ich damals deinen Brief bekommen habe, habe ich eine Sekunde lang an das gedacht, was tatsächlich passiert ist.

*

Ein Satz war so eigenartig.

*

Ich denke darüber nach, wie man dich verstehen kann. Und ich denke über die Möglichkeit nach, daß es dir vielleicht etwas verzweifelt zumute gewesen sein muß, um mich so belügen zu können. Ich wünschte, du würdest mir einen Weg zeigen, dir zu helfen. Die Chance. Schreib mir oder ruf mich an.

*

Meine liebe E. Die Art und Weise, wie sich unser Verhältnis – wenn es eins war – nun wohl entwickelt hat, gehört ja nicht gerade zu den größten Überraschungen, die man sich denken kann.

*

Aber deshalb schreibe ich dir nicht.

*

Vielleicht eines zwischendurch: es geht hier nicht darum, einen Brief zu schreiben, der dich moralisch

*

etwa der Versuch, mir zu schildern

*

für zu geschmacklos, um darüber reden zu wollen.

*

wie auch die Geschichte mit deiner Großmutter. Was mich allerdings interessiert

*

Es freut mich, daß du dich zumindest noch einmal zu einer Reaktion veranlaßt sahst. Auf der anderen Seite ließ es sich aber nicht vermeiden, daß ich ins Nachdenken geriet. Für dich mit, vielleicht. Was wirfst du mir vor.

*

Daß du mir noch etwas vorwirfst.

*

Ich habe dich nicht belogen. Jedenfalls nicht in diesem Fall. Der Beweis liegt bei.

*

Entschuldige dich binnen 48 Stunden für den ungeheuerlichen Vorwurf. Falls ich schon schlafe, wenn du kommst: Die Tür steht offen.

*

Sehr geehrtes Fräulein. Unser Mandant hat uns wissen lassen, daß es zwischen Ihnen und ihm vor etwa drei Wochen zu einem kleinen Zwischenfall gekommen ist.
Unser Mandant hat uns beauftragt, Ihnen sein Bedauern über den betreffenden Vorfall mitzuteilen. Insbesondere die Tatsache, daß unser Mandant sich ansatzweise zu einer Tätlichkeit gegen Sie hat hinreißen lassen, kann selbstverständlich nicht gebilligt werden.
Er gibt jedoch zu bedenken, daß er zum betreffenden Zeitpunkt unter außergewöhnlichem beruflichen Streß zu leiden hatte und sich subjektiv durch die von Ihrer Seite

erfolgte nächtliche Ruhestörung in äußerster Weise provoziert sah. Daß seine Reaktion dennoch nicht angemessen war, steht ganz außer Frage.
Zugleich mit der Äußerung seines Bedauerns schlägt unser Mandant vor, die Angelegenheit hiermit friedlich und außergerichtlich beizulegen. Er selbst ist bereit, auf eine gerichtliche Verfolgung wegen Hausfriedensbruch in Verbindung mit Ruhestörung zu verzichten, sofern Sie Ihrerseits von einer gerichtlichen Verfolgung unseres Mandanten wegen Körperverletzung Abstand nehmen. Hochachtungsvoll.

29

Wir sind vernünftig geworden in all den Jahrhunderten. Wir sind Dozenten geworden, Korrespondenten und Soziologen. Manch einer auch Lehrer. Elisabeth in Aachen, Katrin in Berlin. Die Geschichte, so lehren sie ihre Schüler, bewegt sich von niederen zu höheren Stufen. Wir sind dabei und lernen daraus: Noch ist nicht aller Tage Abend.

Sogar mit unseren Niederlagen gehen wir vernünftig um. Das Mensch, die Hille Freiken, hat sich aufs Rad der Geschichte flechten lassen. Aber Ulli Schäfer macht sein Examen, Deutsch und Chinesisch, läßt sich die Haare abschneiden und geht nach China.

Nichts ist mir suspekter, erklärt er zuvor im privaten Gespräch, als jene Genossen, die vor zwei Jahren noch dem Volke dienen wollten und heute in Ministerien sitzen oder in Gymnasien, womöglich sogar kirchlich geführt, ihre kleinbürgerlich-individualistischen Positionen vertre-

ten. Er hoffe doch, daß er dazu in China, auch nach dem Tode Mao-Tse-Tungs, nie gezwungen sein werde.
Außerdem, hat Ulli Schäfer dann gesagt, muß es irgendwo auf der Welt doch jenen Ort wohl geben, wo unsere Träume durch die Kraft der Wünsche auch wirklich werden können. Obwohl er damit natürlich keineswegs sagen wolle, hat er dann etwas verlegen hinzugefügt, daß die Wirklichkeit von unseren Träumen abhängig. Vielmehr im Gegenteil, sagt er. Wir wissen es. Das Sein bestimmt das Bewußtsein, letztendlich.
Vor seiner Abreise nach China ist Ulli Schäfer noch einmal nach Wuppertal gefahren ins Stadion, und ausgerechnet an diesem letzten Sonntag hat der Wuppertaler SV gegen Leverkusen drei zu Null gewonnen. Und ich sehe, wie Ulli Schäfer glücklich und mit kurzen Haaren in China steht und deutsche Wörter an die Tafel schreibt. In den Bänken sitzen Chinesenkinder, lächeln ihn freundlich an und sprechen laut und vernehmlich: der Wuppertaler SV ist der größte, berühmteste und beliebteste Fußballverein Deutschlands. Dann fragt Ulli Schäfer: Wo waren wir stehengeblieben. Und ein kleiner Chinesenjunge antwortet: Freiheit. Und sein Nebenmann sagt: Liebe und Glück. Und Ulli schreibt den Namen Knipperdolling an die Tafel, in Druckbuchstaben, damit seine Schüler es leichter haben. Die Vergangenheit, spricht er und zeigt dabei hinter sich auf das Bild Mao-Tse-Tungs, das er immer noch nicht abgenommen hat, ist nicht tot. Und ein Chor lächelnder kleiner Chinesen antwortet auswendig und in gutem Deutsch: Sie ist nicht einmal vergangen. Und dann lehnen sich die kleinen Chinesen zurück in ihren Bänken und hören zu, wie Ulli Schäfer erzählt, und er erzählt heute die Geschichte von gestern weiter.

*

Da sind sie vom Tanzen ins Sterben gekommen, fast ohne Übergang. Haben eben noch Freiheit gerufen, Liebe und Glück. Und haben sich hingesetzt an große Tische und ein Lied gesungen von der Größe Gottes und des Menschen. Haben Brot gebrochen und Wein getrunken und sind aufgestanden vom Tisch, haben weitergetanzt. Die schöne Katharina und die starke Hille Freiken. Der ernste Knipperdolling. Mit geschlossenen Augen haben sie getanzt und haben die Augen geöffnet und am Pranger gestanden. Blutig, Ketten um den Hals und an den Füßen. Blutig. Und das höhnische Gelächter.

*

Und Ulli Schäfer erzählt, wie alles angefangen hat. Wie zuerst ein paar nachgedacht haben und begriffen, daß es so nicht weitergeht. Dann sind immer mehr dazugekommen von nah und fern, Havixbeck, sagt Ulli, Altenberge, aber auch aus Bielefeld und Osnabrück. Wie sie dann Flugblätter gedruckt haben. Daß die Bilder in unserem Kopf nur subjektive Widerspiegelungen der Wirklichkeit sind und in den seltensten Fällen wirklich mit ihr übereinstimmen. Und wie die Wirklichkeit wirklich ist. Daß es bei uns noch Unterdrückte gibt und Unterdrücker. Man das aber ändern kann.
Ich bin dabeigewesen, sagt Ulli Schäfer, als wir zum ersten Mal über die Wiedertäufer gesprochen haben. Und wie schön das war, als wir den Klassencharakter vom Ludwigslied entdeckten. Die Professoren mußten ihre Talare ausziehen – und während er noch weitererzählt, schreibt er in Druckbuchstaben an die Tafel: Talar gleich veraltetes, feierliches Gewand, und darunter schreibt er schon mal Drittelparität für später. Und währenddessen kommen

immer mehr Arbeiterkinder an die Universität, und alle sprechen von der Kunst des Volkes – Volkslieder, schreibt Ulli an die Tafel, Sagen und Märchen. Sprichwörter. Und hinterher haben es nicht nur die Studenten gewußt, erzählt er, daß die Intellektuellen dem Volke dienen müssen. Überall haben sie es an die Mauern geschrieben, in der ganzen Stadt. Am Rathaus hat es gestanden, am Staatsarchiv und sogar neben dem Eingang von Karstadt. Am Ende hat der Rat der Stadt sogar die Käfige an der Lambertikirche entfernen müssen, erzählt er. Der zuständige Referent hätte allerdings behauptet, sie würden restauriert.

30

Wir gehen über das Kopfsteinpflaster. Das Transparent hängt nicht mehr da. Wir treten ein. Niemand begegnet uns. Die Flure verlassen. Wir kommen an den Katalogen vorbei. Sie sind zerstört. Die Schubladen herausgezogen, die Karteikarten zerrissen am Boden. Wer hat das getan, frage ich, aber keiner gibt Antwort. Dann fällt mir eine andere Frage ein. Wem nützt es, rufe ich durch das leere Haus. Ich meine, ein Lachen zu hören, aber es kann auch mein eigenes sein.

Als ich weitergehe, komme ich in den Lesesaal. Da finde ich eine schweigende Menge bekannter Gestalten. Ein Kind mit einer gelben Kerze, daneben Trude und ihr Vater aus Amerika, die schöne Katharina. Weiter hinten, kaum zu erkennen in der Menge, Ulli Schäfer, Herr Krämer und Fräulein Werner. Kraas Hansi neben Maria Goretti und dem blöden Walter. Alle seit langem bekannt. Jan sehe ich

drei- oder viermal. Dazwischen Papa und Mama, eine Studentin auf der Suche nach Sätzen und eine namenlose alte Frau, deren Bild einmal auf meinem Schreibtisch stand, aber es ist heruntergefallen, der Rahmen zerbrochen. Sie haben auf mich gewartet, Männer und Frauen, Greise und Kinder, und sie schauen mich an mit ernsten Gesichtern. Manche sitzen auf den Fensterbänken, andere sind stehengeblieben. Irmi hat den Rollstuhl so gestellt, daß Ötte alles sehen kann. Die Tische sind schon beiseite geschoben, die Stühle aufeinandergestapelt.
In der Mitte des Saales ist eine Bühne aufgebaut. Auf der Bühne dreht sich die Satztrommel. Der Notar hat sie vor Beginn der Veranstaltung überprüft: die Sätze sind vollständig. Außer dem Notar gibt es auch einen Moderator und eine Assistentin. Die Assistentin lächelt. Der Moderator hält ein Mikrofon in der Hand. Eins, zwei, drei, spricht der Moderator probeweise ins Mikrofon. Das Mikrofon funktioniert. Ich bin der Moderator, sagt der Moderator. Manche klatschen, einige lachen. Dann ertönt Musik und Trommelwirbel: Die Assistentin zieht den ersten Satz und überreicht ihn dem Moderator. Der Moderator spricht den ersten Satz ins Mikrofon. Er lautet: Aber wahr muß es sein. Die Studentin hat den Satz nicht verstanden und erkundigt sich bei ihrem Nebenmann. Aber wahr muß es sein, wiederholt die Assistentin und lächelt. Die Studentin schreibt sich den Satz auf. Aber es stimmt doch alles nicht, ruft das Kind dazwischen. Der Moderator hebt beschwichtigend die Hände. Dann ordnet er eine kleine Pause an: die Wirklichkeit wird überprüft.
Musik und Trommelwirbel. Die Assistentin lächelt und bittet den Moderator um seinen Hut. Der Moderator nimmt seinen Hut vom Kopf und reicht ihn der Assistentin. Wir lachen, einige klatschen. Die Assistentin lächelt,

dreht den Hut um, wendet ihn in alle Richtungen und zeigt, daß er leer ist. Wir lachen. Die Assistentin lächelt und steigt von der Bühne. Musik und Trommelwirbel. Die Assistentin lächelt und geht mit dem Hut in der Hand von einem zum anderen. Jeder Anwesende gibt der Assistentin einen Satz. Währenddessen erzählt der Moderator einen Witz, dessen Pointe ich vergessen habe. Wir lachen. Der Witz war gut.
Dann wieder Musik und Trommelwirbel. Der Moderator dankt allen Anwesenden, daß sie sich freundlicherweise am Spiel beteiligen. Die Assistentin lächelt und klettert zurück auf die Bühne.
Musik und Trommelwirbel: Licht auf den Notar. Der Notar sitzt an seinem Platz hinter der Trommel. Er hat keine Augen, keine Nase, keinen Mund. Der Notar hat keine Ohren. Er hat auch keine Hände. Die Assistentin tritt auf ihn zu. Leiser Trommelwirbel: Die Assistentin hebt den Hut in die Höhe und zeigt dem Publikum noch einmal seinen Inhalt. Lauter Trommelwirbel: Die Assistentin schüttet den Inhalt des Hutes auf den kleinen Tisch vor dem Notar aus.
Dann wird es ganz still im Saal. Der Notar steht auf und hüpft in langen Sätzen von einem Ende der Bühne zum anderen. Die Assistentin lächelt. Eins, zwei, drei, flüstert der Moderator ins Mikrofon. Der Notar hat mit einem letzten Satz seinen Platz hinter der Trommel wieder erreicht. Er nickt mit dem Kopf: Die Sätze vor ihm auf dem Tisch stimmen mit den Sätzen in der Trommel überein. Die Wirklichkeit ist wirklich, ruft der Moderator ins Mikrofon. Tusch und Applaus.
Dann kann es endlich richtig losgehen. Musik und Trommelwirbel: Auf der Bühne dreht sich die Satztrommel. Die Assistentin nimmt den ersten Satz und reicht ihn

dem Moderator. Der Moderator liest ihn laut vor: Die Geschichte eines gewöhnlichen Lebens ist die Geschichte eines Scheiterns. Die Studentin schreibt ihn auf. Es kann weitergehen, ruft der Moderator, und die Trommel dreht sich schneller. Die Angst muß unter Kontrolle bleiben, lautet der zweite Satz. Musik. Trommelwirbel. Der nächste: Jeder macht sein Leben selbst. Einige klatschen, andere lachen. Papa verläßt den Saal. Die Trommel dreht sich immer schneller. Die Assistentin lächelt und zieht noch einen Satz. Aber es ist das Glück schon gewesen. Mama verläßt den Saal. Weiter, ruft der Moderator. Und nachher alles noch vernünftiger und schöner. Die Assistentin lächelt. J. geht wortlos zur Türe. Schneller, ruft der Moderator und hält schon den nächsten Satz bereit: Oh Vater, sagt er, gib uns Liebe. (Beifall. Gelächter) Die schöne Katharina verläßt den Saal, ihr folgen Knipperdolling, die Brandsteinin, Hille Freiken sowie zahlreiche andere Personen. Die Assistentin lächelt. Die Sätze kommen jetzt Schlag auf Schlag. Ich will dich lieben, oh, mein Leben. (Gellendes Gelächter.) Ich weiß, was Liebe ist. (Gellendes Gelächter.)

Sonst geht es uns sehr gut. (Musik und Trommelwirbel. Gellendes Gelächter.)

Dios solo basta. (Musik.)

Als einer von vielen. (Musik.)

Das hat Spaß gemacht. (Musik und Trommelwirbel.)

So schrecklich viel Spaß. (Musik. Trommelwirbel.)

Wir machen weiter. (Trommelwirbel.)

Die Zeit wird immer knapper. (Trommelwirbel. Gellendes Lachen.)

Und dann: diese Herabwürdigung des Menschen.

Und dann: du tust mir weh.

Und weiter: Küß mich, ehe ich sterbe.

Und: Man muß auch mal ein Ende finden können.
Und: Es gibt keine Überlebenden. (Musik. Trommelwirbel.) Und lachen dabei wie närrisch. (Musik. Trommelwirbel. Musik. Trommelwirbel. Gellendes Gelächter.)
Während wir den Sätzen lauschen, ist der Saal leerer geworden. Viele sind gegangen und wir haben es nicht bemerkt. Das Kind hat sich zu der namenlosen Frau gesetzt, später packt auch die Studentin ihre Notizen zusammen und geht. Aber immer noch Musik, Trommelwirbel und das Lächeln der Assistentin. Vor dem Moderator häuft sich das Papier. Wir wollten glücklich sein, ruft er irgendwann ins Mikrofon, und wir blickten zum Himmel hinauf, aber nichts geschah. Da schaltet sich der Notar ein und der Moderator sagt: Es wird noch einmal neu gemischt. Die Assistentin lächelt. Wir sind nur noch wenige im Saal. Das Kind ist noch da, neben ihm die alte Frau. Weiter weg stehe ich. Auf der Bühne dreht sich wieder die Satztrommel. Die Assistentin hat alle Sätze zurückgelegt in die Trommel Die Sätze sind vollständig. Der Notar hat ihre Zahl überprüft. Die Assistentin lächelt, zieht noch einmal den ersten Satz und überreicht ihn dem Moderator. Der Moderator nimmt ihn, glättet ihn ein wenig und spricht ihn dann ins Mikrofon. Ich schreibe ihn auf, daß er nicht verlorengeht in der Zeit. Lina stirbt.

31

Und hier beginnt der letzte Teil von Linas Leben und dauert sechsunddreißig Stunden lang und fünfundachtzig Jahre, ganz wie wir wollen. Wir haben es nicht eilig und bleiben ruhig an unserm Platz vorm Schreibtisch. Das kann das Ende noch nicht sein, denken wir noch einmal und schreiben weiter an unserem Satz, bis wir uns durch die Eingangshalle geschlichen haben, vorbei am Pförtner, den lassen wir schlafen. Wir fahren mit dem Lastenaufzug in die dritte Etage, gehen dann nach rechts zur Intensivstation und treten durch die Milchglastür. Der lange Flur. Ein Geruch geht uns durch den Kopf. Vielleicht Sagrotan. Vielleicht Hexoral. Das Zimmer ist ganz weiß. Seine Wände sind weiß und auch das Bett, das darin steht, ist weiß. In dem weißen Bett liegt eine alte Frau, die ist auch weiß in einem weißen Hemd und es ist Lina. Während Schwester Josefa sich um die Infusion kümmert, spricht sie ihren Text, der die Schreie leise hält und die Schmerzen unter Kontrolle. Nachdem wir gehört haben, was Schwester Josefa zu sagen hat – es ist nicht besonders viel und das meiste kennen wir auch schon –, schiebe ich den Infusionsständer beiseite und trete an Linas Bett. Ich zerschneide die Lederriemen, die Linas Arme fesseln, und ziehe die Nadeln aus ihren Adern und den Schlauch aus ihrer Nase. Den andern Schlauch spuckt Lina einfach aus.

Dann gehen wir vorbei an Schwester Josefa und hinaus aus dem Zimmer, Lina und ich, und wir gehen langsam, denn wir haben keine Eile, und wenn wir müde werden, ruhen wir uns aus. Zu Hause stellen wir Blumen vor die leeren Fenster und hängen auch die Gardinen wieder auf. Die Möbel kommen an ihren alten Platz. Ich setze den Wasserkessel auf, hole die blaue Dose aus dem Schrank und vergesse auch den Geruch nicht. Kaffeebohnen frisch gemahlen: wie gut das riecht.

Zum Sterben legt Lina sich auf das Sofa, auf dem auch Bernhard gestorben ist. Über die Decke laufen breite goldene Streifen, immer von links nach rechts, aber das kann Lina nicht mehr sehen, weil über ihren Augen ein

grauer Schleier liegt. Dann gehe ich weiter in meinem Text und schreibe: Die Prophezeiung hat sich erfüllt. Es sind viele Tränen hinzugekommen. Und ich fahre fort: Aber wir bestehen darauf. Der Alltag ist wunderbar und Wunder sind alltäglich.
Darum beschließen wir das letzte Spiel mit Heiterkeit. Wir ziehen einen Kreis, da kommt jeder herein und keiner heraus. So wirkt der Zauber. Und wir malen uns die Lippen rot und malen uns die Wangen rot und Abrakadabra, einer muß draußen bleiben und klapp! und klapp! und klappert mit den dürren Knochen. Und drinnen tanzen die Frauen beim Fest, tanzen mit nackten Füßen in der Glut des heruntergebrannten Feuers. Heja!
Und draußen tanzt einer, klapp klapp! und drinnen die Frauen: Heja! tanzen mit nackten Füßen Großmütter und Enkelinnen in der Glut. Die Mütter sitzen am Rande Heja! Klapp! Klapp! und wissen nicht.
Und zwischendurch schütteln wir das Kissen auf und stopfen es tiefer in Linas Rücken und füllen das Glas mit frischem Wasser. Und wir denken daran: wenn wir nicht sterben wollen, müssen wir weitererzählen. Und wir erzählen vom Tod und dem Mädchen Christine, von der Liebe zu sich selbst und zu anderen, von Himmel und Hölle auf Erden und von der Welt im Kopf. Wenn wir nicht sterben wollen, müssen wir erzählen.
Einmal fragt Lina: ist mein Puls noch da und ich behaupte: ja. Dann erzählt sie weiter und während sie erzählt und einschläft und wieder aufwacht und weitererzählt, kommt mir der Gedanke: genauso ist es gewesen. Und als Lina mich fragt, ob ich ihr glaube, sage ich: ja und ich sage: alles. Da lächelt Lina und macht eine Pause und ich erzähle weiter. Vergiß Lene nicht, erinnert sie mich. Und ich verspreche es zweimal. Später erzähle ich von Klauken Fidi

und den fünf geschenkten Jahren und sage: den Grabspruch schreibe ich am besten selber. Und sage: er dürfte nur vom Allerwichtigsten handeln. Da lächelt Lina wieder und als ich sie frage, was das Allerwichtigste wohl sein mag, lächelt sie noch einmal, schließt die Augen und denkt dann lange nach. Und als ihr dann das Allerwichtigste einfällt, so daß sie überrascht die Augen aufreißt, und sich steil im Bett aufrichtet, ist es zu spät. Lina kann mir keine Antwort mehr geben, schreibe ich, Lina stirbt.

Sten Nadolny

Die Entdeckung der Langsamkeit

Roman. 359 Seiten. SP 700

»Dieses Buch kommt, scheint's zur richtigen Zeit. Nadolnys heute ganz ungewöhnliche ruhige Gegenposition im gehetzten Betrieb der Politiker und Literaten hat etwas Haltgebendes und unangestrengt Humanes.«

Der Tagesspiegel

Netzkarte

Roman. 164 Seiten. SP 1370

»So unterschiedlich die Hauptdarsteller in seinen Büchern auch sind, eines verbindet sie: der besondere Blick auf das kleine Abenteuer und das große Erleben… Das Staunenkönnen zeichnet Sten Nadolnys Helden wie ihn selber aus, und er lehrt es seinen Lesern neu.«

FAZmagazin

Ein Gott der Frechheit

Roman. 288 Seiten. SP 2273

»…Jenseits der tradierten Heldengeschichten vom Götterboten Hermes spinnt Nadolny seine Handlungsfäden zu einer amüsanten göttlichen Komödie unserer neunziger Jahre weiter. Mit Hermes begreifen wir die politischen Veränderungen in Osteuropa ganz anders. Es ist der Blick des Fremden, der uns unsere unmittelbare deutsche Gegenwart mit neuen Augen sehen läßt.«

Focus

Selim oder Die Gabe der Rede

Roman. 502 Seiten. SP 730

Das Erzählen und die guten Absichten

Münchner Poetikvorlesungen im Sommer 1990, eingeleitet von Wolfgang Frühwald.
136 Seiten. SP 1319

Neben den intuitiv-schöpferischen Kräften, die dem romantischen Bild des Dichters entsprechen, interessiert ihn ganz besonders die Rolle der bewußten, logisch begründbaren Erzählziele. Dementsprechend zieht er sich bei seiner Abwehr »guter Absichten« nicht hinter die unangreifbare Forderung nach schöpferischer Souveränität zurück.

SERIE PIPER